ताराशंकर बंद्योपाध्याय

ताराशंकर बंद्योपाध्याय का जन्म 23 जुलाई, 1898 को वीरभूमि, बंगाल के लाभपुर गाँव में हुआ। प्रारम्भिक शिक्षा के बाद सेंट जेवियर्स कॉलेज में दाखिला लिया, किन्तु राजनीतिक हलचल से उनकी पढ़ाई-लिखाई में विघ्न आया और उन्हें उनके गाँव में नजरबन्द कर दिया गया। मुक्ति के बाद भी स्वास्थ्य गिर जाने के कारण आगे अध्ययन जारी नहीं रख सके। 1921 के असहयोग आन्दोलन में जेल गए। जेल से छूटने के बाद कुछ समय के लिए नौकरी भी की। उन्होंने साहित्य की लगभग सभी विधाओं में लेखन किया। 65 उपन्यास, 53 कहानी-संग्रह समेत कई नाटक, निबंध, यात्रा-वृत्तान्त आदि लिखे। कई गीतों की रचना की। उनकी कुछ कृतियों पर फिल्में भी बनीं।

उनकी प्रमुख कृतियाँ हैं—'हाँसुली बाँकेर', 'उपकथा', 'आरोग्य निकेतन', 'गणदेवता'। वे 'शरद स्मृति पुरस्कार', 'साहित्य अकादेमी पुरस्कार' 'रवीन्द्र स्मारक पुरस्कार', 'ज्ञानपीठ पुरस्कार', 'पद्मश्री' व 'पद्मभूषण' से सम्मानित हुए। 1971 में उनका नाम साहित्य के 'नोबेल पुरस्कार' के लिए प्रस्तावित किया गया।

14 सितम्बर, 1971 को कोलकाता में उनका निधन हुआ।

महाश्वेता

ताराशंकर बंद्योपाध्याय

अनुवादक
हंसकुमार तिवारी

राजकमल पेपरबैक्स

पहला पुस्तकालय संस्करण
राजकमल प्रकाशन प्राइवेट लिमिटेड द्वारा
1959 में प्रकाशित

राजकमल पेपरबैक्स में
पहला संस्करण : 1991
तीसरा संस्करण : 2025

राजकमल पेपरबैक्स : उत्कृष्ट साहित्य के जनसुलभ संस्करण

राजकमल प्रकाशन प्रा. लि.
1-बी, नेताजी सुभाष मार्ग, दरियागंज
नई दिल्ली-110 002
द्वारा प्रकाशित

शाखाएँ : अशोक राजपथ, साइंस कॉलेज के सामने, पटना-800 006
पहली मंजिल, दरबारी बिल्डिंग, महात्मा गांधी मार्ग, प्रयागराज-211 001
1, अनमोल सोराबजी सन्तुक लेन, धोबी तलाव, मरीन लाइंस, मुम्बई-400 002
वेबसाइट : www.rajkamalprakashan.com
ई-मेल : info@rajkamalprakashan.com

विकास कम्प्यूटर एंड प्रिंटर्स
ट्रॉनिका सिटी-201 102
द्वारा मुद्रित

मूल्य : ₹299

MAHASHWETA
Novel by Tarashankar Bandyopadhyaya
Translated by Hanskumar Tiwari

ISBN : 978-81-7178-199-7

एक

“माफ करो! माफ कर दो मुझे!”

रंग की कूँची विनो बाबू के हाथ से छूट गई। डरी और घबराई हुई आवाज में ये कुछ शब्द जल्दी में कहे उन्होंने—अनसँभले कपड़ोंवाली युवती किसी की आहट पाकर जैसे झट सारे बदन पर कपड़े को लपेट लेती है; घर में अचानक आग भभक उठने से लोग झपटकर जैसे जो भी मिल जाता है, उसी से उसे दबा देते हैं, ठीक वैसे ही। वैसी ही शर्म, उसी घबराहट के साथ! लेकिन नीरा ठहरी लौ-सी लहकती लड़की तमाम जिन्दगी वह जलती ही आई, इसका उसे काफी नाज भी है और जानकर ही हर हमेशा तैयार-तनी ही रहती है। विनो सेन की इस शर्म को कोड़ा-सी लगाती बोल उठी वह—

“माफ? यह बेशर्मी भी माफ की जा सकती है? माफ करने लायक है? आप बुजुर्ग हैं न? आज ही न हम लोगों ने आपकी पैंतालीसवीं बरसगाँठ मनाई है? त्यागी देशसेवक हैं आप! आश्रम खोले बैठे हैं! एक मशहूर चित्रकार हैं न आप? आज ही मैंने देशवासियों के सामने आपकी प्रशंसा के पुल बाँधे हैं।

आखिर सोचा क्या था आपने? प्रेम की भीख माँगनेवाला आपका पत्र पाते ही गल जाऊँगी मैं? आपकी मुहब्बत में मुब्तला ही हूँ मैं, इसलिए कि मैं पनाह में हूँ आपकी? अपने इस आश्रम में एक नौकरी देकर चूँकि आपने मुझे सहारा दिया है, इसलिए किस्सा-कहानी में जैसा होता है, एहसान के नाते आपके प्रेम में पड़ जाने को मजबूर हूँ मैं?"

"मुझे माफ करो!" गिड़गिड़ाकर मिन्नत की विनो सेन ने।

नहीं। माफ नहीं कर सकती। आप बेहया से भी ज्यादा कुछ हैं, जिसका कि मैं नाम नहीं जानती।"

"नीरा!"

"नहीं। नीरा नहीं। मैं नीरजा देवी हूँ। नीरा कहकर न पुकारें आप।"

"खैर!" अब की एक उदास और ठिसुआई-सी हँसी हँसकर विनो सेन ने कहा—"लेकिन ज्यादती नहीं हो रही है नीरजा देवी! उम्र में तुम मुझसे कहीं छोटी हो, छात्रा के समान मुझसे पढ़ती रही हो। तुम्हें आप कहना कैसा तो लगता है! और फिर ऐसा कसूर भी क्या किया है मैंने?"

नीरा अब दहक-सी उठी—"आखिर क्यों? यह पत्र लिखा क्यों आपने?"

अपने को सँभालकर नीचे को ही नजर किये धीरे स्वर में विनो सेन बोले—"यह उस पत्र में ही लिखा है।" वे जरा देर चुप रहे। चुप रहकर बोले—"तुम अनब्याही कुमारी हो और मैं भी अविवाहित हूँ; लगातार चार साल से मैंने तुम्हारी जिन्दगी का निर्माण किया है। तुमसे मैं ब्याह करना चाहता हूँ, गृहस्थी बसाना चाहता हूँ, दुनियादारी चाहता हूँ...! एकाएक धीरज का बाँध टूट गया नीरा! तुम चली जाओगी, मैं यह सह नहीं सका।..."

बीच में ही टोककर नीरा तीखे स्वर में बोल उठी—"बदचलन हैं आप!"

"नीरा!"

मार्मिक पीड़ा से इस बार मानो चीख उठे विनो सेन।

नीरा ने लेकिन परवाह न की। वह भी तो किसी कुढ़न या कुढ़न से भी बड़े किसी आवेग से पल-पल आपे से बाहर हुई जा रही थी। हद से ज्यादा रूखे स्वर में बोली—"बदचलन नहीं हैं आप?" आँख गड़ाकर जरा देर उनको ताकती रही, फिर कहा—"तो यह प्रतिमा देवी कौन है?"

फिर कुछ क्षण चुप रहकर बोली—"क्या आप उनको इसलिए यहाँ नहीं ले आए कि आप उनको प्यार करते हैं? क्या आपका यह खयाल है कि उनका मान-अभिमान यहाँ किसी से छिपा है? मेरे लिए आपके इस छिपे आकर्षण को मैं नहीं समझ सकी, मगर उन्होंने ताड़ लिया। आपकी नस जो पहचानती हैं। लोगों को खयाल था, मैं भी सोचती थी, आपका प्रेम यह पाक-साफ है, आपको शादी ही करनी है तो उन्हें ठुकराकर मेरे आगे गिड़गिड़ाना कैसा? मैं समझ सकती हूँ कि उनके कलेजे में कैसी जलन है। उन्हें आपने क्या लिखा है? मैंने वह पत्र देखा है। उफ, चरित्र की कैसी पंचमुखी प्रशंसा! कैसी नाटकीयता!"

और व्यंग्य से वह खत की उक्तियों को कह चली—"हमारा सम्बन्ध विवाह का नहीं है प्रतिमा! तुम्हें अपने को जब्त करना होगा। फिर मेरी जिन्दगी को तो जानती हो तुम! विवाह तो मैं करूँगा नहीं उस बेचारी की आँखों के आँसुओं से छाती गीली हो रही थी, औंधी पड़ी थीं। खत मुझे उन्होंने नहीं दिखाया, मैंने देख लिया था।

विनो सेन जमीन की ओर आँख गड़ाए खड़े रहे। और किवाड़ के भिड़के हुए पल्लों को जरा-सा खोलकर माटी की मूरत-सी उदास खड़ी थी प्रतिमा। दोनों आँखों से अविराम आँसू की धार उतर रही थी। एक क्षण के लिए उन्होंने उसे देखा।

बाहर अँधेरी रात। साढ़े आठ के करीब। बंगाल के किसी मुफस्सल शहर के पास देहाती परिवेश में एक अनाथ आश्रम। महज साँझ को ही यहाँ रात का निंदाया सन्नाटा उतर आता। बच्चों में से कुछ तो सो जाते, कुछ ऊँघते होते और दो-चार जने पढ़ते। रसोईघर में खाने की जगह थोड़ी-बहुत आवाज। जिनकी पारी होती, उन लड़कों के साथ नौकर अल्युमीनियम के गिलासों को करीने से रखते होते, कोई उन गिलासों में पानी डालता, कोई काठ के पीढ़े बिठाता, आवाज इसी की होती। इसी में कभी नीरा का कंठ-स्वर सुनाई पड़ जाता—"लाइन सीधी करो।"

या कि...

"उँह! जल्दी नहीं। हड़बड़ नहीं। देखते नहीं, पानी फैल रहा है, बैठने की जगह गीली हो रही है!" और उसके बाद ही या तो...

"रमेन, तुम्हारा जी आज ठीक नहीं है क्या?"

धीमी आवाज में जवाब सुनाई नहीं पड़ता, लेकिन नीरा की बात से पता चलता कि उसने कहा, नहीं तो!

नीरा का जवाब सुनने में आता—"फिर ऐसे खीजे ऊबे क्यों हो?" यों धमधमाकर काम क्यों कर रहे हो?"

ऐसे में अकसर बच्चों के बोर्डिंग से चीख उठती—"दीदी जी, ये दो जने आज खून ही करके रहेंगे!"

और नीरा तुरत हाथ में छोटी-सी टॉर्च, यह टॉर्च उसके हाथ ही रहती हरदम, लिए यह कहती हुई दौड़ पड़ती—"बाप रे बाप! अब तो बनता नहीं मुझसे।"

बिजली की नई योजना जो चली, उससे कुछ दिन हुए बिजली यहाँ पहुँच गई थी, लेकिन महज घंटों तक। आश्रम के पचास बीघे का जो रकबा पड़ा था, बाहर उसमें सिर्फ एक बत्ती थी, उसके अँधेरे-उजाले में धोखा ही होता! टॉर्च के बिना काम नहीं चलता। जाकर नीरा देखती, दो लड़के चुपचाप या चीखते हुए आपस में गुँथ गए हैं; जूझ रहे हैं; घूसाकशी कर रहे हैं। जाते ही नीरा दोनों को छुड़ा देती—"छोड़! छोड़!"

छुड़ाना कुछ आसान न होता। लड़ाकू चूँटे-से दोनों एक-दूसरे से गुँथे होते। मगर छोड़ना ही पड़ता आखिर। नीरा का बेहिसाब रोब था उन पर। मगर जुदा होते ही भभक उठते वे—वह क्यों मुझे—और फुफकारते रहते। दोनों ही यतीम बच्चे—अजीब उनका रूठना-मचलना। फैलाव में दुनिया को छाए हुए और उँचाई में आसमान छूता। नीरा हृदय से इसे समझती। यह समझ उसे थी। उसका अपना जीवन भी तो यही था। पाँच-सात साल की थी तो बाप मर गए, आठ साल की उम्र में माँ। पिता के बीमे के तीनेक हजार और जमीन बेंच-खोंचकर चार हजार, इन्हीं सात हजार की पूँजी के साथ बड़े चाचा के घर के एक कोने में उसे जगह मिली थी। वह जिन्दगी भी तो ऐसी ही थी। वंचित और वेदनामय उस जीवन का क्षोभ और विद्रोह तो विश्वव्यापी है, गगनचुंबी! लोग विकिनी द्वीप में अणु-विस्फोट कर रहे हैं। उसके तेज से हवा लोगों के लिए

जहरीली हो रही है। परन्तु मनुष्य के मन-मन के आकाश में क्षोभ और वंचना का जो विस्फोट पल-पल हो रहा है, उससे सब कुछ विषमय हो गया शायद! हाँ, सब कुछ विष! नीरा के मन के विस्फोट की प्रतिक्रिया से विनो सेन अगर नागासाकी-हिरोशिमा की नाईं झुलस ही जाए, तो क्या करे वह! लड़ाई छेड़ते समय जापान ने यह सोचा नहीं था। बारूद में चिनगारी तो पहले उसी ने डाली थी। अहिंसा के साधक भगवान बुद्ध का उपासक जापान!

बारूद में चिनगारी पड़ी और मौत का नजारा उपस्थित हुआ। कितने देवी-देवताओं के मन्दिर, राजाओं के राजमहल चूर-चूर हो जाते हैं; देवता पिसकर पिसान हो जाते हैं; राजा का शरीर महज मांस का लोथड़ा हो जाता है। वह किसी को रिहाई नहीं देता। अपने आप पर ही फटे तो खुद मांस के टुकड़े-सा छिटक-छिटक जाता है। विनोद सेन ही हुए तो क्या, वे त्यागी हैं; मान्य हैं, राष्ट्र के दरबार में सम्मानित हैं। बारूद में जब उन्होंने चिनगारी लगाई है, तो उन्हें टुकड़े-टुकड़े होना ही पड़ेगा।

लड़के खाने की जगह पर जाते, ठीक इसी समय यह घटना हुई। आश्रम के एक किनारे विनोद सेन का घर। दो कमरे, बरामदा, एक स्टूडियो, थोड़ा-सा बगीचा। बीच में स्कूल, बगल में बोर्डिंग, उससे सटा भोजनघर—सब पास ही पास। उसी के ठीक पीछे जिधर विनोद सेन का घर था, उसकी पहली तरफ शिक्षिकाओं के क्वार्टर। चालीस अनाथ बच्चों का आश्रम साथ में स्कूल पहले प्राइमरी था, अब बेसिक हो गया—उसी के साथ सेकंडरी स्टैंडर्ड की तीन क्लास। उसके लिए दो बूढ़े शिक्षक विनोद सेन का घर जिधर था, उसी कतार में वे रहते। इसी पंक्ति में विनोद सेन के घर के पीछे एक क्वार्टर में विनोद सेन की विधवा बहन अपने बच्चों के साथ रहती थी। उसी के एक तरफ रहती थी प्रतिमा। आश्रम की नींव पड़ी सन् 1948 में। महज आठ लड़कों से इसकी शुरुआत हुई। सन् 1950 में सरकारी सहायता से जब आश्रम का रूप बदल गया, तभी शायद विनोद सेन इस प्रतिमा को ले आए। प्रतिमा उनके किसी मित्र की विधवा थी, उनकी बांधवी भी लोग प्रिया बांधवी ही जानते थे। इससे ज्यादा कोई कुछ नहीं जानता था। फिर भी किसी को यह समझने में कठिनाई न थी कि उन दोनों में कुछ है। दूसरी शिक्षिकाएँ कानाफूसी करतीं, होंठ दबाए हँसा करतीं; नीरा

फीका हँसकर चुप रहती आई है। नीरा जिस दिन यहाँ आई, उसी दिन बच्चों को उसने प्रतिमा को माताजी कहते सुना, इस माताजी का मानो कोई मतलब हो।

नीरा की वैसी ऊँची आवाज सुनकर सभी बाहर निकल आए। निकली नहीं केवल सेन की विधवा बहन वह पंगु थी। उसके लड़के कॉलेज में पढ़ते थे। कलकत्ता में थे। चौदह-पन्द्रह साल की एक लड़की थी, वह यहीं स्कूल में पढ़ती थी। वह भी शायद शर्म के मारे नहीं निकली। बगल की फाँक से नजर आ रहा था या अन्दाज लगाया जा सकता था कि बहुत से लोग खड़े हैं। धीमा शोर-सा हो रहा है। दबी आवाज में कोई जैसे कह रहा है, जाओ, सब अपने-अपने घर जाओ। जाओ यहाँ मत रहो। बिहारी, ऐ बिहारी, जाओ, खाने की घंटी बजाओ न! जाओ!

यह सुनकर नीरा और विनो सेन, दोनों ने एक बार बाहर की तरफ ताका। स्कूल के अहाते में एक तो बत्ती थी बिजली की, वह भी थी भोजन-घर के पास : धुँधलके में काली-काली बहुत-सी मूर्तियाँ खड़ी थीं। सब टूट पड़े थे।

लेकिन नीरा क्यों परवाह करने लगी। उसने कोई गुनाह नहीं किया, गुनाह पर आपत्ति की है। और वह आपत्ति वह जोर गले से ही करेगी। मगर गजब का जीव है यह विनो सेन! कोई शर्म नहीं। जो शख्स अभी नीरा के सामने सिर झुकाए खड़ा था, उसी विनो सेन ने सबके सामने सिर उठाकर कहा—"कृपा करके आप लोग यहाँ से चले जाएँ। बात मेरे और मिस मुखर्जी के बीच है। वह जो भी कह रही हैं, मैं माने ले रहा हूँ। आप लोग कृपा करके चले जाएँ।"

भीड़ छँटने लगी। उनमें से सिर्फ एक था, जो खिसकती भीड़ को चीरकर दौड़ा आया? आया, लेकिन सीढ़ी के पास ही ठिठक गया। उसके बाद धीरे-धीरे दरवाजे का एक पल्ला पकड़कर खड़ा हो गया।

यह मूरत प्रतिमा थी। चेहरा उसका राख जैसा फीका पड़ गया था। किसी कदर दरवाजा थामे वह खड़ी रही। ताकने लगी विनो सेन की तरफ। अजीब निगाह! कैसी वेदना! कैसा क्षोभ! कैसी भूख!

विनो सेन ने अब सिर झुका लिया। उनकी सारी संजीदगी काफूर हो गई।

नीरा आगे बढ़ी। हाथ पकड़कर उस अभागिन औरत को उसने विनो सेन के सामने खड़ा कर दिया, बोली—"आप तो ज्ञानी-गुणी हैं, बुजुर्ग हैं; आप ही

कहिए, मनुष्यता के किस नियम या अधिकार से आप इससे ब्याह नहीं करेंगे, जब कि आप प्यार करके इसे यहाँ लिवा लाए? विधवा-विवाह के समर्थन में अभी-अभी उस दिन आपने पूरा एक घंटा भाषण दिया। जो एक बीवी के रहते दूसरा विवाह करते हैं; किसी को प्यार करके धोखा देते हैं; ऐसों के लिए आपने कहा कि उनके माथे गाज गिरे। इसके बावजूद आप प्यार करते हैं; मुझे आपने चिट्‌ठी लिखी कि मुझसे विवाह करना चाहते हैं—यह आखिर कैसे?"

प्रतिमा रोकर मानो टूट-सी पड़ी। विनो सेन के दोनों पाँव पकड़कर फफककर रोती हुई बोली—"तुमने यह मुझसे क्यों नहीं बताया? मैं जहर खाती।"

विनो सेन सिर झुकाए खड़े रहे।

"क्यों, जवाब क्यों नहीं देते?"

विनो सेन ने कहा—"मेरे सिर गाज ही गिरे नीरजा! वही मेरा पावना है।"

प्रतिमा रो उठी—"नहीं-नहीं-नहीं।"

नीरा ने कहा—"छि: छि:! आपको लानत है।"

कहकर वह तेजी से निकल गई। बाहर जाकर फिर लौटी, किवाड़ के पास खड़ी होकर बोली—"मैं आज ही रात यहाँ से चली जाऊँगी।"

प्रतिमा उस समय भी रो रही थी।

नीरा उतना ही कहकर चली गई।

जाते-जाते उसने सुना, विनो सेन दूर-दूर पर खड़े लोगों की टुकड़ियों से कह रहे थे, जरा सख्त-सी आवाज में ही कह रहे थे—"दया करके अब आप लोग जाइए। नाटक तो खत्म हो चुका, जाइए।"

थे भी बहुत-से लोग। शिक्षक भी थे। कुछ लड़के भी थे। विनो सेन महापुरुष ठहरे! नाराज होने की तो बात ही थी।

लेकिन, नाटक! वह नाटक कर गई!

बेशर्म कहीं का!

साधु है मनुष्य, सर्वत्यागी! बने हुए ढोंगियों की जमात! देहधारी मनुष्य—उसके एक-एक लोम कूप में दैहिक कामना की भट्‌ठी जलती है; उसी मुँह

को राख से बन्द करके आदमी संन्यासी बनता है। इस देश के महंतों के काले कारनामों के किस्से उसे मालूम हैं। यूरोप के संन्यासियों के व्यभिचार की कहानी उसने इतिहास में पढ़ी है। इतिहासवाले देशों में बगावत होती है, विद्रोह होता है—किस्सों के देश में वह नहीं होता। इसीलिए कभी जो क्रान्तिकारी रहे थे, आज अधिकार पाकर वे ढोंगी-व्यभिचारी बन बैठे हैं। लेकिन इसकी लजौनी लता-सी नारियाँ छूते ही सिकुड़ जाती हैं, लिहाजा सिमटे शरीर की भंगिमा में मेरा उत्तर लो, मुँह से जवाब देते बनता है! वह हल्का हँसकर देखती हुई सिर झुका लेती है। मगर विनो सेन, मैं ऐसों में नहीं!

लेकिन नीरा सख्त है, निर्दयी है—दुनिया को पहचानती है, मनुष्य के हृदय को वह आईने-सा साफ देख पाती है, अब तक बेसहारा भिखमंगिन-सी वह खड़ी-खड़ी देखती रही है। आज उसे बल मिला है, आघात नहीं करेगी!

नाटक किया, ठीक ही किया।

नाटक! नाटक क्या इतना सहज है, सुलभ? जिससे-तिससे भी भला नाटक होता है!

कमरे के अन्दर बैठी दीवारों की ओर ताकती हुई मन-ही-मन मानो वह इन बातों को दुहरा रही थी। अचानक बाधा पड़ गई। किसी ने बाहर से किवाड़ के कड़े खटखटाए। तीखी भाँस के साथ जरा-सी गरदन टेढ़ी करके उधर को ताकती हुई बोली—"कौन है?"

"मैं हूँ दीदी जी! नटवर!"

"क्या है?"

"बच्चों के खाने का वक्त हो गया। घंटी बज गई।"

"तुम दो। मैं नहीं जाती।"

"आज तो मछली है, गोश्त है, मिठाई है; छीना-झपटी करेंगे सब।

विनो सेन का जन्मदिन था। उसी उपलक्ष्य में दावत थी आज। जिन लोगों ने यह तैयारी की थी, उनमें प्रधान नीरा ही थी। अपने उस आचरण का अफसोस हो रहा था उसे। रुखाई से बोली—"करें छीना-झपटी। बला से! मैं नहीं जाती। मैं अब यहाँ की कोई नहीं। और किसी को बुला ले जा। अणिमा दी हैं, कमला दी—जिसे चाहे बुला।"

"जी?"

"कह तो दिया। वे न जाएँ तो खुद सेन बाबू को ले जाओ। जाओ।"

वह उठी। दरवाजा खोलकर बोली—"जा तू! और फिर किवाड़ बन्द करके उसने चटखनी लगा दी। एक पल को भी अब वह यहाँ के सम्पर्क में नहीं रहना चाहती। आज ही रात चल देना चाहती है, आज ही रात।

हाँ, आज ही रात।

रात है तो क्या! रास्ते के दोनों ओर घने जंगल हैं, तो हैं। दामोदर है, तो रहे। दामोदर पर डी. वी. सी. का बैरेज ब्रिज है। उस पार नई बस्ती। नए जमाने की आबोहवा। परेशानी सिर्फ यह थी कि साथ में सामान बहुत था। इसी तरह और एक दिन, रात में ही उसने जीवन की यात्रा शुरू की थी। महज जो कपड़ा पहने थी, वही सम्बल लिये ब्याह के मंडप के लिए सजी दुल्हन—साज-पोशाक उतारकर, कपाल का चन्दन और आँखों का काजल पोंछकर वह चल पड़ी थी। ब्याह की रात में इससे भी कठिन और जटिल घटनाएँ घटीं। नागपाश! नाटक!

बेशर्म विनो सेन ने कहा, "नाटक खत्म हो चुका।" नाटक! उसने नाटक किया! हाँ-हाँ, किया! नाटक करता कौन है? जो नाटक नट और नटियाँ करती हैं, वह तो नकली है। असल नाटक तो वही करते हैं, जिनके चरित्र का नाटक होता है। जो विद्रोही हैं, जो अन्यायों के खिलाफ लड़ते हैं, जो अपने जीवन को जलाकर समाज और संसार को आग लगाते हुए गरम सीखचों से सताए जाने का बदला चुकाते हैं, उन्हीं का जीवन-नाटक सच्चा नाटक है! उसे सारी घटनाएँ याद आने लगीं, अद्भुत नाटकीय घटनाएँ। नाटक के रूप में सजा-भर लीजिए, बस!

दो

सजाइए! सजा लीजिए नीरा के जीवन की घटनाओं को। देखिए, नाटक बनता है या नहीं!

दुनिया के रंगमंच पर दृश्य तैयार कीजिए! सन् 1930-31 का जमाना। कलकत्ता के करीब दमदम के बगल में एक छोटा-सा गाँव। हवाई अड्डा उस समय तक नहीं बना था वहाँ, कम-से-कम नीरा को तो इसकी खबर नहीं थी। आधा गाँव, आधा शहर। आकाश की पृष्ठभूमि में नारियल के बहुत-से पेड़ों का उठा हुआ सिर। सुपारी के भी कुछ गाछ और आम का बगीचा, जिसे काट-काटकर आबादी बस रही थी। आधा कच्चा, आधा पक्का रास्ता। दोनों तरफ कच्चा नाला। कीच से किचकिच। कीड़े-मकोड़े, मच्छर और मक्खियों का नर्क। चौरास्ते-जैसी एक जगह में कुछ दुकानें। बिजली उस समय दमदम तक आई थी, नीरा की बस्ती में नहीं पहुँची। घर कुछ तो पक्के थे, कुछ टट्टियोंवाले। पक्के लगभग सभी मकान इकमंजिले, दो ही एक दुमंजिला। लकड़ी की कुरसियों पर तकिए के कुशन, चौकियों पर जाजिम। इस पर होम

मेड टेबल-क्लाथ। खिड़कियों में रंगीन पुराने परदे पड़े। दरवाजे पर रोएँ उड़े पा-पोश, बहुत दिनों के पुराने। साँझ को स्यार बोलते। बीच-बीच में दो-चार साँप मारे जाते। दिन के दस बजते न बजते सारी बस्ती पुरुष-शून्य हो जाती। सब कलकत्ता चल देते। हाथ में भोजन का डब्बा, पान की डिबिया, मुँह में बीड़ी। शाम के छह से आठ-साढ़े आठ बजे रात तक सब लौटते। दमदम स्टेशन पर उतरकर मैदान की राह घर आना—गोया माँद में घुस रहे हों। कोई वैचित्र्य नहीं, बुझा-बुझा-सा। लेकिन काल की पटभूमि में बुझा हुआ नहीं। काल के आसमान में उस समय आँधी उठी थी। लँगोट और लकुटीवाले एक दुबले-दुबले-से आदमी के एक-एक कदम से देश का हृदय समन्दर की नाईं उमड़-उमड़ उठ रहा था। इसे तो रंगमंच पर दिखा नहीं सकते। प्रतीक के रूप में कुछ टूटे डाल-पत्ते, फूल बिखेर दीजिए। एक पेड़ की डाल से तिरंगा बाँध दीजिए। इसलिए कि समय सन् 1930। एक ही महीना पहले, 26 जनवरी को पूर्ण स्वाधीनता का संकल्प लेकर विद्रोह का झंडा ऊपर उठाया गया। तिरंगा, भारत की राष्ट्रीय पताका!

ऐसे ही वातावरण में रात को नेपथ्य संगीत में एक नवजात शिशु की रुलाई देकर शुरू कीजिए।

कभी-कभी लगता है, विद्रोह की यह आँधी शायद उस नवजात कन्या के रक्तस्रोत की ध्वनि के साथ गूँजी थी। इसके ऐसे स्वभाव का जिम्मेदार वही समय है।

नहीं!

यह नहीं। काल और स्थान मनुष्य के स्वभाव को कुछ नहीं देता। नहीं। वरना उसी साल तो और भी बहुतेरे लोग पैदा हुए। वे तो नीरा-जैसे नहीं। छुटपन में उसने बहुत-से लड़के-लड़कियों को देखा। उसके बड़े चाचा की बेटी को ही लीजिए एक ही घर में उसकी पैदाइश और इससे कहीं खौफनाक आँधीवाली रात में! जिस रात चटगाँव के अस्त्रागार की लूट हुई, उसी भयंकर रात में उसका जन्म हुआ। मगर कहाँ, वह तो नीरा-जैसी नहीं।

दुनिया की एक साधारण-सी लड़की भी नहीं है वह। एक लचर, हाँ, एक लचर लड़की है हिना। उसके जीवन की सड़ाँध नीरा के जीवन पर। लेकिन नहीं, उसे दोष क्यों दें? उसके जीवन के कीच-कलंक को नीरा ने खुद ही अपने शरीर से पोंछ दिया था, अपने ऊपर ले लिया था!

पुस्सी बिल्ली-सी लड़की हिना। नरम मिट्टी के लोंदे के बने जीते-जागते सुख के थुलथुल प्रतीक किसी तकिए या वैसे ही कुछ जैसी लड़की। नीरा से महीने-डेढ़ महीने छोटी। मैट्रिक फेल : शादी करके मजे में अपनी ससुराल गई। बेहिसाब पान खाती है, तंबाकू खाती है। सुबह से ही साज-सिंगार करती है। ससुर मर्चेंट ऑफिस के बड़े बाबू, लड़का भी वहीं नौकर इस बीच उसकी भी जाने कुछ तरक्की हुई। काफी दौलत। लड़ाई का जमाना—घूस की, काले बाजार की आमदनी। पाँच-छह नौकर-नौकरानी, रसोइया। सब पर रोब गाँठती। गुनगुनाकर गीत गाती सिनेमा का। सिनेमा खूब देखती और पति के कपड़े सूँघकर, उन्हें झाड़-झाड़कर देखती, कहीं कोई लम्बा बाल लगा-लिपटा है या नहीं। पति चरित्रहीन। इसका उसे कौतूहल ही है, गम नहीं, उसी कौतूहल के नाते वह बाल की खोज किया करती। वरना पति की गरम जेब से ही वह खुश है।

नवजात जीवन पर अगर जन्मकाल का असर पड़ता होता तो जिसका जन्म चटगाँव अस्त्रगार में लूट की रात हुआ, वह जरूर वैसे बदचलन पति को छोड़कर अदालत में जाकर खड़ी होती, कहती—मैं मुक्ति चाहती हूँ। या गार्डियन नॉट काटने-जैसे उस बन्धन को वह खुद तोड़ या काट देती, काटकर रास्ते पर खड़ी होती।

नः।

मन के आवेश से कहाँ से कहाँ आ पहुँची। जीवन-नाट्य के आरम्भ में ही आ पड़ी हिना की बात।

असल में हनन के अर्थ में उसका नाम पड़ा हिना। अस्त्रागार की लूट की रात जन्म होने से ही ऐसा हुआ।

जन्मकाल असल में कुछ नहीं।

माँ-बाप का स्वभाव बच्चों पर आता है, उसने विज्ञान में पढ़ा है। मगर उसके माँ-बाप के स्वभाव में वैसा कुछ था क्या?

वैसा कुछ सुना तो नहीं। बल्कि उलटा ही सुना है। माँ-बाप के बारे में उसकी अपनी स्मृति तो बड़ी धुँधली है। बाप गुजर गए जब वह पाँच साल की थी, और माँ चल बसी, आठ की उम्र में। चार-छह चित्रों के सिवाय ज्यादा कुछ याद नहीं आता। उनके बारे में उसने बड़ी चाची, हिना की माँ, से सुना।

इन बिखरी-बिखरी-सी याद आनेवाली बातों को हटाकर सजा लीजिए। दमदम के पासवाले उस गाँव में इकमंजिला एक मकान। बीच में अँगना—चारों तरफ छह कमरे। कमरों के आगे अँगना की सीध में सीधा बरामदा। बारह चौकोर पाए। छत खिलान पर न थी। काठ की कड़ियाँ। उनमें उस जमाने की लकड़ी की झिलमिली। उत्तर-दक्खिन लम्बी ईंट निकले रास्ते के सामने पूरब-रुख का मकान। दो तरफ दो कमरे, बीच में चार फुट चौड़ा, लगभग दस फुट लम्बा रास्ता, उसके बाद आँगन। उत्तर की ओर एक कमरा। एक कमरा दक्खिन की तरफ भी। पश्चिम में छोटे-छोटे दो कमरे रसोई के, दो बाथरूम, एक ऊपर जाने की सीढ़ी।

जरूरत हो तो कागज पर टाँक लीजिए, फिर पट आँकिए। जी चाहे बॉक्स सीन कर सकते हैं या कि मन ही में बना लीजिए। साफ देखिएगा कि रंगमंच का यह मकान वास्तव है। धरणी मुखर्जी के दो बेटे—हारान और परान। नौकरीपेशा। धानी जमीन थोड़ी-सी और एक बगीचा—इतनी ही जायदाद। चाकरी-जीवी दो निरीह-से भाई, दो बहुएँ। बड़ी बहू यानी नीरा की बड़ी चाची के दो बेटों के बाद एक बेटी—हिना। अपनी माँ की गोद में वह। दोनों भाई अलग हो गए हैं, मगर आँगन में दीवार नहीं खिंची।

1930 में देश-भर में आन्दोलन छिड़ जाने से दोनों भाई अपनी नौकरी के लिए बेहद परेशान।

उसे याद नहीं। कुछ महीने की नन्ही बच्ची थी वह। बड़ी चाची से मालूम हुआ। चाची उसे नहीं कहतीं। अजीब थीं। दुनिया में दो और दो उनके जीवन में कभी चार न हुआ। कहीं तीन तो कहीं पाँच और कहीं आठ हुआ। माँ-बाप को खोकर नीरा उस समय चाची के यहाँ रही थी, पतिता होकर नहीं बल्कि

उनके सिवाय कोई था नहीं इसलिए। लेकिन वहाँ भी वह अछूत-सी ही, अलग-अजात सी।

उस लचर लड़की हिना की वजह से ही यह गत। उम्र बारह की। हिना किसी वजह से रोती। रोती तो चुप नहीं होती। ऐसे में चाची आधी फटकार और आधे लाड़ से कहती, "यह भी तो देखना है, कैसी रात, कैसी लग्न में जन्म हुआ है! हिना नाम रख देने से ही क्या खुशबू आती है! दक्ष के यज्ञ को बरबाद करने के लिए शिव के प्रेत कानों में विष के फूल खोंसकर आए थे। उसी की बू से सब बेहोश। वही बू आ रही है। बाप रे!"

यहीं से शुरू होता। इन शब्दों में छिपा गौरव और समादर है—यह सुनते-सुनते कंठस्थ पाठ की तरह इतना सहज हो गया था कि हिना को खुश होने में देर नहीं लगती। और फिर थोड़ी ही देर में चाची उस समय की कहानी शुरू कर देतीं। हिना ही छोर पकड़ा देती। कहती, "काफी मारपीट, गुत्थमगुत्थी हुई थी। है न! कहो न माँ!"

माँ कहती, "उसकी पूछो मत। तेरे जन्म के कै दिन बाद खबर मिली। नहीं तो चटगाँव को तो आन्दोलनवालों ने छीन ही लिया था। वह एक खौफनाक घटना। खून जमकर बर्फ़ होने की नौबत। यहाँ मारपीट। देश-भर में हलचल। लड़कों की जमात की नारेबाजी। पिकेटिंग। नमक बनाना। दल के दल लोग जेल जाने लगे। वंदेमातरम्। कान रखना मुहाल नारों के मारे। यहाँ गोली चली, तो वहाँ लाठी, वहाँ बम। आज बेताल और कल हड़ताल! तेरे बाप जमाने से अफीम खाते थे—अफ़ीम मिलना दूभर। राइटर्स बिल्डिंग में साहब का खून कर डाला। अपने जहर खा लिया। गोली खाई। डर से माथे पर टोकरी रखकर साहब लोग टेबिलों के नीचे घुसे। औरतें रास्तों पर झंडा फहराती फिरीं, जेल गईं। पुलिस के लोग सिर फोड़ने लगे। मैं और तेरी चाची, दोनों जने चुपचाप घर में। शाम के बाद से छाती की धड़कन बढ़ जाती। दोनों जने कब लौटें। मैं आवाज देती—छोटी बहू, रात तो खासी हो आई। वह कहती—वही तो सोच रही हूँ दीदी!—तेरे बाप रेल के हेड ऑफिस में काम करते थे; नीरा के बाप राइटर्स बिल्डिंग में। मगर इससे क्या, बदन पर किसी के लिखा थोड़े ही है; भीड़ में पड़ गए तो कौन

किसको पहचानता है! पुलिस ने लाठी चला दी वहीं कि हुआ। वे बड़े चिन्ता के दिन बीते।"

कहते-कहते हँस उठतीं। हँसी में ही देश की बात के साथ घर की बात आ जाती। हँसकर कहतीं—इस दुख में भी हँस तो बिटिया! अपने बाप का लोभ तो देखा है मछली का। तेरे चाचा को भी कम न था। एक दिन पता चला, स्यालदा में बड़ा गोलमाल है, लाठी-चार्ज हुआ, ट्राम बन्द है। सो दोनों भाइयों ने तय किया—दोनों जने अपने-अपने दफ्तर से निकलकर एक साथ ही घर आया करते थे—तय किया, श्याम बाजार जाकर छोटी लाइन से कुछ दूर जाकर फिर पैदल ही घर आएँगे। श्याम बाजार के मोड़ पर पहुँचते ही सुना कि बाग बाजार में इफरात हिलसा मछली पड़ी है—बड़ी सस्ती, एक रुपए में इतनी बड़ी—सेर-डेढ़ सेर की। दोनों भाइयों के मुँह में पानी भर आया। गए दोनों। मछली भी खरीदी। दोनों एक-एक मछली झुलाकर चले कि इधर हल्ला हुआ। भागो-भागो पुलिस! बस इधर चितपुर, उधर बाग बाजार—दोनों दौड़ पड़े। एकबारगी नहर की तरफ। हाथ में मछली, बगल में छाता, दूसरे हाथ में खाने का डब्बा और भी जाने क्या-क्या? दोनों ने दो फुड भी लिया था शायद। दोनों ही जरा लदबद-से आदमी; आखिर छाता फेंका, खानेवाला डब्बा फेंका, फुड को फेंका और दौड़े। ट्रंक रोड पकड़कर जब दोनों घर पहुँचे तो दस बज रहे थे। घर में हम दोनों तो मरकर भूत: इधर तुम दोनों भूख के मारे चीख रही हो। मैं छपाछप पीट रही हूँ, मर-मर! तुम्हीं दोनों के फुड के फेरे में बेचारों की गई जान। होते-होते झड़प हो कई। मैंने तुमको जरा ज्यादा पीटा था। तू सिटपिटा गई। छोटी बहू ने कहा—तुम पागल तो नहीं हो गईं दीदी! ऐसे भी पीटते हैं बच्चे को?—मैंने कहा—मारा है, ठीक किया है। अपनी बेटी को पीटा है, तुम्हारा क्या?—वह बोली—पीटो, खूब पीटो। मार डालो। पुलिसवाले पकड़ेंगे तो मुझे गवाही देनी पड़ेगी, इसी से कहती हूँ। मैं भी जल-भुन उठी—देना, हाँ देना गवाही, फाँसी ही देगा और क्या करेगा?—उसने कहा—यह फाँसी अगर इतनी ही नाचीज है, तो उसे पीटना छोड़कर अपने ही गले में रस्सी क्यों नहीं कस लेतीं? मैंने कहा—क्या बोली?—बस ठन गई दोनों में। खूब। ठीक इसी समय दोनों भाई आ पहुँचे। कुरते में कीचड़, तेरे बाप का कपड़ा फट गया

था। जूते से उलझकर गिर पड़े थे। घुटना छिल गया था। तेरे चाचा का जूता टूट गया था। उसे हाथ में ढोते हुए घर आए। मगर मछली को नहीं छोड़ा। दोनों के हाथों मछली।"

और फिर जितनी हँसतीं चाची, उतनी ही हिना। हँसती खुद वह भी, मगर हिना-जैसी नहीं। हँसते-हँसते यों लोट-पोट होना उसे आता भी न था, अधिकार भी न था। वैसी हँसी हँसने से चाची अचानक थम जातीं और कहतीं—"यह कैसी नीरा! हिना भी तो हँस रही है। तुम्हारी हँसी बेहया-जैसी है। बेशक यही सब नहीं, उसके स्वभाव में कुछ था, कुछ है। पारिपार्श्विक अवस्था प्रकृति को जैसे अपने साँचे में ढालकर बनाना चाहती है, वैसी ही प्रकृति भी अपनी शक्ति के अनुसार बलपूर्वक साँचे को ताप में गलाकर और ही तरह का कर देती है।"

लेकिन रहे यह बात।

इसी से कल्पना कर लीजिए—वह जैसे आँखों देख रही हो, इस तरफ से साफ देख पाती कि इन दोनों शान्त परिवारों में तृप्ति का एक सुख था। विद्रोह, क्रान्ति—यह सब कुछ न था। 1930 के उस जमाने में भी न था। पिता राइटर्स बिल्डिंग में वित्त विभाग के किरानी थे दिन-भर मीजान मिलाते—फाइल दुरुस्त करते, अफसर की सही कराते, जब-तब डिबिया निकालकर पान चबाते, साथ ही बीड़ी सुलगाकर आराम करते; देश की आजादी की कामना कतई थी भी या नहीं, वह नहीं जानती। क्योंकि चाची कहा करती थीं, जिस रोज दोनों भाई कष्ट पाकर घर लौटते थे, तो घर में बैठकर नेताओं पर फब्तियाँ कसा करते थे। आजादी की कामना हो भी तो डर के मारे मन के चोर-कमरे के किसी कोने महाजन के डर से, डरपोक देनदार की नाईं छिपी होगी।

और जिस दिन कष्ट नहीं होता, उस दिन कौतुक से दोनों ही ओर की कायरता की आलोचना करते हुए मजा लेते—समझा, पुलिस ने खेदा कि लोग नौ दो ग्यारह। और वह भागना—सिर पर पैर रखकर! किसी का पिछुआ खुल गया, तो वह उसी हाल में भाग रहा है! फिर कहते—"कमबख्त साहब के कमरे में गया—दरवाजे का जरा ज्यादा शब्द हुआ कि वह उठ खड़ा हुआ। कहने लगा—हू आर यू? अर्दली? अर्दली? थर-थर काँप रहा है वह। मैंने कहा—एक्सक्यूज मी सर!—कैरिइंग सो मेनी फाइल्स, आई हैड टु पुश दि

डोर विद माइ हेड। और फिर कहते—इनके भी दिन करीब आ गए। खट की आवाज पर चौंक उठते हैं, प्राण-पंछी पिंजड़े में सिर पीटने लगता है—उनका खेल खत्म जानो।

इसके बाद या तो उसे लाड़ करते—नीरा, हीरा, जीरा, धीरा, मीरा, खीरा...। बेमानी शब्दों का ताँता। लेकिन उसमें अनोखी मिठास। या तो कहते—जो कि बेमानी नहीं—नीरा, हीरा, मोती, माणिक। नीरा को मैं स्कूल में पढ़ाऊँगा, गाना सिखाऊँगा।

माँ कहती—"नाच भी सिखलाना। आजकल ठीक से नाचना जानने का रिवाज चल पड़ा है।"

पिता कहते—"बेशक सिखाऊँगा। बीस साल से पहले तो शादी होती नहीं। बीस साल में इंश्योरेंस मैच्योर करेगा।"

माँ कहती—"क्या सोचते हो कि तीन हजार में अच्छे घर में शादी हो जाएगी?"

"न होगी तो करूँगा क्या? और भी तो बाल-बच्चे होंगे। उनकी भी तो जिम्मेदारी रहेगी।"

"तनखा बढ़ेगी तब तक?"

"सौ बढ़ेगी। मालूम है, साहब ने सर्विस बुक पर बहुत अच्छा नोट दिया है।"

"सुना, तुम दोनों भाई जमीन बेच रहे हो?"

"हाँ। अच्छी कीमत मिल रही है। नर्सरीवाले ले रहे हैं।"

"मगर रुपए नाहक खर्च मत कर देना।"

"घर की मरम्मत करा लूँगा, बाकी के कैश सर्टिफिकेट खरीदूँगा।"

"एक बात कहूँ?"

"कहो। इतनी झिझक क्यों?"

"नीरा को पिरेंबुलेटर खरीद दोगे?"

"मान लो, खरीद दिया। ठेलेगा कौन?"

"नौकरानी रख लूँगी। जेठ जी ने हिना के लिए एक खरीद दिया है। पूछो मत, चढ़ने के लिए कितनी ललकती है यह!"

"भैया को कितना मिलता है, जानती हो? मुझसे दूना। मुझे मिलता है, पचासी, उन्हें एक सौ साठ।"

"मिले। बच्चे यह सब नहीं समझते।"

"बच्चे की माँ भी नहीं समझती।"

"खैर बाबा, न देना हो, न देना। इतनी बात काहे की? बच्चे की माँ ने अपने लिए कभी कुछ कहा भी है? जिठानी जी का तो हार तुड़ाकर नया हार बना, मैंने कहा तुमसे कि मेरा भी बने! ब्याह में रुपया तो दोनों भाइयों ने समान ही लिया। मेरे पिताजी को बाजार भाव बताया गया था। कहा गया था कि लड़का राइटर्स बिल्डिंग में दाखिल हुआ। बड़ा रेल का नौकर है, पेंशन नहीं मिलेगी। इसको पेंशन मिलेगी।"

"बाप रे बाप! बच्चे की माँ बोलती नहीं, यह कहकर कुछ कम नहीं कहा।"

"खैर, अब न कहूँगी। लेकिन कल इसके दो फ्राक लाए बिना न चलेगा। मैंने दाई से बात की है। एक रुपया ज्यादा देने से वह शाम को इसे घुमा लाया करेगी, मगर मैं इन रद्दी कपड़ों में इसे नहीं भेज सकती।"

और दूसरे ही दिन वे फ्राक ही नहीं, एक सस्ती सेकंड हैंड ठेला-गाड़ी भी ले आए थे। एक ब्लैक जापान भी ले आए थे और खुद से रँगकर पुरानी गाड़ी को नई शक्ल देने की कोशिश की थी।

उसकी माँ के दो और बच्चे हो-होकर मर गए थे—लिहाजा उसी की पीठ का दोष बताकर माँ उससे असन्तुष्ट हुई थीं। लेकिन पिता ने और भी ज्यादा प्यार किया।

छुटपन में दुःख ज्यादा न था। लिहाजा विद्रोह की वजह न थी। वह शायद प्रकृति में था, जिसे संघात ने जगा दिया।

यह तो हुई नाटक की पूर्व-कथा। संस्कृत के पुराने नाटकों का अनुसरण करें, तो इतने को भी शामिल करके सूत्रधार यहाँ 'अलमति विस्तरेण' कहकर प्रस्थान कर सकता है या अभिज्ञान शाकुन्तल की प्रस्तावना की अन्तिम बात की नाई हरिण और राजा दुष्यंत के उल्लेख की तरह उल्लेख कर सकता है—

संघात का चरम एवं अनिवार्य संघात क्या है?—वह वही...

महाश्वेता

और उसके बाद ही आरम्भ हो नाटक। सूत्रधार प्रस्थान करो। सूक्ष्म यवनिका को उठा दीजिए। एक खाट पर शव रखा रहे। चादर पड़ी हो उस पर। जी चाहे फूल बिखेर दीजिए। उससे कुछ दूर पर विस्फोटित बड़ी-बड़ी आँखोंवाली पाँच साल की एक काली लड़की को खड़ा कीजिए।

कठोरतम आघात से उसका सोचा विद्रोह जाग रहा है। कठिनतम चोट देकर मौत ने उसके बाप को छीन लिया।

पिता चल बसे। ठीक याद नहीं। सिर्फ दो झलकी याद हैं। सन्-तारीख—स्थानहीन एक सूर्यास्त-जैसी। लाल सूरज काँपता हुआ घूमता है, उसी छवि-जैसा। शव यात्रा के दो दृश्य याद हैं। एक कि एक खाट पर एक आदमी पड़ा। पिता की तसवीर है; लेकिन उनकी शक्ल इस फोटो की शक्ल जैसी है या नहीं, नहीं कह सकती है नीरा। क्योंकि खाट पर जो लेटा था, उसकी शक्ल याद नहीं, वह सफेद कपड़े से ढका था। कुछ फूल बिखरे थे ऊपर। और दूसरा यह कि कुछ लोग आए और रस्सी से बाँधकर उठा ले गए। नीरा चीख उठी थी, नहीं!

यह याद भी ऐसी थी कि शायद कभी ही प्रत्यक्ष याद आए। पिता का जिक्र आता तो तसवीर के ये दो टुकड़े याद जरूर आ जाते, लेकिन याद आने से उस दिन का कोई दु:ख या क्षोभ या पीड़ा मन को नहीं छूती। लेकिन किसी शव के साथ जार-बेजार रोते हुए किसी बच्चे को जाते देखती तो तसवीर के उन दो टुकड़ों के साथ उस दिन का वह काँटा खच से मन के अन्दर चुभ जाता। लगता, सृष्टि में कितना अनाचार है! कितना अन्याय! पितृविहीन किसी उदास चेहरेवाले शिशु को देखकर भी याद आता उसकी स्वाभाविक चेतना छुटपन के सँजोए उस आश्चर्यजनक जख्म के दर्द से मिलकर गाढ़ी हो उठती।

खैर।

लाश—बँधी खाट की तरफ ताककर नीरा चीख उठी—"नहीं।" और 'राम नाम सत्य है' की धुन के साथ खाट उठी।

पहला कथोपकथन नाटक का होगा—कोई पड़ोसी उसके चाचा से पूछ रहा—परान कुछ छोड़-वोड़ भी गया है कि सब कुछ फूँक ही गया?—चाचा जवाब देंगे—"ठीक मालूम नहीं कि बेची हुई जमीन के रुपए में से कितना

छोड़ गया है; लेकिन बीमे की एक पॉलिसी तो है। अभी-अभी उस रोज तो प्रीमियम दे आया।"

"कितने रुपए की?"

ये बातें नीरा की कल्पना की हुई हैं। लेकिन बाद की जिस नाटकीय घटना ने उसके जीवन को बदल डाला और जो उसे याद है, उसी के अनुसार इन बातों को उसने पिरोया है।

उसके जीवन-नाटक के रचयिता जब रचना में जुटे या जुटते हैं, तो वे एक बेरहम और मजाकिया दिल लेकर बैठे।

उन्होंने बाप की मौत से नीरा के सुख को बढ़ा दिया। माँ के पल्ले रुपए आए। न केवल जमीन की कीमत के बल्कि बीमे की पॉलिसी के भी। कुल मिलाकर छह हजार के करीब। सन् 1935 में देश की आर्थिक स्थिति क्या थी, सोच देखिए। उस समय यह रकम कुछ कम न थी। उस जमाने में कलकत्ता कॉरपोरेशन के अन्दर ढाई कट्ठे के रकबे में पाँच हजार रुपए से दुमंजिला मकान बनकर खड़ा हुआ है।

बाप की मौत से जिन्होंने सुख बढ़ाया, वे बेरहम और मजाकिया नाटककार हैं।

मामले को जरा साफ कर देने के खयाल से उन्होंने चाची से उसकी माँ को कहलाया—"छोटी, उठ। बच्ची को छाती से लगा है।"

और माँ ने नाटककार के इशारे से सिर हिलाया था—"नहीं।"

चाची ने कहा था—"नहीं क्या, उठा उसे अब तक उसकी बड़ी लापरवाही की। तिस पर जब से हो-होकर तेरे दो बच्चे जाते रहे, तू उसी को जिम्मेवार बताकर उसे राक्षसी कहती थी। देवर जी बेचारी को छाती से लगाकर कहते थे—आः, क्या तो कहती हो, नन्ही सी बच्ची है। उसे राक्षसी कहती हो। अपने और मेरे भाग्य को क्यों नहीं कोसती?—आज वे नहीं रहे। अब तेरे भी तो यही सहारा है। ले, गोदी में ले इसे।"

माँ ने दोनों हाथ फैलाकर उसे छाती से जकड़ लिया था। संसार—रंगमंच का नाटक—अभिनयवाला नहीं। इस नाटक का एक-एक दृश्य महीनों, या कि सालों चलता रहता है।

नीरा के जीवन-नाटक का यह दृश्य तीन वर्ष तक चला। बाप की मौत के साथ शुरू, माँ की मृत्यु के साथ अन्त। उसके बाद सोई प्रकृति पर आघात। लिहाजा अपनी सारी शक्ति बटोरकर वह लड़ने को तैयार हो गई।

दृश्य के आरम्भ ही में पिता की मृत्यु से अजीब नाटकीय ढंग से उलटा नतीजा निकला। उसकी कद्र बढ़ गई।

माँ ने जबानी ही लाड़ नहीं किया, उसे सजाने लगी। छह हजार के करीब रुपए हाथ आए थे—ऊपर से रही-सही जमीन भी माँ ने बेच दी।

बोलीं—"देखभाल कौन करेगा? जबरदस्ती कोई हथिया ही ले तो मामला-मुकदमा कौन करेगा? उपज का बँटवारा कराकर घर लानेवाला ही कौन है अपना?"

चाची ने कहा था—"मुझ पर एतबार नहीं?"

माँ ने कहा था—"आप गुरुजन हैं, मेरा मन बड़ा छोटा है। आपको कोई नुकसान न होगा, पर सन्देह करके पाप मुझे लगेगा। इससे तो न रहे, यही बेहतर।"

"खैर। मौरूसी जायदाद है। हम लोग ही खरीद लेंगे।"

"ले लीजिएगा। मगर दाम के बारे में औरों से पूछ लूँ जरा।"

माँ पस्त नहीं हुईं। वह नीरा के पिता के हितू कुंडू बाबू के यहाँ गई थीं।

जमीन कुंडू बाबू ने ही खरीदी थी—सबसे ज्यादा दाम देकर। इससे भी माँ को कई हजार रुपए मिल गए। कैश सर्टिफिकेट लिया।

उसके बाद नीरा को उन्होंने पहनाया-ओढ़ाया, बाल गूँथकर दो वेणी बनाई और गाड़ी पर क्राइस्ट चर्च स्कूल ले गईं। फीस ज्यादा थी वहाँ। फिर घोड़ागाड़ी से जाती-आती। टिफन ले जाने का डब्बा ले दिया।

जिस रोज पहली बार गाड़ी दरवाजे पर खड़ी हुई, हिना दौड़ी-दौड़ी माँ के पास गई—"माँ, मिशन स्कूल की गाड़ी आई है।"

चाची ने कहा था—"तो? आई तो नाचूँ मैं?"

ठीक इसी समय नया जूता-कपड़ा पहने माथे पर रिबन बाँधकर थैला लटकाए उनके घर से नीरा निकली।

गाल पर हाथ रखकर हैरत में पड़ी चाची ने कहा—"हाय राम! तू जाएगी? गाड़ी तेरे लिए आई है?"

नीरा हँसते-हँसते गाड़ी की ओर दौड़ पड़ी थी, जवाब ही नहीं दिया कुछ। जवाब उसकी माँ ने दिया था—

"उसे मिशन स्कूल में दाखिल करा दिया। पढ़े।"

हिना तुरन्त लोटने लगी थी, मैं भी जाऊँगी। इस स्कूल नहीं जाऊँगी मैं। चाची ने उसे दो-चार धौल जमा दिये थे, "चुप! चुप रह।"

"नहीं, नहीं!" हिना का चीखना बन्द नहीं हुआ।

एकाएक चाची माँ से कह उठीं—"हिना की बराबरी के लिए ही बेटी को वहाँ दाखिल कराया, क्यों?"

अवाक् होकर माँ ने कहा—"तुम लोगों ने हिना को ठेला-गाड़ी ले दी थी लेकिन तब मैंने ऐसा नहीं कहा था दीदी!"

हिना पागल-जैसी हाथ-पैर पटक-पटककर रो रही थी। चाची ने उसे फिर पीटा और कहा—"तेरे तो बाप नहीं मरे हैं कि मेम साहब बनेगी! और बाप मरे भी तो क्या, एक गंडा भाई जो हैं तेरे। तुमसे पहले के दो, बाद के दो।"

अजीब है! पिता की याद नहीं, माँ के चेहरे की याद भी धुँधली हो गई है, लेकिन ये बातें उसके मन में अक्षय हो गई थीं। गाड़ी की ओर बढ़ते हुए ठिठककर उसने सुना था, देखा था। आज भी याद है। इसीलिए अनाथ आश्रम में आकर उसने बच्चों को कभी कड़वी बात न कही। किसी से भी नहीं कही। सहयोगिनियों ने उसे बहुत बार सख्त होने को कहा; भी कहा—"थोड़ा शासन करो। हम शासन करते हैं और तुम ऐसा सहला देती हो कि गोबर में घी ढालना हो जाता है।"

वह इस पर हँसी। बोली—"दीदी, भोजन में सबसे मीठी चीज नमक है और दुनिया में सबसे अच्छी मिठाई है मीठी बात! कड़वी बात कहनी नहीं चाहिए, कह नहीं सकती। ठीक तो है, शासन करो, यह तुम लोगों के जिम्मे रहा।"

कह तो नहीं सकती, आज उसने इस रुखाई के साथ बातें कैसे कीं। नहीं, कह सकती है। असल में जान ही किसी का सर्वस्व नहीं है, मान भी है। जान से मान बड़ा है। दुनिया के जो भी सामर्थ्य और प्रतिष्ठावाले लोग मनुष्य का

असम्मान करते हैं, उन्हें वह क्षमा नहीं कर सकती, नहीं कर सकती। चूँकि क्षमा नहीं कर सकती, इसलिए आज वह यह नीरा बनी है, नहीं तो...।

खैर! फिर आज ही वाली बात आ पड़ी।

नाटक के दृश्य की परम्परा टूट रही है। स्मृति का प्रोंपटर कहता है, गलत कह रहे हो। यह बाद का कथोपकथन है। बोलो, सुनो, सुनकर बोलो।

यह घटना एक ही दिन होकर चुक नहीं गई। रोज ही घटती। चाची ने चाचा से हिना को उस स्कूल में भरती कराने की बात कही थी। चाचा ने वैसा नहीं किया। हिना भी जिद पर अड़ी रही। वह बराबर रोती। अपने स्कूल में न जाने की जिद करती। चाची उसे पीटतीं। चाची वही बात कहतीं—"पहले अपने बाप को मरने दे!"

माँ चुप ही रहतीं। मन ही मन हँसतीं शायद। कभी-कभी धीरज खो बैठतीं।

वैसे में चाची से कहतीं—"यह क्या कहती हो दीदी, छि:!"

चाची जल-भुनकर कहतीं—छि: काहे की! सच कह रही हूँ और कह रही हूँ अपनी लड़की से।"

माँ कहतीं—"नहीं, कह रही हो मेरी बिटिया से।"

"नहीं। नहीं। नहीं। सींग बढ़ाकर लड़ना चाहती हो।" चाची कहतीं।

माँ दृढ़ स्वर में कहतीं—"खैर, जेठ जी भी आ जाएँ, पूछती हूँ, वे क्या कहते हैं? न होगा, तो पड़ोसी से कहूँगी। उसका भी कोई नतीजा न होगा, तो सब बेच ही दिया है, घर भी बेचकर चली जाऊँगी।"

माँ को पता था कि यह कहना ब्रह्मास्त्र है; क्योंकि पड़ोसी कुंडू उस समय हल्के में राहु का ग्रास और शक्ति लिये जाग उठे थे। जितना बड़ा जबड़ा हो उठा था उनका, उतनी ही बड़ी थी हाजमा शक्ति। बड़े चाचा रेल की कमाई से थोड़ा-बहुत करके उपराहु बन बैठे थे या बाघ के पीछे लोमड़ी से कुछ ज्यादा—भेड़िया कहिए। माँ के पास जो खेत बच रहे थे, उन्हें चाचा के ग्रास से कुंडू ने ही छीन लिया था। माँ को इसका कोई शिकवा नहीं। उन्होंने खेत खुशी-खुशी ही दिये और कुंडू ने उनका वाजिब दाम देकर लिया। परान बाबू से थोड़ा मेल-जोल भी था। मकान पर भी उनकी निगाह थी। मकान मिल जाता तो उनका अपना अहाता चौकोर हो जाता। बच जाता सिर्फ चाचा का

मकान। कुंडू बाबू ने माँ से कह भी रखा था—"बहू, यकीन रखो, तुम खुद नहीं बेचना चाहोगी, तो मैं मकान नहीं लूँगा। लेकिन किसी वजह से बेचने को तैयार होओ तो मुझी को देना।" इसलिए जब भी मकान बेचकर चल देने की बात उठती, वे चौंक उठते, खौफ खाते।

चाची चुप लगा जातीं। चाचा आकर कहते—"बहू, तुम अपना मकान क्यों बेचो; बल्कि हम लोग ही जाते हैं। तुम बेचोगी भी तो हमें तो नहीं दोगी, लेकिन मैं तुम्हें ही देना चाहता हूँ। ले लो।"

माँ इससे खौफ नहीं खातीं; क्योंकि वह खूब जानती थीं कि चाचा मकान नहीं बेच सकते। छलना जब नकली नाटकीय होती है, तो कोई नहीं डरता, यहाँ तक कि दूसरा पक्ष, जो उसका अभिनय करता है, वह भी नहीं—दर्शक भी नहीं। चाचा की यह छलना बिलकुल नाटकीय होती। माँ कहतीं—"सो आप जो चाहे करें। जी चाहे तो आप अपने आराम के खयाल से घर बेचकर कलकत्ते जा सकते हैं। मगर अपने लिए तो यह सम्भव नहीं। मैं अपनी बिटिया को लायक बनाऊँगी, पढ़ाऊँगी, जिससे भले के हाथ पड़ सके या शादी न हो तो मास्टरी-वास्टरी करके गुजर-बसर कर सके। पढ़ने में तेज भी है; क्लास में अव्वल आती है। उसे ऐसा कहना मुझे बरदाश्त न होगा; आखिर माँ का ही जी तो ठहरा।"

चाची से रहा न जाता, फुफकार उठतीं—"और मेरा जी राच्छसी का है, क्यों?"

चाचा ऐसे में डपट उठते—"हो क्या रहा है? कह क्या रही हो?"

माँ कहतीं—"आप ही सुनिए।"

चाचा कहते—"तुम बड़ी हो। तुम्हें बरदाश्त करना चाहिए।"

नीरा को कौतुक-सा लगता। ये तसवीरें फोटोग्राफ नहीं, तूलिका से पक्के रंग की तसवीर जैसी अंकित हो गई हैं। शायद हो कि फोटो के हाथ की बनी तसवीर का जो फर्क होता है—स्याही की जगह गहरी स्याही ; चमक की जगह आर्ट पेपर की चिकनी शुभ्रता से साफ-सुथरी। लेकिन विषय सही-सत्य। इसके बाद नीरा जोर-जोर से अंग्रेजी पढ़ने लगती। शुरू से ही वह स्कूल में अंग्रेजी का उच्चारण तक ठीक-ठीक मेम साहब-जैसा करती।

टेल द मैन टु कम टु मी।

माँ ने सच ही झूठ नहीं कहा। नीरा पढ़ने में तेज थी और उस समय स्कूल में पढ़ रही थी, इसलिए पढ़ने भी अच्छा लगी थी। पढ़ने के साथ-साथ एक और भी चीज सीखी थी उसने। वह थी सफाई, साज-सिंगार। दो साल बीतते न बीतते, माँ की मृत्यु से कुछ पहले वह माँ का सजाना कुबूल नहीं करती थी। कहती—"नः। तुम बहुत लाउड कर देती हो।"

चौंककर माँ कहतीं—"क्या? क्या कर देती हूँ मैं?"

"लाउड। लाउड यानी तीखा। यानी जरा भड़कीला साज किये देती हो।" लाउड शब्द नीरा ने सीख लिया था।

माँ गर्व से हँसकर लोट-पोट हो जातीं—"बाप रे!"

माँ के जीते-जी ही नीरा ने तीन साल की पढ़ाई खत्म की और तब की यू. पी. परीक्षा में तीन रुपए प्रतिमाह छात्रवृत्ति पाई। हिना उस बार फेल हो गई थी।

स्कूल की मेम साहब ने आकर कहा था—"अपनी बच्ची को अब किसी अच्छे स्कूल में दाखिल करा दें। खूब अच्छा करेगी। आप कहें तो मैं किसी मिशन स्कूल में कह देखूँ। फ्री हो जाएगी। मैं कहूँगी, हाँ कहूँगी।"

लेकिन माँ ने उतनी हिम्मत नहीं की। उन्होंने उसे वहीं के कन्या विद्यालय में दाखिल करा दिया। स्कूलवालों ने आदर के साथ उसे लिया और फ्री कर दिया। यही नहीं, स्कूल में, मुहल्ले में शोर मचा—ब्रिलियंट गर्ल! कोई-कोई कहते भी थे—"काश, परान की यह लड़की कहीं लड़का होती!"

माँ स्नेह से उसे चूमकर कहतीं—"यही मेरा लड़का है; बल्कि लड़के से भी बढ़कर। एक दिन इसी तरह दुलार करते समय वह छाती पर हाथ रखकर बैठ पड़ीं। अरे, यह क्या? छाती में और तुरत "माँ-माँ" करके लुढ़क पड़ीं।

नीरा चीख उठी—"माँ-माँ! क्या हो गया माँ! माँ! माँ! चीख सुनकर उस पर से ही चाची ने कहा—"अरी, इस कदर चीख क्यों रही है? माँ क्या मर गई?"

"नहीं जानती। देखो चाची, क्या हो गया!"

चाची ने देखा। "हट जा" कहती हुई उनके मुँह पर पानी के छींटे दिए। हिला-डुलाकर देखा। खड़ी होकर बोलीं—"खा गई, माँ को भी खा गई। भाई को खाकर पेट न भरा, बाप को खाकर पेट न भरा, आखिर माँ को भी खा गई।"

नीरा आँखें फाड़-फाड़कर चाची को घूर रही थी। उसने खाया माँ को? उसने?

दृश्य खत्म हुआ। नाटक नहीं है भला? माँ के अनादर से आरम्भ हुआ दृश्य, बाप के मर जाने से माँ में अचानक परिवर्तन, और उसके बाद ही दिल की गति बन्द होकर माँ की मृत्यु। उसके बाद चाची की झिड़की—माँ को भी खा गई!

नीरा के जीवन पर अगर कोई नाटक लिखे और उसे ज्यादा नाटकीय करने का इरादा करे तो इतना उसमें जोड़ दें कि नीरा ने तीखे स्वर में प्रतिवाद किया—"नहीं-नहीं। मैंने नहीं खाया, मैंने नहीं।" वह माँ की छाती पर पछाड़ खाकर गिरी—"माँ...माँ!"

मगर हकीकत यह थी कि वह अवाक् खड़ी थी। चाची की बातें उसके तमाम बदन पर बेंत-सी पड़ रही थीं मानो वह जोर से प्रतिवाद करती। पर माँ को ऐसा क्यों हुआ, वह समझ नहीं सकी। उसने चोट की।

भयंकर चोट देकर मृत्यु फिर उसके सामने खड़ी हो गई। वह मूक होकर खड़ी रही। रोई नहीं। रोना नहीं आया।

तीन

फिर नया दृश्य आरम्भ हुआ। दूसरा दृश्य।

आज के रंगमंच में प्रकाश की व्यवस्था एक अंग-विशेष बन गई है। प्रकाश जादू से असम्भव सम्भव होता है। दिन-रात, प्रातः-संध्या दिखाना बड़ा सहज हो गया है।

पहले दृश्य के प्रकाश में भोर का परिवेश। जोत फूट रही है। उषा। महज। दो-एक कौओं की काँव-काँव। नीरा के जीवन का वह समय उषाकाल ही है। हल्के कुहरे का आवरण भी।

माँ की चिता की लपट के आलोक में अन्त के आलोकित होते ही चिड़ियाँ चहक उठीं। पूरब क्षितिज लाल हो उठा। सूरज उगने लगा। इसी स्थिति में उसने चिता पर माँ को जलते देखा।

मौत को उसने कभी इस तरह से नहीं देखा। उम्र भी क्या थी कि देखती! आठ साल की। जीवन में स्मृति दृढ़ नहीं हो सकी थी, सक्षम नहीं हो पाई थी जीवन की जलमय सृष्टि से स्मृति की पृथ्वी कीच के स्तर-सी जाग ही

रही थी। बाप की मृत्यु की स्मृति में बाप का अस्तित्व नहीं रहा, वह वजनी आदमी कीच की दलदल में जाने कहाँ गायब हो गया! खोदने पर हो सकता है, कोई कंकाल या माटी पर कंकाल की छाप मिले। रहने में केवल चौड़ी खाट का निशान भर रह गया। लेकिन आठ साल की उम्र में उसकी आँखों के आगे, उसकी गोद में ही कहिए, माँ का यह मरना उसकी जमती आती स्मृति पर पहली सख्त चोट थी। वह हतचेतन-सी हो गई। मुँह में आग उसे ही देनी पड़ी थी। श्राद्ध भी करना पड़ा था। उन आघातों में वह कोई प्रतिघात नहीं कर सकी। दुर्बोध या अबोध किसी भय से कई दिन तक रोती ही रही थी केवल। सिर्फ एक बात याद है। उसे अगर इसी दृश्य-परिवर्तन की विरति के अवकाश में या कि एक ही दृश्य में अगर अंक को खत्म कीजिए तो पहले और दूसरे अंक के बीच में उन बातों को साज-घर में दूसरे अंक के नाट्य-निर्देशक का कठोर निर्देश कह सकते हैं। मसानघाट से लौटने में साँझ हो गई थी। चाची ने कहा था—"आज कुछ खाना नहीं चाहिए। बिस्तर पर सोना मना है। उस कंबल पर सो रहो।"

दूसरे दिन सवेरे जगते ही चाची ने कहा—"अजी ओ मेम साहब, जगते ही तो बाल सँवारा करती हो; पाउडर भी लगाती हो शायद। वह सब मत करना। नहीं करना चाहिए।"

करती भी नहीं वह। शोक का एक स्वाभाविक वैराग्य होता है। उसमें आराम और साज-सिंगार की बात याद नहीं रहती। लेकिन निर्देशक की भूमिका लेकर चाची ने निर्देश दिया—"तुम्हारा मेक-अप अब बदल गया। याद रखना तुम दुखिया हो।"

परदा उठा। श्राद्ध के मौके पर? नहीं, उसके भी बाद।

बारह-चौदह दिन में ही वह मेक-अप की आदी हो गई। चेहरे पर क्लिष्ट मलिनता की एक छाप पड़ गई। उसका इस अंक का यही मेक-अप। अब परदा उठे। उठाइए।

याद रहे, माँ मर चुकी है। श्राद्ध भी हो चुका है। श्राद्ध के दस दिन तक वह कंबल पर सोती रही, अकेली सोती रही—चटकदार भोजन के लिए जी नहीं ललचाया—हाँ, भूख जरूर लगी। पिंड उससे नहीं खाया जाता था। श्राद्ध

किया, लेकिन कुछ समझा नहीं। कैसा तो एक खोया-खोया-सा भाव रहा इस अरसे में।

श्राद्ध के बाद भी वह इसी तरह उदास बैठी रहेगी। इतवार का दिन। चचेरे बहन-भाई एक तरफ लूडो खेल रहे थे। कोई "ही-ही" करके हँस रहा था। इसी बीच में आएगी उसकी बुलाहट। बड़ा चचेरा भाई आकर कहेगा—"नीरा को बाबूजी बुला रहे हैं।"

चाची कहेंगी—"अरे, ये कुंडू बाबू और हेडमास्टर क्या कर रहे हैं?"

चचेरा भाई अजीत कहेगा—"राम जाने। खेलने जा रहा था कि फरमान आ पहुँचा—अजीत, जरा नीरा को बुलाओ तो। हुँ। न्विसेंस।" और कमरे की तरफ मुँह करके 'कह दिया' चीखता हुआ वह चला जाएगा दौड़कर।

याद रहे तो अब उठाइए परदा।

नः। रुक जाइए। रुकावट आ गई।

1956 में दामोदर बरान, दुर्गापुर के उस पार बाँकुड़ा-स्थित विनो सेन के आश्रम में युवती नीरा के बन्द कमरे के दरवाजे पर थपकी पड़ रही है। कौन पुकार रहा है?

1938 में माँ के मरने के बाद अतीत की ओर मुड़कर वह अपने मन के रंगमंच पर जीवन-नाट्य का अभिनय देख रही थी। संसार के असली रंगमंच पर वह 1956 में अभी-अभी तीसरे अंक का अभिनय खत्म करके आई है। तीसरे अंक के अन्तिम दृश्य में विनो सेन को चोट पर चोट करके नाक में दम करती हुई मंच से बाहर आकर विश्राम कक्ष में वह पुरानी बातों को विसूर रही थी। मानस-रंगमंच पर उसके अभिनय की पुनरावृत्ति चल रही थी। दूसरे अंक का दृश्य सामने आए कि बाधा पड़ गई। किसने तो कुंडी खटखटाई।

कौन आखिर? बेशक विनो सेन। अनुतप्त विनो सेन। मशहूर विन। सेन सिर झुकाए क्या कहने आए? दरवाजे के पास वह उदंड की नाईं खड़ी हो गई—चाहते क्या हैं ये? सोचा क्या है?

बाहर से फिर आवाज आई—"नीरा! नीरा!"

नीरा कुढ़ सी गई—"क्यों? क्यों?"

विनो सेन की आवाज पर भी वह इतनी नहीं कुढ़ती। पुकार रही थी अणिमा दीदी। मोटी-सोटी-सी, सुखी वही महिला। विनो सेन की तरफ से ये क्यों कहने आएगी?

"नीरा! अरी ओ नीरा!"

अबकी सचमुच ही नीरा चीख उठी—"क्यों? क्या चाहिए आपको?"

"तुम्हारा खाना ले आई हूँ बहन! मैं बैठती हूँ, खा लो।"

"खाना! अजीब है! कैसा जुल्म!"

मिठबोली अणिमा दीदी। कहे तो क्या कहे उससे!

"नीरा!"

नीरा ने कहा—"माफ करें, यहाँ का खाना मुझे नहीं धँसेगा। नहीं रुचेगा—रुचना चाहिए भी नहीं।"

"खैर, न सही। मत खाना। दरवाजा तो खोलो! खोलो नीरा! वरना मैं जाने की नहीं।"

"तो रात-भर खड़ी रहिए।"

"सिर्फ खड़ी ही नहीं रहूँगी। कड़ा खटखटाऊँगी, खटखटाती ही रहूँगी।"

"नहीं! मत खटखटाइए, मत पुकारिए।"

लेकिन अणिमा दीदी कब मानने वाली थीं! बोलीं—"जरूर पुकारूँगी। खटखटाऊँगी कड़े। आखिर मैंने थोड़े ही प्रेमपत्र लिखा है तुम्हें! मुझको क्या कह सकती हो?"

अजीब आफत है! दरवाजा खोलकर वह राह छेककर खड़ी हो गई। जी में आया, उनके हाथ की थाली को झटककर फेंक दे। लेकिन अणिमा दीदी ने जरा रूढ़ ही दृष्टि डालकर शुरू में ही कह दिया—"थाली छीन-छोर मत करना नीरा, भला न होगा। मैं किसी की दूती बनकर नहीं आई हूँ।"

अणिमा दीदी की उम्र हुई है। कुछ बाल भी सफेद हो गए हैं, जिन्हें वह हिफाजत से छिपाए रखती है। मोटी-सोटी-सी। इन कुछ शब्दों के साथ लगभग उसे ढकेलती हुई वह कमरे में दाखिल हुईं। बोलीं—"हाय राम! मैं समझ रही थी, तुम सामान ठीक कर रही हो! सब तो जैसा का तैसा पड़ा है। बैठी-बैठी रो रही थीं क्या?"

"रोना मैं जानती नहीं अणिमा दीदी! मरी हुई माँ की छाती पर पछाड़ खाकर आठ ही साल की उम्र में रोना खत्म कर चुकी हूँ। उसके बाद फिर नहीं रोई।"

नीरा हँसी।

भोजन की थाली को रखकर अणिमा दीदी ने कहा—"जभी सबके सामने एक इतने बड़े आदमी को तुम इस कठोरता से सुना सकीं। हम लोगों से यह न बनता।"

"इसकी योग्यता नहीं आपमें।"

"हो सकता है। लेकिन, तुमने आज जो किया...हँसी जरा।"

"मतलब! पछताना होगा इसके लिए?" व्यंग्य से नीरा भी हँसी।

"पछताना-वछताना नहीं समझती बहन! तुमने बी. ए. पास किया है, वह भी विशेष योग्यता के साथ। उस लिहाज से हम मूरख हैं। लेकिन उम्र में बड़ी हूँ लगभग दुगुनी। मैं उम्र में विनो सेन से भी बड़ी हूँ। बहुत-बहुत देखा है। जली भी बहुत। मैं क्या समझ रही हूँ, जानती हो? समझ रही हूँ, जीवन में जो रोई नहीं, उसे रोना ही पड़ेगा।"

"नहीं।" सख्त होकर नीरा ने गरदन हिलाई।

"खैर। मैं चलती हूँ। भोजन रख जाती हूँ। जी में आए खाना न जी चाहे, न खाना।"

अणिमा दीदी चली गईं।

नीरा तब भी गरदन हिला रही थी—"नहीं।"

दीवार पर के आईने में उसकी परछाईं गरदन हिला रही थी नहीं। धीमे से उसने कहा—"हर बात हर आदमी पर लागू नहीं होती अणिमा दीदी! मैं उसी दिन से नहीं रोई, नहीं रोऊँगी!"

"अच्छा।" अणिमा दीदी चली गईं।

दरवाजा बन्द करके नीरा फिर बैठी। बहुत थकी थी। बेहद। बाहर आश्रम में सन्नाटा छा गया था। नीरा का बदन टूट रहा था लेकिन अन्दर क्षोभ और क्रोध अभी भी घुमड़ रहा था। बाहर की ओर ताकते हुए उसके मानस-रंगमंच पर फिर से अभिनय शुरू हो गया।

जाने कौन तो यवनिका उठाने लगा।

उठाइए। पहली विरति के बाद का दृश्यपट उठाइए। चरित्र विचार करके देखिए। देखिए कि वह रोएगी या नहीं। दृश्य बदल गया। चाचा और नीरा के घर के बीच आँगन में जो दीवार थी, वह तोड़ी जा चुकी थी। उनका जो सोने का कमरा था, रास्ते की तरफ, वह बैठक बन गया। छोटे-बड़े बहुत—हेर-फेर। नीरा को हिना के साथ सोना पड़ता। बुलाहट हुई—"चाचा जी बुला रहे हैं। स्कूल के हेडमास्टर साहब आए हैं। उनके साथ कुंडू बाबू आए हैं।"

बताकर बड़ा चचेरा भाई दौड़कर गली में चला गया। नीरा अकेली बैठी थी—बैठी थी अपने घर के उत्तरी हिस्से की उस चौकी पर, जो थोड़ी हिल-डुल से ही केंच-केंच कर उठती। अपनी हालत वह तब भी गोया ठीक नहीं समझ सकी थी। पर बड़ी पीड़ा थी, असहनीय। सब सुनसान—कोई कहीं नहीं—अकेली मानो पेड़ के नीचे बैठी हो। और उसे जैसे कोई अधिकार ही नहीं। करने को कुछ नहीं। कुछ छूने को नहीं, सब में मनाही, सबकी मुमानियत। खाना भी नहीं। चाची बीच-बीच में कहती—"इतना खा चुकी, फिर भी खाना तो भी भूख।"

इसी चाची ने उसके पिता के मरने पर उसकी माँ से कहा था—"ये बातें उसे मत कहो।"

और अब! अब अगर वह कहती कि भूख नहीं है, तो भी चाची कहती—"भूख रहे कैसे? दो-दो आदमी खा गई माँ और बाप! बाप रे!"

बुलाहट पर भी वह हिली नहीं। उसे जाना चाहिए? चाचा ने बुलाया है, तो भी? वह चाची की तरफ ही ताक रही थी। इतने में फिर बुलाहट हुई। चाचा की आवाज—"नीरा! अरे, मैंने नीरा को भेजने के लिए कहा।"

आवाज गम्भीर, सख्त—"सुनती हो!"

नीरा अब अपने-आप उठी। उस गम्भीर और सख्त आवाज ने ही मानो उसे खींचकर उठाया। आँखें चाची की ओर थीं। वह काम कर रही थीं, काम ही कर रही थीं। अचानक नजर मिल गई तो बोली—"जाओ, बुला रहे हैं न।"

उसने कदम बढ़ाया। चाची ने कहा—"मैले चीथड़े-से कुरते को बदल डालो। साफ फ्रॉक पहन लो। कुंडू जरूर हम लोगों का छेद ढूँढ़ने आया है। कहेगा, इसी बीच हमने तुम्हें गोबर बीननेवाली बना छोड़ा है।" और उन्होंने पति को जता दिया—"आ रही है। बाथरूम गई है जरा। आवाज धीमी करके बोली—"फ्रॉक बदल लो, जाओ।"

नीरा ने फ्रॉक बदल लिया। अपनी जैसी आदत थी, बालों में कंघी की और चेहरे पर पाउडर लगाने के लिए डब्बे को खोला। यह शिक्षा उसकी मिशन स्कूल की थी। सामने के आईने में काली शक्ल और भी काली दीखी—बड़ी गरीब-सी, बड़ी भद्दी। बगले की पंख से सफेद फ्रॉक से बिलकुल बेमेल। ठीक इसी समय पीछे से कौन आया। नीरा ने आईने में देखा, आनेवाली थी हिना। फिर बुलाने आई। वह जितनी जल्दी हो सकता था, पाउडर के पफ को चेहरे पर मलने लगी। हिना लेकिन बोल उठी—"राम-राम, तू पाउडर लगा रही है! तेरी माँ मरी है न?"

उसका हाथ जम-सा गया। पर वह ठीक समझ नहीं सकी। लेकिन इस बार पलक मारते ही उसके मन में विद्रोह जाग उठा। बोली—"क्यों? अब तो मछली खाने लगी हूँ, सोती हूँ। चाची ने साफ-सुथरी होकर जाने को कहा।"

और, मन की जड़ता को भगाकर उसने मुँह पर पफ को फेर लिया। चाची बरामदे ही पर थीं; सब सुना भी था; नीरा के बरामदे पर आते ही कहा—"जरा खुशबू नहीं मल ली? सेंट? तेरे पास है तो!"

उसकी छाती में मोटी तीखी सुई चुभ गई मानो। और कोई लड़की होती, तो जरूर रो पड़ती या डर के मारे पाउडर पोंछ डालती। मगर नीरा ने कुछ नहीं किया। भवें सिकोड़कर उसने बचपन के चिकने ललाट पर तीखी-रूखी रेखाएँ खींच ली थीं।

अणिमा दीदी, तकदीर से लड़कर जो दुःख को जीतता है, वह रोता नहीं। वैसी लड़ाई में रोने की मनाही है। रोया नहीं कि शिकस्त खाई। तुम्हारी अपनी आँखों का आँसू ही पाँव के पास की जमीन को गीला कर देगा और धड़ाम से नीचे जा रहोगी। नीरा कभी नहीं रोएगी। जीवन के नाटक में तुमसे भेंट हुई है। दूसरे अंक में। पहले अंक का तो तुम्हें पता नहीं, होता तो ऐसा नहीं कहतीं, खैर।

प्रोंपटर कहता है, अणिमा दीदी तीसरे अंक में।

अणिमा दीदी की बात अभी क्यों?

भूल हो गई। दूसरे अंक का अभिनय मानस-रंगमंच पर चल रहा है।

नया ड्राइंगरूम। हाँ, चाचा नीरा के पिछले सोने के कमरे को ड्राइंगरूम कहने लगे हैं। अन्दर जाते ही उन्होंने कहा—"कल से स्कूल जाना, भला हेडमास्टर साहब खुद आए हैं।"

नीरा चुपचाप खड़ी रही। उसकी बड़ी-बड़ी आँखों में विभ्रांति और विस्मय फूट पड़ा।

हेडमास्टर ने कहा—"खड़ी क्यों हो, बैठो।"

वह बैठी। चाचा ने कहा—"क्यों री, तुझे हम लोगों ने स्कूल जाने से मना किया है?"

नीरा को ऐसा खयाल न आया। उसने गरदन हिलाई। कुंडू बाबू ने कहा—"फिर जाती क्यों नहीं हो? स्कूल जाने से ठीक रहोगी। बहुतों के बीच में रहोगी।"

नीरा चुप बैठी रही। दोनों भवें फिर सिकुड़ आईं। हिना स्कूल जाया करती थी। दस बजते-न-बजते चाची ताकीद करती—"हिना, दस बज रहे हैं मगर उसे कहाँ कुछ कहती हैं! उसकी माँ मरी है। भला उसे स्कूल जाना चाहिए!"

हेडमास्टर ने कहा—"कल से स्कूल जाना। हमें उम्मीद है, तुम मजे में पास करोगी। छात्रवृत्ति पाओगी। जी चाहे तो आई. ए., बी. ए., एम. ए. पढ़ना। पास करना। कितनी लड़कियाँ तो पढ़ रही हैं और नौकरी कर रही हैं। समझीं?"

नीरा ने कहा—"मुझे स्कूल जाना चाहिए? माँ जो मरी है मेरी?"

"क्यों नहीं? छूत के दिन बीत गए, अब क्या? कल से ही जाना। हिना तो जा रही है। वह तो हमारे ही स्कूल के प्राइमरी सेक्शन में है। दोनों साथ ही जाना।"

नीरा बोल पड़ी—"और चाची झिड़केंगी नहीं?"

चाचा बोल उठे—"नहीं-नहीं, झिड़केंगी क्यों?"

"झिड़कती तो हैं। हर बात में झिड़कती हैं।"

चाचा के चेहरे पर का नकाब उतर रहा था। बोले—"नहीं, हर बात में नहीं झिड़कतीं। गलत कुछ करती हो तो झिड़कती हैं और झिड़केंगी। दुलार करके तुम्हारी माँ तुम्हारा सिर खा गई है। खैर! तुम स्कूल जाया करो। नाराज न होंगी वे।"

"छि:-छि: हारान बाबू, छि:!" कुंडू बाबू बोल उठे—"नन्ही सी बच्ची पन्द्रह दिन हुए, बेचारी की माँ गुजरी है।"

चाचा बोल उठे शायद डूबते हुए की नाईं उनका दम घुटने लगा था—"कुंडू बाबू! सिर्फ यही...।"

कुंडू बाबू इससे डरने वाले न थे। हँसते हुए बोले—"हाँ-हाँ, कहिए?"

चाचा को ढूँढ़े इसका जवाब न मिला। वे नीरा पर ही डपट उठे—"जाओ, तुम अन्दर जाओ। स्कूल तुम नहीं जाती हो और दोष ये लोग मुझे देते हैं। कल से स्कूल जाना। समझीं?" वह जाने लगी। चाचा ने फिर से कहा—"समझी?"

गरदन हिलाकर उसने कहा—"हाँ।"

बरामदे में जाकर नीरा ठिठक गई। सामने, आँगन में, बरामदे में आँखों के चार-पाँच जोड़े उसे घूर रहे थे। जैसे भेड़िए की खूँखार आँखें चमक रही हों। उसके कदम नहीं उठे, गोया पास जाते ही वे टूट पड़ेंगे, फड़ खाएँगे उसे। पीछे बाहर की बैठक में एक बार चाचा की टूटती हुई-सी आवाज सुनाई पड़ी।

"कुंडू बाबू, मैं इसका विरोध करता हूँ। आप धनी हैं, इसलिए मेरे घर दखल देने की कोशिश न करें। यह मैं हरगिज बरदाश्त नहीं करूँगा। नेवर।"

"हजार बार दखल दूँगा। सुनिए हारान बाबू, परान से मेरी थोड़ी-बहुत मिताई थी।"

"मिताई थी—भोजन और खानेवाले की।"

"मालूम है। उसकी जायदाद पर आपकी नजर है, परान को यह मालूम था। उसने जब मेरे हाथ अपनी जमीन बेची थी, तो मुझको एक खत लिखा था। वह मेरे पास मौजूद है।"

"कुंडू बाबू!"

"सुनिए हारान बाबू, आप परान की बिटिया को धोखा देना चाहते हैं, इलाके-भर के लोगों को यह बात इतने ही दिनों में मालूम हो गई है। मगर

समझ लीजिए, चाहने से ही धोखा नहीं दे सकते आप। मैं परान की पाई-पाई का लेखा जानता हूँ, रखता हूँ। मैं एस. डी. ओ. और पुलिस साहब को इसकी इत्तला करूँगा। जज साहब को भी खबर कर दूँगा कि एक नाबालिग लड़की का अभिभावक बनने का लाभ उठाकर आप उसे चकमा देना चाहते हैं।"

"कीजिए खबर। कर ही दीजिए।"

बातें जोर-जोर से ही हो रही थीं। एक-एक बात अन्दर तक भी साफ सुनाई पड़ रही थी। उसी आवाज के डर से ही शायद चाची, हिना और उसके तीनों भाई चीखकर हमला नहीं कर पा रहे थे, यों उनकी आँखों से खूँखार भेड़िए की हिंसा टपकने लगी थी। नीरा उनकी ओर ताकती हुई एक खंभा पकड़े खड़ी थी—ठीक उसी तरह जिस तरह कि कोई आदमी पेड़ की ओट से भेड़िए के मुकाबले की तैयारी करता हो। निगाहों में डर नहीं था, हिम्मत थी मुकाबले का संकल्प था। क्रोध भी था कुछ। अगर मरना ही पड़े तो बिना मारे नहीं मरेगी। मौत भी आए तो हारने से पहले वह उसे पंजा मारेगी ही।

विद्रोह जगा था। यही शायद पहली बार जगा था।

बहुतों के खयाल से इस दृश्य का यही अन्त होता, तो अच्छा था। मनुष्य-नाटककार के हाथों यही होता। लेकिन यह नाटककार तो मनुष्य नहीं। भगवान कहने में नीरा को आपत्ति थी। भगवान को वह नहीं मानती, लेकिन जो मनुष्य नहीं, ऐसे एक नाटककार को वह मानती थी। अनुभव करती थी। आजकल ऐसे यंत्र का आविष्कार हुआ है, जो उस हिसाब को महज कुछ मिनटों में कर देते हैं, जिसे करने में आदमी को एक महीना लगता। यह नाटक वैसी ही किसी अनदेखी शक्ति के यंत्र की रचना हो। खैर, जिसका भी हो, उसके नाटक में इस दृश्य का यहीं अन्त नहीं हुआ। यह दूसरे दिन सवेरे दस बजे तक चलता रहा।

कुंडू बाबू चले गए तो चाचा क्रोध से कदम बढ़ाते हुए अन्दर आकर बोले—"मेरे मुँह में इस प्रकार कालिख न पोतती तो नहीं चलता काम!"

चाची ने कहा—"कालिख हमने पोती कि तुम्हारी भतीजी ने?"

चाचा ने आवाज धीमी करके कहा—"कुंडू अभी जा रहा है। फिर बोले—"क्या समझती हो कि मैं उसे इसका मजा न चखाऊँगा! चखाऊँगा मगर उसका समय है।"

नीरा लेकिन ठीक उसी तरह से खड़ी थी। नहीं-नहीं, कुछ परिवर्तन हो गया था। उन पशुओं के हमले के खिलाफ खड़े रहते-रहते वह भी पशु ही हो गई थी। इतने जानवरों के खिलाफ वह अकेली थी, सो झाड़ी में पनाह लिये बिल्ली-जैसे उसने अपने नाखून निकाल लिये थे। पलकें नहीं गिर रही थीं उसकी।

उस दिन यहीं तक रहा। झाड़ी के चारों ओर नाहक गुर्राकर ही शान्त हो गए थे सब। यही सोचकर निश्चित हुए थे कि घेरे में ही तो है, जाएगी कहाँ? रात वह अपने कमरे में अकेली सोई थी, इसलिए कि किसी ने उसे बुलाया नहीं। घर की नौकरानी जैसे सोया करती थी, बरामदे में सो रही थी। नीरा बिस्तर पर पड़ी-पड़ी जग रही थी, नींद नहीं आई। आज मानो पहली बार उसने अपनी दशा का प्रत्यक्ष अनुभव किया। माता के वियोग की असहायता को झाड़-फेंककर वह हिंसक-सी हो उठी थी। विद्रोह के खूँखारपन में वही उग्रता थी, जो अब तक सोई रही थी। रात वह जागती रही। नींद नहीं आई। माँ के मरने के पहले से ही उसने इतना समझ लिया था कि ये लोग नाते और नाम के ही अपने हैं—हकीकत में अपने हैं नहीं। माँ के मरने के बाद से आज की इस घटना तक उसकी यह धारणा दृढ़ से दृढ़तर ही होती आई। और इस घटना के बाद घर के अन्दर जाकर उन सबकी आँखों में आक्रोश और हिंसा देखकर उसने समझा, ये केवल विराने ही नहीं, उसके दुश्मन हैं। विराने से झिझक होती है। मगर दुश्मन के आगे या तो पैरों पड़ जाना पड़ता है, या फिर दाँत या जो भी हथियार हो, उसी को सँभालकर बिगड़कर खड़े होना पड़ता है। अपनी प्रकृति के निर्देश से नीरा इसीलिए खड़ी थी, पैरों नहीं झुक पड़ी थी। वह तैयार खड़ी थी। और अपने-आप उसके अन्दर से उसका युद्धकौशल बाहर हो रहा था। मौन लेकिन उद्धत सहिष्णुता उसका प्रधान धर्म था। चाची ने सोचा था, सूने घर में अकेली सोने से नीरा डर जाएगी, मगर नीरा डरी नहीं बल्कि अकेली रहते हुए भी वह रोई नहीं। वह रात नीरा के जीवन की अक्षय स्मृतियों से संचित रही।

दूसरे दिन स्कूल जाते समय अपनी वही किताब सँभालकर वह चाची के सामने जाकर खड़ी हुई थी चाची के यहाँ नया रसोइया आया था। उसकी माँ के श्राद्ध के समय काम के लिए जो बुलाया गया था, रख ही लिया गया।

उसके यों खड़े होने में ही मानो कुछ कहा गया। चाची ने फिर भी उसे कुछ नहीं कहा। उन्होंने रसोइया से कहा—"महाराज, स्कूल में अव्वल आनेवाली लड़की को घंटा-भर पहले ही स्कूल जाना चाहिए। जो भी तैयार हो, दे दो।"

नीरा अब बोली—"मैं क्या पहनकर स्कूल जाऊँ? मेरा सफेद फ्रॉक पहनकर हिना उस रोज अपने स्कूल के फंक्शन में गई थी। तब से उसे वही पहन रही है।"

चाची को काठ मार गया था। उसके चेहरे की रूढ़ निगाह देखकर उन्होंने आवाज दी—"हिना!"

हिना दूसरे कमरे में बाल सँवार रही थी। बोली—"क्या माँ?"

"नीरा का फ्रॉक लिया है? दे दो।"

"तुम्हीं ने तो उस दिन कहा था, इसे तुम पहनना। फिर दूँ क्यों?"

"बकवास मत करो, दे दो।"

"नहीं, नहीं दूँगी। ऐसा ही दूसरा फ्रॉक लिये बिना मैं नहीं देती।"

"ठीक है, ऐसा ही दूसरा फ्रॉक मँगवा देंगे, तुम्हें।"

"हरगिज नहीं। नहीं। मैं यही लूँगी। तुम उसे दूसरा ले देना।"

"दो।"

"नहीं देती।"

"नहीं?" चाची ने धपाधप उसे पीट दिया और फ्रॉक छीनकर नीरा की तरफ फेंकती हुई बोलीं—"यह लो।"

नीरा ने चुपचाप उठा लिया था उसे और उसी को पहनकर स्कूल गई थी।

स्कूल से लौटने पर जतन से उसे चपोतकर रख छोड़ा। दूसरे दिन सवेरे पाया कि फ्रॉक के चिथड़े-चिथड़े उड़ गए हैं। हाथ में लेकर कुछ देर उसे देखती रही, फिर बाहर रास्ते पर फेंक आई। कहा कुछ नहीं।

यही था पहले दृश्य का अन्त।

दूसरा अंक लम्बा-दस साल का पहला दृश्य चौबीस घंटे की घटना। उसके बाद का दृश्य—लम्बे अंक का आधा—पूरे पाँच साल का। भाई-बहन कुल मिलाकर हिना पाँच थी—फिर, चाचा, चाची और खुद नीरा—इन आठ जनों की दुनिया में नीरा बिलकुल अकेली, बाकी सात जने एक ओर। उस क्रीड़ा के अन्दर कैद बिल्ली जैसी थिर, अपलक आँखें, निकले हुए नाखून, पर हमले के इन्तजार में चुप, स्थिर। केवल एक ही परिवर्तन दोनों पक्षों ने अनुभव किया, वह यह कि घर के कोने में कैद जिस जीव को उन्होंने बिल्ली समझा था, वह बड़ी हो गई और सब लोग पीछे हट गए; क्योंकि भेड़ियों ने जिसे बिल्ली समझा था वह बिल्ली तो नहीं थी—थी एक चीता बाघिन। हाँ, दुबली, लम्बी और कुरूप थी।

पृष्ठभूमि को किसी प्रकार प्रतीक के माध्यम से दिखाया जा सकता है। एक कैलेंडर का सहारा बड़े काम का हो सकता है। दूसरे अंक का पहला दृश्य—एक झाड़ी में एक सतर्क बिल्ली की तसवीर रखकर 1938 साल का कैलेंडर लगा रहेगा और इस दूसरे दृश्य में 1949 साल के कैलेंडर में नींद से जगी अँगड़ाई लेती हुई एक चीता बाघिन की तसवीर दीजिए, मजे का होगा।

नहीं। ऊपर की ओर ताक रही है, ऐसी तसवीर दीजिए। जंगल के माने पर आँधी का आभास। आँधी चल रही है। 1942 से देश में लड़ाई की आँधी चल रही है। घर की बत्तियों में ढक्कन डाल दीजिए। ब्लैक आउट। 1942 के 20 दिसम्बर को हवाई हमला। 1942 के साइक्लोन में घर के समीप का एक बरगद टूट गया था—ठीक बीच में वह कन्धा कटे-सा खड़ा।

चाचा के घर की तरफ मचान रखिए चाचा युद्ध के बाजार में जमीन और क्या-क्या लेकर तो मानो चोरबाजारी कर रहे थे। फूलना शुरू हो गया था। दमदम में हवाई अड्डा बना। बढ़ने लगा।

रात-दिन हवाई जहाज की आवाज से आसमान का बुरा हाल। तरह-तरह की अफवाहें। अंग्रेज, अमरीकी, काफरी, नीग्रो, चीनी सिपाहियों से कलकत्ता खचाखच। उनके अत्याचारों का अन्त नहीं। झड़ते पत्तों की तरह जाड़े की उतरंगा हवा में नोट उड़ा देते। कंगलों से इलाका भर गया था। दक्षिण के कंगले। 1942 के साइक्लोन में उनका सारा कुछ उड़ गया। अकाल शुरू हो गया।

इस दृश्य में चाचा के बेटे-बेटियों की साज-पोशाक भड़कीली, लेकिन उसकी वही पुरानी। मैली जरूर नहीं, पर चटकदार नहीं। कीमत के फर्क से ही अन्दाज लग जाता।

भेड़ियों के राज में सतर्क युद्ध से आत्म-रक्षा करके बढ़नेवाली किशोरी चीता बाघिन के साथ तुलना कष्टकर नहीं—समानता स्पष्ट है। लगा, वह बड़ी होकर किशोर चीता बाघिन बन गई है।

बात भी सही थी। न केवल स्वभाव में, बल्कि आकार में भी वह इतनी लम्बी हो उठी थी कि चाचा के नारों की दुनिया में, जो कोई भी यह समझ सकता था कि यह उनकी कोई नहीं होती।

गोरी वह नहीं थी, साँवली थी लेकिन छुटपन में एक बड़ा ही सुकुमार लावण्य था, श्री थी। चौदह-पन्द्रह की उम्र में लम्बी हो जाने के साथ-साथ वह सब खो बैठी। रह गईं सिर्फ बड़ी-बड़ी आँखें और घने लम्बे बाल। आईने में अपनी परछाईं देखकर अपने ही ऊपर क्रोध आता। मगर वह रोती नहीं।

हिना उस समय गजब की खूबसूरत हो उठी थी। नाटा कद, गठा बदन: मुखमंडल पर न केवल माधुर्य, बल्कि इसी बीच उसने नारी सुलभ कटाक्ष भी हासिल कर लिया था। नाटक, उपन्यास बहुत पढ़ा। पढ़ने-लिखने में वह सदा कमजोर रही और उस समय वह ऐसी स्थिति में पहुँची कि उसकी सम्भावना ही जाती रही। नीरा दरजा नौ में पढ़ रही थी और हिना फेल करके छठे में ही पड़ी थी। आठ साल से जो अंक शुरू हुआ, उसके पाँच साल गुजरे इन पाँच वर्षों में हिना दो बार फेल हुई। शुरू से ही हिना उससे एक क्लास नीचे पढ़ती थीं। लेकिन इससे हिना को कोई गम न था, न उसके माँ-बाप को ही था। हिना के नारीत्व और नारी-सुलभ लावण्य को निखरते देखकर वे खुश थे। चौदह की दहलीज पर कदम रखनेवाली बेटी को रोज बाल सँवारते समय उसके चेहरे को पोंछकर बार-बार देखती हुई माँ कहतीं—"रुपया खर्च करूँगी, कितने बड़े बाप के बेटे खुशामद करके ले जाएँगे।" लक्ष्मी की कृपा से रुपयों की आमद थी।

चाचा ने एक हारमोनियम खरीद दिया था। उसे बजाकर हिना स्वर साधा करती। सा रे ग म। सा रे ग, रे ग म, ग म प। उसके बाद दो-एक फिल्मी गाने भी सीखे। भाइयों के साथ छत पर नाटक खेलती, नायिका बना करती। नीरा चुप बैठी रहती।

जरूरत होने पर उसे बुलाते। वह नहीं जाती। नहीं। क्या बनेगी वह? नौकरानी? नहीं।

मुहल्ले की और दो लड़कियाँ तथा कुछ लड़के आते। अजित भैया बड़ा हो गया था। मैट्रिक में एक बार फेल कर चुका था वह। लेकिन कल्चर से बड़ा प्रेम था। फैमिली थियेटर की धुन थी। चाची उस पर वैसी ही कठोर, वैसी ही बेरहम। ऐसे मौके पर नीरा को देखकर कहती—"हाय राम, क्या होगा? लड़की को कौन पसन्द करेगा?"

हिना ने कहा—"यह क्या सिर्फ पढ़ने-लिखने में ही मर्दों से होड़ लेती है? यह तो टिफिन की छुट्टी में लाँग जम्प करती है, लड़कों से मुक्केबाजी करेगी। ऐसी शक्ल न होगी तो क्या होगी? कहीं लड़का ही न बन बैठे। अखबारों में ऐसे समाचार आजकल आते हैं।" हँस पड़तीं।

नीरा चुप रहती।

उसने साज-सँवार, बनना-ठनना छोड़ दिया। अपने को और भी श्रीहीन कर लेने की कोशिश की। एक दिन उससे रहा नहीं गया। चाची से कहा उसने—"आप फिक्र न करें। भगवान ने शायद इसलिए मुझे पैदा ही नहीं किया कि कोई पसन्द करे। लेकिन तो भी न डरें, मैं किसी का बोझ बनने के लिए भी नहीं पैदा हुई। नहीं बनूँगी।"

चाची ने कहा—"क्या कहा? क्लास में अव्वल आती है, तो इसका इतना अहंकार है?"

उसने कहा—"जिसके कोई नहीं, उसे अहंकार भी न हो तो वह जिए कैसे? अहं ही जिसका सब कुछ हो, संसार में अहंकार के सिवाय उसे है क्या?"

"मतलब?"

"मतलब कि अहं के मानी मैं। मेरे मैं के सिवाय तो कोई नहीं, कुछ भी नहीं। इसीलिए अहंकार पर ही जिन्दा हूँ, वरना या तो जहर खाना पड़े या गंगा में डूब मरने की नौबत आए।"

विचित्र बात! आदमी के कब क्या होता है और किस बात से होता है, कोई नहीं कह सकता। ये कुछ शब्द कैसे तो उस दिन चाची के जी में चुभे और उनके अजानते क्या उनकी आवाज उस रोज कोमल-करुण हो उठी थी?

शायद हो उठी थी। वरना उस रोज ऐसा हुआ क्यों? उसकी तमाम जिन्दगी में एक या दो को छोड़कर इतना सुन्दर नाटकीय अचरज और नहीं हुआ। चाची एकबारगी बदल गई और बिलकुल ही दूसरी-सी होकर उसके सामने खड़ी हुईं। तो क्या उसकी उन बातों के चलते? हाँ, उन बातों के ही चलते।

चाची ने तो उस समय कुछ भी नहीं कहा। लेकिन जरा देर बाद उसके कमरे में जाकर उसके पास खड़ी हुईं। घर में हिना वगैरह नहीं थीं। सब भाई-बहनें मुहल्ले में नाटक देखने गए थे। वह नहीं गई। कभी जाती भी न थी। पढ़ रही थी।

चाची ने आवाज दी—"नीरा!"

वह अवाक् ताकती रही, सुर ही सुनकर दंग रह गई।

चाची ने कहा—"तुझे लगता है नीरा कि हम लोग तुझे जरा भी प्यार नहीं करते, है न?"

नीरा ताकती ही रह गई, बोल न सकी।

चाची ने कहा—"ऊँहुँ, जितना तू सोचती है, उतना है नहीं। कुसूर तेरा भी है। सोच देखना! तू भी हमें अपना नहीं मान सकी है। लेकिन हाँ, जिम्मेवारी पहले अपनी है, हमारी। तूने उस दिन कुंडू बाबू के सामने हमारी ऐसी हेठी की कि..."

चाची कहते-कहते रुक गईं जरा देर। उसके बाद फिर कहा—"मेरे बाल-बच्चे पाँच हैं और गुण की दृष्टि से वे तुझसे इतने छोटे हैं कि उनके लिए..."

बातों को चाची उच्चारण नहीं कर पा रही थी; जहाँ सच बोलकर अपनी हेठी करनी होती है, उससे बढ़कर निठुर सत्य दूसरा नहीं। उस सत्य से विनो सेन तक डरते हैं। उन्हें भी हाथ जोड़कर कहना पड़ा, क्षमा करो, मुझे क्षमा करो।

आह, फिर सिलसिला टूटने लगा। भूल होने लगी। जीवन के रंग-मंच पर विनो सेन के साथ तीसरे अंक में अपनी भूमिका अदा करके अपने कमरे में बैठकर वह मन में पीछे का अभिनय देखने लगी।

अपनी अधूरी बात को चाची खत्म न कर सकीं। खत्म किया नहीं। रो पड़ीं वह। नीरा अचरज से उनकी ओर ताकती रही थी। अचरज पर अचरज! चाची की

आँखों के कोने से दो धाराएँ फूट पड़ीं। उसे खूब याद है, पहले दाईं आँख से, फिर बाईं से।

नीरा रोई नहीं। उसे रुलाई नहीं आती। वह अवाक् बैठी थी। चुपचाप।

अपनी आँखें पोंछकर चाची ने जरा भर्रायी आवाज में कहा—"पढ़! अच्छी तरह पढ़ तू। रूप न सही, तेरे गुण हैं। गुणों की कीमत उससे कहीं ज्यादा है। पढ़।"

नीरा ने उत्साहित होकर कहा—"देखिएगा, मैं स्कॉलरशिप लूँगी।"

चाची ने कहा था, सोचते हुए कहा था—"आज के पढ़े-लिखे पंडित लोग पढ़ी-लिखी स्त्री पसन्द करते हैं। रूप से वे गुण की ज्यादा कद्र करते हैं। मैं कहती हूँ, वैसे ही कोई तुझे चाहकर ले जाएँगे।"

यही कहकर चाची चली गई थीं।

चाची किसी औरत के अनब्याहे जीवन की बात सोच भी नहीं सकती थीं। सुनतीं तो विमूढ़-सी बन जातीं।

नीरा शक्ल पर निखरी हँसी मलकर चुप थी। उसके जीवन में ऐसा खिला-खुला दिन तो पहले कभी नहीं आया था।

दूसरे दिन स्कूल जाते समय चाची ने बुलाया—"नीरा, सुन जा।"

"जी, चाची!"

"बैठ! ऐसे, घने बाल हैं। न करती है उसका जतन, न फेरती कभी कंघी। बैठ!"

नीरा खुश होकर नहीं बैठी; इसलिए कि रूप नहीं होने के कारण बनाव-सिंगार से उसे अरुचि सी हो गई थी। लेकिन चाची की उसने बात नहीं उठाई। उन्होंने बालों में कंघी कर दी, चोटी गूँथ दी। सामने की ओर सँवारकर उसका मुँह पोंछती हुई बोलीं—"कौन कहता है कि सुन्दरता नहीं है। मुँह जरा भर आए तो बड़ी सुन्दर लगोगी।"

हिना बोल उठी थी—"हाय भगवान, जाएँ किधर?"

यानी चाची के इस अचानक परिवर्तन पर दंग रह गई थी। कुछ दिन सुख से ही कटे—नवें दरजे तक, साल-भर। सचमुच ही चाची ने स्नेह किया। मगर नीरा का जीवन तो नाटक ही ठहरा। व्यंग्य से क्या होने का! एकाएक नाटकीय

परिवर्तन हुआ, मानो जबरन किसी ने गरदन पकड़कर यह घटना घटाई और उसी के मुँह से बोलकर उसी के जरिए घटाई।

यह हुआ हिना के लिए। नीरा अपनी इच्छा से हिना के लिए चाची की आन्तरिक घृणा की शिकार हुई!

चाची के नेह-परस से उसकी उद्दंडता बढ़ गई थी। जिन्दगी का तौर बदल गया था। पहले वह हँसती न थी। अब उद्धत की नाईं हँसती। हिना वगैरह से मिलती-जुलती भी थी।। उद्दंडता दिखाती पढ़ने की बात में। संगी-साथियों, यहाँ तक कि शिक्षिकाओं की भी खिल्ली उड़ाती।

चाची कहतीं—"नहीं-नहीं, अहंकार नहीं करना चाहिए।"

नीरा उनकी तरफ देखकर कहती—"अच्छा, अब नहीं करूँगी।"

मगर फिर कहतीं। मजाक उड़ाती हुई शिक्षिकाओं के बारे में कहतीं "बी. टी. पास हैं तो क्या, जानती कुछ भी नहीं हैं।" बड़े लोगों की बेटियों पर जी-जान से कुढ़ी हुई थी। इसी बीच नाटक हो गया। पार्श्व अभिनय में इसी बीच हिना में बेहद परिवर्तन हो गया था। इसे नीरा क्यों, चाची भी नहीं जानती थीं। उम्र में हिना उससे कई दिन छोटी थी और चौदह की दहलीज पर पाँव रखा था, तो भी मन और तन की बनावट में वह किशोरावस्था को पार कर चुकी थी। नाटक-उपन्यास पढ़कर सपनों से उसका मन रंगीन हो उठा था और शरीर में भी ज्वार-सा आया था।

ठीक छह महीने के अन्दर-अन्दर घट गई घटना। घर-भर में वह एक अजीब तेज गति का छंद आ गया था। चाचा रिटायर हुए। एक्सटेंशन मिल रहा था, लेकिन लिया नहीं उन्होंने। दमदम हवाई अड्डे के पास बेनामी जमीन खरीद रखी थी। लड़ाई के चलते हवाई अड्डे का आकार बढ़ने लगा, जमीन की कीमत तेजी से बढ़ने लगी—उन्हें जमीन से बेहिसाब रुपए मिले। एक ही महीने में वे व्यापारी बन बैठे। कलकत्ता में गद्दी खोल दी। उनके जिस घर की अभी-अभी मरम्मत हुई थी, उसमें फिर से काम लगा। तोड़कर नए ढंग का बनने लगा दुमंजिला। एक दिन चाचा सूट पहनकर घर आए। अजित भैया ने भी सूट अपनाया : कॉलेज छोड़कर पिता के दफ्तर में छोटा साहब बनकर दाखिल हुए। हिना के लिए साड़ियाँ आईं। दो-तीन उसे भी मिलीं। लेकिन हिना

पर रोज नई साड़ी पहनने का नशा सवार हो गया। चाची कहतीं—"पहन-पहनकर सबको पुराना मत बना छोड़, ब्याह के वक्त काम आएँगी। रिश्ता भी ठीक किया जा रहा था। लक्ष्मी के चंचल अंचल की हवा से घर की आबहवा ऐसी हो गई कि हिना का परिवर्तन किसी को अस्वाभाविक न लगा। हफ्ते में दो दिन सिनेमा जाती—भाइयों के साथ, मुहल्ले की सखी-सहेलियों के साथ। गीत गाती। बनती-सँवरती। उसकी यह अति स्कूल में नजर आती। मगर नीरा, पढ़ने के नशे और छुटपन के अकेलेपन के कारण एक स्वाभाविक गति से ही अपनी राह चल रही थी। पढ़ना और पढ़ना। फिर रूप नहीं था, उसकी शर्म। उससे वैसा नहीं होता। हिना भी उसे नहीं चाहती। छुटपन से ही उनमें घृणा और कुढ़न थी—वही उस फ्रॉकवाले वाकया से ही। वह कुढ़न इधर बढ़ गई थी। पिता की दौलत के बढ़ जाने तथा चाची के व्यवहार के आकस्मिक परिवर्तन से।

एक की नजर से शायद यह बात नहीं बच सकी थी। वह थीं चाची, वह बीच-बीच में हिना पर शासन किया करतीं, बक-झक करतीं—"तुझे मैं चेता देती हूँ हिना..."

"क्यों काहे का घेताना?"

चाचा घर रहते तो कहते—"नाहक क्यों फटकारती हो उसे?"

"फटकारती हूँ, उसके भले के लिए।"

भाई कहते—"मम्म! वह जमाना अब नहीं रहा। इस तरह से बक-झक न किया करो। हुआ क्या है? छि:!"

हिना रोने लगती। रोकर जीत जाती।

चाची सन्देह-भरे अचरज से ताकती रहतीं और अन्त तक हार मानती। नीरा देखा करती। लेकिन चांची ने गलत नहीं देखा था।

हिना का वह रूप अचानक नाटकीय ढंग से प्रकाश में आया। आया तो नीरा ही के सामने और गजब ढंग से।

हिना उससे नीचे पढ़ती थी। उसे नीरा से बहुत पहले ही छुट्टी हो जाती। हिना की अपनी जमात थी। उसी के साथ आती-जाती। घर-स्कूल का फासला भी ज्यादा नहीं। दसेक मिनट का रास्ता। नीरा नवें दरजे में थी। पढ़ने में तेज।

स्कॉलरशिप पाने की आशा थी। इसीलिए हेडमास्टर ने छुट्टी के बाद आध घंटा, चालीस मिनट के करीब कोचिंग क्लास का प्रबन्ध किया था। अकेली नीरा नहीं, दो लड़कियाँ और थीं। हिना से वह लगभग पैंतालीस मिनट बाद घर लौटती। अकेली! मुहल्ले ही की तो थी। फिर अच्छी लड़की के नाते सभी उसे स्नेह करते। स्नेह का यह भी कारण था कि उसके माँ-बाप नहीं। देखने में कुरूप। और सबसे बड़ा कारण यह कि खुद उसे बहुत साहस था। मुहल्ले के शरारती लड़कों ने उसका नाम रखा था—एम. जी. यानी मर्दानी जनाना। लेकिन मुँह से कहा करते थे—मिलिटरी जनरल।

एक रोज कोचिंग क्लास से लौटी। लौटकर अवाक् रह गई। देखा, हिना बैठी है। सूखा-सूखा-सा चेहरा। नीरा पर नजर पड़ते ही बोली—"बाप, कब से बैठी हूँ?"

नीरा के अचरज की हद न रही—"घर नहीं गई। बैठी क्यों है?"

अजीब-सी हँसी हँसकर बोली—"तेरे इन्तजार में। तेरे ही साथ चलूँगी।"

"चाची ने ऐसा कहा है, क्यों?"

"हाँ।"

चाची के प्रति उसका प्यार आवेग के उत्ताप से और भी गाढ़ा हो आया। उसने कहा—"चल!"

स्कूल से बाहर होते ही बाजार का रास्ता। पाँच बज चुके थे। भीड़ कुछ बढ़ गई थी। यह इलाका अब दमदम म्युनिसिपैलिटी के अन्दर आ गया था। बिजली आ चुकी थी। दो आपस में बातें करती हुई चल रही थीं। अकेली नीरा ही बोल रही थी। हिना को वह अपनी क्लास का एक किस्सा सुना रही थी। इतिहास के प्रोफेसर पढ़ाते वक्त रवीन्द्रनाथ का एक गलत उद्धरण दे बैठे, नीरा ने वह गलती पकड़ ली। बेशक यह नहीं कहा कि आप गलत कह रहे हैं। उसने बताया, पता है क्या कह गए वे! कह गए, शक हूणदल मोगल पाठान एक देहे होलो लीन। मैंने शुरू में कुछ नहीं कहा। समझा, मुगल-पठान किताब है, खेल है—उन्हें वही याद है। उन्होंने कहना खत्म किया तो मैं बोली—दीदी जी, कविता का तुक बिगाड़ दिया? इतिहास का भी हेर-फेर हो गया। 'शक हूणदल पाठान मोगल होता' तो तुक भी रहता, इतिहास भी। पहले पठान, उसके

बाद मुगल आए हैं न दीदी जी! हैं लेकिन बड़ी भली औरत। मेरी ओर देखकर बोलीं—हाँ-हाँ, वही होगा। यह गलती कवि की नहीं, मेरी है।

समझा—कहते-कहते रुक गईं वह पूछा—क्या है?

हिना अचानक उसके बदन से सट गई थी। हिना ने कोई जवाब न देकर कहा—"मर तू।" और उसे रास्ते की ओर ढकेलकर इस तरफ को हो गई।

नीरा और भी अचरज में पड़ गई। हिना बहुत डर गई थी। हुआ क्या? अबकी नीरा ने देखा, साइकिल पर एक छोकरा है। अभी-अभी वह उनके बगल से गुजरा था। और अभी ही साइकिल मोड़कर धीमी चाल से मनमाना आँका-बाँका चलाते हुए हिना की तरफ देखकर घिनौनी हँसी हँसता हुआ चला आया था। भवें सिकोड़कर नीरा ने पूछा—"कौन है यह? तेरी तरफ देखकर हँस क्यों रहा है?"

हिना ने कहा—"यही तो। इस कमबख्त ने मुझे तंग कर मारा। लड़कियों के साथ स्कूल जाती हूँ तो भला-बुरा कहता रहता है। पीछा करता है।" उसने नीरा की काठ-सी हथेली को पकड़ लिया। नीरा ने अनुभव किया कि वह काँप रही है।

फिर भी पूछा—"कौन है यह? पहचानती है तू?"

"मन्ना घोष है। नाटक करता है।"

मन्ना का नाम तो उसने सुना था।

मन्ना अब तक करीब आ गया था। पैडल को हल्के-हल्के चलाते हुए बहुत ही धीमे-धीमे करीब आकर हँसते हुए बोला—"क्यों, बात क्या है? आज इतनी देर हो गई?"

नीरा ने पूछा—"आप चाहते क्या हैं?"

"तुमको नहीं बीवी जी, वह, उसको।"

लम्हे में एक खुराफात कर बैठी नीरा—एक कदम आगे बढ़कर उसने उसे जोर का एक तमाचा जड़ दिया। साइकिल छोड़कर गाल सहलाते हुए मन्ना साइकिल लेकर गिर पड़ा। नीरा चिल्ला उठी—"लुंगाड़ा कहीं का।"

1943 के कलकत्ते की शहर तल्ली। भीड़ बटुर आई। मन्ना उठा और साइकिल लेकर चला गया, कहता गया—"ठीक है, मैं भी चिट्ठियाँ दिखाकर राज फाश कर दूँगा।"

हिना फुसफुसाकर रो रही थी। इस रास्ते के लोगों से दोनों ही परिचित थीं, खासकर नीरा ज्यादा। अपनी लम्बाई और कुरूपता के नाते भी और इसलिए भी कि अच्छी लड़की मानी जाती थी। उसने कहा—"रास्ता छोड़ दीजिए, हम अपने घर जाएँ। एक कुत्ते की खबर ली है, इसके लिए यह हलचल क्या? राह भी बना ली थी उसने। हिना का हाथ थामे वह चल पड़ी थी। भीड़ से पिंड छूटे, इस खयाल से सदर रास्ते के बजाय कुंडू बाबू के पिछवाड़े, जो पगडंडी थी, उसी से। लेकिन हठात् हिना उसका हाथ खींचकर खड़ी हो गई थी। नीरा ने पूछा—"क्या बात है?"

हिना फूट-फूटकर रो पड़ी—"मैं क्या करूँ, माँ तो मुझे काट ही डालेगी।"

"क्यों?"

"क्योंकि अब तो छिपा कुछ न रहेगा—जाहिर हो जाएगा। मैंने तो मजा लूटने के खयाल से उससे मजाक भी किया है, हँसी-बोली भी हूँ।"

नीरा को काठ मार गया। हिना रो पड़ी—"मेरी शादी की बात चल रही है, अब शादी नहीं होगी। तू मुझे बचा ले नीरा! कोई तरकीब निकाल। तू मारने क्यों गई उसे?"

वह जगह घर के समीप ही थी और कुछ सुनसान-सी थी। रोती हुई हिना बैठ गई वहीं।

नीरा ने कहा—"अच्छा, तू कह देना, तुझे कुछ भी मालूम नहीं। नीरा जानती है।"

"उसने चिट्ठी दी थी, जिसका मैंने जवाब दिया था। मन्ना को नहीं जानती। हाय मैंने किया क्या? क्या करूँ मैं?"

"तू कुछ मत करना। सारा कुसूर मैं अपने मत्थे ले लूँगी।"

उसने सोचा तक नहीं और वह यह भी नहीं सोच सकी कि उस पर कोई बुरा खयाल भी कर सकता है। उसने सोचा, कह देगी कि हिना कुछ नहीं जानती। वह अकेली जाया करती थी। कमबख्त उसका पीछा करता था, भला-बुरा कहता था। इसीलिए आज उसने हिना से कहा था—जरा रुक तो जाना आज। दोनों जने साथ चलेंगे। इच्छा थी हिना को गवाह रखकर ही उसे सबक देगी।

"मैंने खत जो लिखा है?"

"इतनी हिम्मत न होगी कि वह खत दिखा जाएगा।"

"होगी। मन्ना को तू जानती नहीं।"

एक क्षण या कि कुछेक क्षण वह स्तंभित खड़ी रही। प्रेम—पुरुष के प्रति किशोरी हृदय का अनुराग और आकर्षण, फूल के खिलौने की तरह देह-मन की चंचलता की जो अनिवार्यता है, उसकी कोई अनुभूति, कोई उपलब्धि उसे नहीं थी। हाँ, नहीं थी। उसकी जिन्दगी उस कँटीली झाड़ी-सी थी, जिसमें फूल नहीं लगते। आईने में उसने खुद को देखा है और उसे खुद ही लगा है, कितनी बदसूरत है वह! घर में, बाहर भी यही सुना, किया है। राह चलते हुए जी में यही आता रहा है कि लोग सोचते हैं, देखने में कैसी भद्दी है यह लड़की! कलेजा उसका सख्त हो उठा है। कपाल पर सिकुड़न की रेखाएँ नजर आने लगी हैं। मन ही मन कोशिश करके उसने इससे घृणा करना सीखा है। हिना पर उसे बड़ी नफरत हुई थी।

यह भी याद आता है कि रोती-बिलखती हिना की असहाय अवस्था पर उसे पल के लिए खुशी भी हुई थी। लेकिन तुरन्त गरदन हिलाते हुए अपने को धिक्कारकर उसने उसे भरोसा दिया था—"घबरा मत। उठ! सारी जिम्मेवारी मुझ पर रही। मन में उसके अपार साहस था, अशेष बल। इन सबसे ऊँचे थे वह—इतने ऊँचे कि कोई उस पर कीचड़ उछालने का साहस नहीं कर सकता। साथ ही उसने कल्पना की थी कि मन्ना को तमाचा मारने की इस हिम्मत के लिए चाची उसे गले से लगा लेंगी। कहेंगी—"तू महिष मर्दिनी है री!"

हिना लेकिन इतना कहने-सुनने के बाद भी न उठी। कहा—"अरे, उसके पास मेरी चिट्ठी है। यों ही मजाक में लिखा था—कसम, काली कसम।"

नीरा ने कहा—"खैर, मैं कहूँगी, वह भी मैंने ही लिखा है तुम्हारे नाम से। तेरे हरूफ की नकल करके लिखा है। कह दूँगी, मैंने मजा चखाने के लिए ही ऐसा किया था। कमबख्त पीछा किया करता है. इसलिए उसे सबक सिखाने के लिए ऐसा किया।"

हिना करुण होकर उसकी तरफ देख रही थी—"बोली, कसम?"

"कसम—ईश्वर की कसम।"

"नहीं, दक्षिणेश्वर की काली की कसम खा।" दक्षिणेश्वर की काली हिना की नजरों में बड़ी जाग्रत देवी है। लेकिन नीरा को देवता और ईश्वर पर विश्वास नहीं था। उसने हँसते हुए कहा था—"अच्छा बाबा, वही।" किया भी वही था। घर जाकर उसने कहा भी वही था। इस बीच घर तक यह खबर पहुँच चुकी थी। चाची मुँह भारी किये दरवाजे पर खड़ी थीं।

चाची ने सब सुना। थिर आँखों वह देर तक उसकी ओर देखती रहीं। गोया उन्हें एतबार ही नहीं हो रहा था। एकाएक उन्होंने अपना पाँव बढ़ाकर कहा—"मेरा पाँव छूकर कसम खा।"

नीरा ने पाँव छूकर भी कसम खाई। उसके किशोर मन में आत्मबलिदान की एक धुन-सी सवार हो गई थी। एक अजीब-सा नाटक हो गया। चाची ने उसे गले से नहीं लगा लिया—बल्कि उसका झोंटा पकड़ा और पागल की तरह पीटना शुरू कर दिया। जो सोचा था, उससे एकबारगी उलटा नतीजा होने के बावजूद नीरा विचलित नहीं हुई, थिर खड़ी रही। रोई नहीं। चाची भी गजब की। वह सोच ही नहीं सकीं कि उनके पैरों पर हाथ रखकर नीरा झूठ कह सकती है। और उनके हिसाब से मजाक में ही नीरा ने जो पाप किया, वह क्षमा करने योग्य नहीं। हाँ, इसके साथ ही साथ उनका वह विद्वेष भी आज निकल आया था, जो आज तक साँप की तरह पिटारे में बन्द पड़ा था।

चाचा को यकीन हुआ था या नहीं, वह नहीं जानती। इसमें नीरा को सन्देह है; क्योंकि वे तुरन्त हिना की शादी को तत्पर हो गए।

ब्याह की सम्भावना से हिना खिल उठी और उसके कलंक का बोझा अपने माथे लेकर वह कैद हुई। सब कुछ खोना पड़ा उसे। चाची को खोया, पढ़ने का अवसर गँवाया—

स्कूल में भी जगह न मिली उसे। तमाचे का बदला चुकाने के लिए मन्ना ने उसी के कहे की ताईद की।

घर में कैदी का जीवन बिताने लगी। चाची ने सचमुच ही उसे घर में कैद करके रखा। कैद ही क्यों, अछूत, अपवित्र-सी वह घर के एक किनारे

पर निर्वासित की गई। जो रसोईघर बखरा में मिला था, उसी में रहती थी। बैठी-बैठी सिर्फ सोचा करती और किताब के पन्ने पलटा करती। बड़े से बड़े दुख और निराशा में उसने किताब को नहीं छोड़ा। पछताती नहीं थी, पर सोचा करती, यह हुआ क्या? इतना तो उसने सोचा नहीं था। इसी बीच एक दिन बुखार आया। होश जाता रहा। उसी अवस्था में जब-जब उसकी आँखें खुली, देखा, हिना उसके पास बैठी है।

अजीब है! रोग की पीड़ा में भी उसे इससे सांत्वना और सुख मिला। हिना एहसान फरामोश नहीं। और क्या चाहिए—बहुत है!

बत्तीस दिनों के बाद उसे पथ्य मिला हड्डियों का ढाँचा भर रह गई—कुरूप काला चेहरा। काला रंग उसका और भी काला हो गया। दसेक दिनों के अन्दर सिर के सारे बाल झड़ गए। पन्द्रह दिन के बाद हिना की शादी हुई। बेहिसाब धूमधाम।

वह बाहर नहीं निकली। चाची ने उसके दरवाजे पर ताला लगा दिया था। क्या पता, उसे देखकर कोई बात निकल आए। फिर चाची थीं भी गजब की। उनकी निगाह में नारी-जीवन का यही सबसे बड़ा और शायद एकमात्र अपराध था! सो नीरा अछूत थी।

घर की हलचल, शहनाई की गूँजती तानों के बीच वह अपने कमरे में किताब खोले बैठी रहती। जो पुस्तकें उसे पुरस्कार में मिली थीं, उन्हीं को पढ़ती रहती। नौ क्लास में सदा अव्वल आई—पुरस्कार की लगभग तीस पुस्तकें। रवीन्द्रनाथ की 'संचयिता', विभूति भूषण की 'पथेरपांचाली', अंग्रेजी में पृथ्वी का इतिहास। ज्यादा यही पढ़ती। कभी-कभी 'एलिस इन द वंडर लैंड' पढ़ती। खूब थकी-सी ऊबी-सी होती तो सुलेखकों की बच्चोंवाली किताबें पढ़ती।

हिना के ब्याह से पढ़ना शुरू किया। पृथ्वी के इतिहास से श्रीगणेश किया। यहीं उसके जीवन-नाटक के दूसरे अंक का दूसरा दृश्य खत्म होता है। खत्म इस तरह हुआ।

हिना ससुराल जाएगी। शहनाई बज रही है। सारा घर गूँज रहा है। अचानक हिना उसके कमरे में आई—"नीरा!"

"हिना!"

हिना रो पड़ी थी—"तेरा क्या होगा नीरा?"

नीरा सोच नहीं पाई, क्या जवाब दे। लेकिन वह रोई भी नहीं। हँसकर भी कुछ कहते न बना!

हिना को पुकारती हुई चाची दरवाजे के सामने जा पहुँचीं। पूछा—"ताला किसने खोला?"

और उन्होंने जवाब का इन्तजार नहीं किया। अन्दर गईं। हाथ पकड़कर हिना को खींच ले गईं—"साइत बीती जा रही है, चल!"

निकलते ही दरवाजे का ताला बन्द कर दिया।

नीरा जरा हँसी और फिर किताब खोलकर बैठ गई—पृथ्वी का इतिहास। दूसरा दृश्य समाप्त हुआ।

चार

तीसरे दृश्य की पृष्ठभूमि गहरे अँधेरे में से धीरे-धीरे सामने आ रही हैं। पाँच साल की अवधि के दूसरे दृश्य के बाद तीसरा दृश्य।

अबकी दृश्य में समूचा घर नहीं—रंगमंच के एक कोने में नीरा के बन्दी जीवन का वह कमरा। घर के एक ओर एक कमरा। घर के बाकी हिस्सों से समारोह के साज खोले जा रहे हैं। अभी वह अँधेरे में ही रहे। नीरा के कमरे में रोशनी डालिए।

हिना की शादी के बाद।

वह ससुराल चली गई। लौटी पति के साथ मगन मन। अपने कमरे में बैठी-बैठी नीरा उनकी बातचीत और हँसी की गूँज सुन पाती। वह प्राय: कमरे में बैठी पढ़ती ही रहती और आँगन की तरफ, जो खिड़की है, उससे आसमान देखती। चूँकि इस कमरे में बाहर की तरफ को खिड़की नहीं है, चाची ने इसीलिए उसे इसी में रखा। कहीं बाहर से मन्ना चिट्ठी डाला करे! और वह इसका जवाब दे, बोले-चाले।

बाहर खुशी की किलकारियाँ। दामाद आए हैं। चाचा का कंठ-स्वर सुन पड़ता था। दामाद के सामने रईसी ठाठ से भारी गले से बोलते। अजित, सुजित—सभी भाई शोर करते हुए ऊपर चले जाते हैं। ऊपर के कमरे महज ब्याह के पहले ही बनकर तैयार हुए हैं। नीरा को पता चला है, फर्श मोजेहक के बने हैं। शादी के समय तक फर्श सूख जाए, इसके लिए चार बड़े पंखे खरीदे गए थे बिजली के। ये स्टैंडिंग पंखे हफ्ते भर चौबीसों घंटे चलते रहे। ऊपर के ही कमरों में पति के साथ हिना और उसके भाई रहा करते। रेडियो बजता। हिना हारमोनियम पर गाना गाती।

हिना आकर महज एक दिन रही और एक नेग करके चली गई। एक दिन उझककर पूछा भर था—"कैसी है नीरा?"

नीरा ने कहा—"ठीक ही हूँ। और तू?"

"मेरी मत पूछो। रात-दिन एक पल को नहीं छोड़ता। खा डाला मुझे तो। कहकर वह हँस पड़ी।"

नीरा जरा हँसी। कहा—"जा-जा, परेशान होगा या फिर चाची तुम्हें ढूँढ़ने आएँगी।"

"फिर आऊँगी। भला!" वह चली गई। भागकर जान बचाई नीरा को भी अच्छा नहीं लग रहा।

ईर्ष्या कहते हैं तो कहिए इसे। नीरा कुछ नहीं बोलने की। हाँ, इतना जरूर कहेगी कि गर ये सुख-दुख, ईर्ष्या-द्वेष, स्नेह-प्रेम, का सम्बन्ध धूप-छाँह की तरह ही अंगांगी है, तो भी उनके ऊपर ठोस माटी की धरती की नाईं एक अत्यन्त ही वास्तव जगत है। 'दाइ नीड इज ग्रेटर दैन माइन' कहकर जो आदमी अपने होंठों तक आए हुए पानी को दूसरे के लिए दे सकता है, उसकी मौत प्यास से मरुभूमि में ही होती है—शारीरिक पीड़ा भी होती है, बेशक होती है, मगर मन की पीड़ा या पछतावा नहीं होता। यह बात आप नीरा से सुन लीजिए।

चाची बेहद निर्दयी। उनके सामने इस अपराध की माफी नहीं। जब नीरा बीमार थी, वह कहतीं—"मर जाए दईमारी। मरे!"

बीमारी की बदहोशी में भी ये शब्द दो-चार बार नीरा के कानों तक पहुँचे हैं। याद है उसे। जब वह चंगी हो गई, तो बोली—"जो भोग भोगने के लिए

पैदा हुई है, उसे मौत भी नहीं आती। यम आता भी है, तो उसका दुर्भाग्य राह रोककर खड़ा हो जाता है। कहता है, उँहूँ, मेरे शिकार को तुम हाथ नहीं लगा सकते। दुर्भाग्य को खुद भगवान सहारा देते हैं। लिहाजा यम को लौट जाना पड़ता है। और जिनको सुख होता है, सौभाग्य होता है, उनके साथ भगवान का न्याय दूसरा है। ऐसे लोग उम्र रहते भी मरते हैं! वह मौत मोक्ष है।"

कभी-कभी कहती—"तू अगर मेरी कोख की होती, अगर मेरी हिना ने यह हरकत की होती तो मैं उसे जहर देकर मार डालती।"

फिर कहतीं—"फिक्र मुझे हिना की रहती थी, तेरी नहीं।" जरा देर चुप रहकर फिर कहतीं—"यह तेरे उस ईसाई स्कूल की शिक्षा का फल है।"

नीरा निराशक्त-सी सुनती चली जाती। हँसती। उदास हँसी, क्षुब्ध नहीं; क्योंकि एक अनोखा आत्म प्रसाद था। इसे छोटा मत समझिए। चाहे तो समझिए। मगर ऐसे में आप चाची से भी बड़े अन्धविश्वासी होंगे, संस्कार के गुलाम। क्योंकि चाची के संस्कार में फिर भी एक आदर्श है। लेकिन आपका संस्कार ऐसे में वास्तविकता की दुहाई देकर वैसा ही नीच और कुटिल होगा, जैसा चोरों का यह खयाल कि सब चोर हैं।

ऐसे विश्वास के अनुसार संसार में भूख और भोजन—काम तथा स्त्री-पुरुष की देह के सिवाय और क्या? न केवल भावभावना के दायरे में, बल्कि वस्तु जगत में भी खाद्य और देह के सिवाय किस चीज की जरूरत है? जानवर को जोत की जरूरत होती है कि घर की या शिल्प-साहित्य की?

खैर!

धीरे-धीरे रंगमंच पर रोशनी होने लगती है।

विवाह के उत्सव का साज-सामान खोला जा चुका है, तो भी चाचा का वह नए सिरे से मरम्मत किया हुआ मकान मोहक दीख रहा है। खिड़की में से नई सीढ़ी दिखाई पड़ रही है। नए फैशन की सीढ़ी। खासकर सीढ़ी के पास की रेलिंग सुन्दर लगती है। उसे देखकर मानना ही पड़ता है कि रुपयों के साथ-साथ चाचा की रईसी रुचि भी है। चचेरे बहन-भाई उसी सीढ़ी से

टपाटप ऊपर-नीचे जाते;आते हैं। सबके बदन पर अच्छे कपड़े। धोती-कुरता नहीं, सूट का रिवाज ज्यादा। अजित और सुजित तो पहनते ही हैं, उनसे छोटे रणजित ने भी शुरू किया है। इस बार वह भी तो फर्स्ट क्लास में पहुँचा। उससे छोटा अभिजित—वह अभी हाफपैंट पहनता है। मगर कीमती। सुरजिंत बड़ा है उससे, लेकिन फेल कर-करके अभी दसवें क्लास में ही झूल रहा है। लेकिन उसे इसका कोई गम नहीं। पढ़ना भी छोड़ना चाहता, क्योंकि वह खेलकूद में ही मगन रहता है। तीसरे पहर रोज खेल की पोशाक पहनकर चल देता है। दमदम नहीं, कलकत्ते। रात के आठ-नौ बजे लौटता। चाचा उसे दफ्तर में डाल देना चाहते हैं, मगर वह राजी नहीं। खेलने में शायद असुविधा होगी।

अजित और भी ज्यादा रात गए लौटता। वह दफ्तर का छोटा साहब है! कभी-कभी लड़खड़ाती आवाज में जोर से बोल उठता—"आइ डोंट केयर। कहना हो तो बाबूजी से कहो। दैट ओल्ड हसबैंड ऑफ योर्स, आस्क हिम! उन्हीं ने मुझे साहबों की सेवा—जतन के लिए होटल में भेजा था। पूछ देखो।"

नीरा समझ जाती कि अजित यह सब अपनी माँ से कह रहा है। उन्होंने कुछ कहा है, शायद हो कि आवाज के लड़खड़ाने का कारण पूछा है।

चाचा की बात भी सुनी है—"आखिर बिजनेस है, कुछ मोदी की दुकान नहीं, धान-चावल का आढ़त नहीं। विलायती व्यापार है—पार्टी, होटल में खान-पान का इन्तजाम करना पड़ता है। जी हाँ! रुपए कुछ यों ही नहीं आते। औरत हो, औरत की तरह रहो।"

नीरा सुनती ही जाती।

चाची का नियम वह जानती है, इसके बाद वह कुछ नहीं कहने की। कहती भी नहीं। लेकिन कभी-कभी कहीं, इसी बहाने पीना शुरू किया और अब रोज! बिना पिए काम नहीं चलता।

चाचा कहते—"उसके बिना इनर्जी कहाँ से लाऊँ? सेहत तो बचानी है। फिर यह तो दवा है। डॉक्टर के बताए मुताबिक पीता हूँ। तुम खुद से नापकर ढाल दिया करो। मनमानी तो पीता नहीं। काम बहुत है। जीना पड़ेगा ही। समझ गईं।"

नाटक में एकाएक नाटक-जैसे ही नाटकीय ढंग से गति तेज और आवाज ऊँची हो उठी। उस दिन रात को चाचा लड़खड़ाते पैरों चीखते हुए घर में दाखिल हुए।

"फोरटी फाइव थाउजैंड! पैंतालीस हजार! नेट प्रॉफिट!"

"पूजा के लिए एक सौ रुपए निकाल लो।"

नीरा उस दिन चौंकी। चाची जी!

उसने तमाचे की आवाज सुनी—तड़-तड़! और उसी के साथ चाची की आवाज—"ऐं-ऐं! नसीब! हाय रे नसीब!"

चाचा चीख उठे—"शट अप! खूसट बुढ़िया नसीब नहीं ठोंकती। ले, यह ले! गिन ले—पचास हजार के नए ताजे नोट! ले! ले!"

"कर क्या रहे हो यह? नोटों के बंडल?"

"ले! ले!"

"आह!"

"आह क्या? कैसी आह?"

"औरत हो, औरत की तरह रहो! मिलिटरीवाले साहब हैं, वे शराब पिलाने से खुश नहीं होते, साथ में पीने से होते हैं। सोचते हैं, छिन करते हैं, दमदम के उस पार महज ढाई सौ रुपए बीघे के हिसाब से जमीन ली थी, इन लोगों ने दो हजार बीघे का दाम लगाया था—दावत दी; उनके साथ दो-एक गिलास शराब पी और ढाई हजार पर सौदा तै कर लिया। बीस बीघा—बीस इनटु पचीस हंड्रेड-फिफ्टी थाउजैंड। नेट प्रॉफिट फोर्टी फाइव थाउजैंड। अभी भी पन्द्रह बीघे हैं। इन्हें भी भुनाऊँगा, मौका मिलते ही भुनाऊँगा।"

चाची चुप हो गईं। नीरा चाची को जानती है। बहुत बार सुना है। हिना को सिखाया करती थीं वह। खासकर उसकी शादी से पहले जबकि नीरा ने जानकर हिना के कलंक को अपने माथे ले लिया था, उन्होंने हिना से कहा था। उसकी लट को अपनी मुट्ठी में लेकर कहा करती—"मर्दों से हिसाब मत लो। काम उनका है, धर्म हम लोगों का। भगवान की भक्ति और नारी-धर्म, संसार का बुरा-भला इसी पर है; धरती इसी से शीतल है—वासुकि इसी से स्थिर हैं। पुरुष रुपया लाता है, उससे यह न पूछो कि कहाँ से लाया? राजलक्ष्मी राज-

पाट के लिए गजब ढाया करें कुरुक्षेत्र छिड़ा करे कौरव जाए, पांडव राजा हों, गृहस्थ-लक्ष्मी लेकिन दुनिया में औरतों के हाथों, उनके धर्म से ही स्थिर रहती हैं। उसी से दुनिया कायम रहती है, सृष्टि चलती है।"

रामायण से उदाहरण देता—"रामायण पढ़ देखो। ब्राह्मण का लड़का रत्नाकर लूटपाट में लगा था। एक दिन नारद और ब्रह्मा आए—उसको वाल्मीकि ऋषि बनाना होगा। उन्होंने रत्नाकर से कहा—अच्छा ठीक है, लूट-पाट हत्या करते हो—मगर इसके पाप के बारे में सोचा है कभी! रत्नाकर ने कहा—इसके पाप का फल परिवार के सारे लोग मिलकर भोगेंगे। जहाँ रहेंगे, साथ ही रहेंगे। सोचना क्या है? ब्रह्मा ने कहा ऊँहूँ, तुम अपने परिवार से पूछ आओ। रत्नाकर ने ब्रह्मा और नारद को एक पेड़ से बाँध दिया और अपने घर जाकर पूछा—मैं लूट-खसोटकर, लोगों का गला घोंटकर इतनी-इतनी चीज लाता हूँ, सोना लाता हूँ, इसका जो पाप है, तुम लोग हिस्सा लोगे? स्त्री, माँ, बाप, बहन, बेटे—सबने कहा, नहीं। तुम कहाँ से, कहाँ से, कैसे मारकर लाते हो, यह देखना हमारा काम नहीं। वह जिम्मेदारी तुम्हारी है। स्त्री ने कहा—मैं तुम्हारी सेवा करती हूँ, तुम्हें सुखी रखती हूँ, तुम्हारी सन्तान को गर्भ में धारण रखती हूँ—मेरा उत्तरदायित्व इतना ही है। माँ-बाप ने कहा—तुम्हें खिला-पिलाकर पाला-पोसा, हमारा उत्तरदायित्व खत्म हो गया। बेटे ने कहा—तुम बूढ़े होगे, तो तुम्हारी हिफाजत करना मेरा कर्तव्य होगा। तुम्हारा उत्तरदायित्व सर्वथा तुम्हारा है, उसका कोई सवाल ही नहीं, उसके पाप या पुण्य, किसी का हम हिस्सा नहीं बटाएँगे। समझ गई बिटिया, धर्म की शिक्षा यही है। इसे भूलना मत। तुम्हारा बाप इन दिनों पी-पवाकर कभी-कभी बेअख्तियार हो उठता है। मैं कुछ कहती। घर में सिर्फ लड़कियों की जिम्मेदारी मेरी है। मैं वही लेकर पड़ी हूँ। तेरा भैया भी पीता है। मैं कुछ नहीं कहती। शायद और भी बुराई की छूत लगी है। शादी की कहती हूँ तो राजी नहीं होता। समझती हूँ।"

चाचा और चाची की उस बात के बाद चुप रहने के सिवाय और चारा क्या? सो आँगन की तरफ को एक ही जो खुली खिड़की थी, नीरा ने उस दिन उसे बन्द कर लिया था।

दूसरे दिन स्नान को निकली तो देखा, पूजा की तैयारी है—जोरों की।

चाचा ने तशर का कपड़ा पहना है। चाची ने भी। इतवार का दिन। दक्षिणेश्वर जाने की तैयारी। बीच अँगना की तरफ अँगुली दिखाकर चाचा कह रहे थे—सीधे दीवार खींच दूँगा। काफी ऊँची दीवार। उधर जैसा उसका है, रहेगा। अपने इधर पिछवाड़ा होगा—"पिछवाड़ा होगा सामने फेसिंग उस तरफ को करके इधर को पीछे से जोड़ दूँगा।"

नीरा पर नजर पड़ने के बाद भी चाचा थमे नहीं, बल्कि कहा—"भतीजी का हिस्सा लेकर करना भी क्या? वाजिब दाम देकर भी लो, तो भी लोग बदनाम करेंगे। घोष कीमत जरा बढ़ा-चढ़ाकर बता रहा है। दूँगा।"

नीरा समझ गई कि यह पैंतालीस हजार का मुनाफा उनको दक्खिन तरफवाली घोषों की जमीन खरीदने का बढ़ावा दे रहा है।

बाथरूम में नहा रही थी कि दरवाजे पर मोटर की आवाज हुई। चाचा ने एक पुरानी मोटर भी ले रखी थी। यह भी सुना था कि दरवाजे पर पीतल की नेम प्लेट भी लग गई है। एच. सी. मुखर्जी, कांट्रेक्टर एंड मर्चेंट। एक लकड़ी की भी प्लेट थी—एच. सी. मुखर्जी इन-आउट। नीचे ए. के. मुखर्जी इन-आउट। नीचे थोड़ी-सी जगह खाली। वहाँ पर सुजित का नाम आ जाएगा।—एस. के. मुखर्जी। मोटर आकर रुकी। अब शायद ये जाएँगे। नहीं कौन? किसकी आवाज है यह?

"लेकिन मैं कोई गहना लूँगी। हाँ!"

हिना! उसी का गला। हिना आई थी। वह भी पूजा के लिए साथ जाएगी। तो यह हिना के पति की गाड़ी है।

नहाकर नीरा अपने कमरे में गई। हाँ, हिना ही। साथ में उसका पति। क्षण के लिए आँखें चार हुईं। लेकिन नीरा को अपनी आँखों वह देख ही नहीं पाई मानो। नीरा जरा हँसी। घृणा की हँसी। एक बार उसके जी में आया, इस नाटकीय घड़ी में वह निकल पड़े क्या? निकलकर कहे कि मैं अपनी इच्छा से कैद हुई थी, आज मुक्त हो गई। कलंक दरअसल अपना नहीं, वह इस गई-बीती लड़की का है।

ठीक उसी समय शंख बज उठा। शंख? शंख बजाकर पूजा करने जा रहे हैं ये? आमतौर से ऐसा तो नहीं होता लेकिन पैंतालीस हजार मुनाफा भी तो कम नहीं।

रंजीत और अभिजित साथ ही बोल उठे—"मिठाई! मिठाई!"

सुजित बोला—"नो मिठाई। डिनर।"

कोई तीन बजे। वे लौटे। लौटते ही हिना उसके कमरे में आई "नीरा!" नीरा उद्धत की नाईं उसकी ओर ताक रही थी। मारे गुस्से के उसका सारा बदन झनझना रहा था।

हिना ने इसका खयाल तक न किया। झपटकर उसके गले से लिपट गई। बोली—"री मेरी नीरा, मेरे बच्चा होगा।"

नीरा अवाक् उसकी तरफ ताक रही थी। हिना के बच्चा होगा, यह सुनकर उसे खुशी हुई थी या नहीं, नहीं कह पाएगी। लेकिन हाँ, उसका कुढ़ा हुआ मन कैसा तो शान्त सा हो गया था।

हिना को उसने उस दिन बहुत स्वाभाविक ढंग से क्षमा कर दिया था। कार्य-कारण और युक्ति-युक्तता की दुनिया में, जिसे स्वाभाविक कहते हैं—वैसा स्वाभाविक न भी हो शायद और हो भी तो नीरा नहीं जानती। वह अपने मन के स्वभाव के मुताबिक कहती है, हिना को उसने स्वाभाविक तौर से क्षमा कर दिया था या क्षमा आ गई थी। हिना विनो सेन नहीं, यह अज्ञान पापी है। विनो सेन ज्ञान पापी। विनो सेन ने अजगर की नाईं साँस के करीब खींचकर जकड़ते हुए ग्रास करना चाहा था। व्यंग्य से कहा था—नाटक कर गई!

खैर, सिलसिला टूट रहा है।

हिना, आनन्द से उस रोज पिघल-सी रही थी। और, अपने जीवन की उस विगलित धारा में उसने उसी को नहलाना चाहा था। एक और भी कारण था। हिना के चरित्र में जो एक भीरु स्वैरपना थी, मुँह से उसे कहकर उमगनेवाला और कोई नहीं था। चाची के सामने करने की शायद हिम्मत नहीं होती थी।

हिना उस दिन अपनी ससुराल नहीं लौटी। उसका पति वापस चला गया।

शाम को अजित और उसका पति निकले। सिनेमा देखकर उधर से ही उसका पति अपने घर चला जाएगा। दो दिन के बाद आकर हिना को ले जाएगा

पति को रुखसत करके हिना लौटी। धप्प से बैठते हुए कहा—"चल, ऊपर चल। यह आदमी के रहने की जगह है!"

"ऊँहँ तू जा। बल्कि मैं जरा पढ़ूँ।"

"पढ़ेगी?"

हिना अचानक गम्भीर हो गई। कहा—"तेरी यह मुसीबत मेरे चलते है।"

"सो हो। एक दिन यह दुख जाता रहेगा। लेकिन तुझे यह मुसीबत होती, तो नहीं करती। तू बरदाश्त नहीं कर सकती। पति को पाकर तू सुखी हुई—प्यार करता है?"

"खाक करता है। झूठ। सिर्फ जबानी जमा-खर्च।"

"कह क्या रही है?"

"मैं ठीक कह रही हूँ। तू होती तो नहीं पकड़ सकती। मगर, मैं? मैं हिना हूँ। मुझसे चालाकी नहीं चलने की।"

ही-ही हँसने लगी वह।

"हँस क्यों रही है?"

"हँस क्यों रही हूँ? पूछो मत। आदमी बड़ा सयाना है। पता है, सिगरेट के सिवाय कोई बुरी लत नहीं! मगर चरित्र का बड़ा बुरा। शाम को कभी घर नहीं लौटता। माजरा क्या है? पूछने पर भवें सिकोड़कर कहता—काहे का माजरा? नर्म होना चाहिए। सो नर्म होकर पूछती—छुट्टी तो कब की हो जाती है, रहते कहाँ हो इतनी देर? कहता—कहाँ रहूँगा। भाड़ में। जहाँ जी चाहता है, रहता हूँ। मैं चुप हो गई। बदन से कैसी तो एक तरह की बू आ रही थी—मर्द के बदन में औरत जैसी बू। सिगरेट की बू से मिलकर एक और ही तरह की। मैं जब चुप हो गई, तो बोला—दिन-भर दफ्तर में रहता हूँ—वहाँ से निकलने पर मैदान में जरा टहलता हूँ। फिर ऊपरी आमदनी की वसूली में भी जाना पड़ता है, एंगेजमेंट रहता है। औरत हो, औरतों की तरह रहो। खैर, वही सही। मगर मर्दों को खूब जानती हूँ। बहन, सब मर्द मन्ना घोष हैं! बस, सिर्फ किस्म का फर्क। भला-बुरा। हाँ, तो एक दिन हुआ क्या...

हिना खिलखिलाकर हँसने लगी—समझा? ही-ही-ही। ही-ही-ही। उसने कुरता उतारा, बनियान उतार रहा था, सिल्की साफ-सुथरी बनियान : देखा उस पर बालों

के तेल का दाग। दाग के साथ ही नजर आया एक लम्बा सा बाल। मैंने झट हाथ थाम लिया—यह क्या है? कहने लगा—क्या? मैंने कहा—यह बाल, बनियान में तेल का दाग? अब तो जनाब टुकुर-टुकुर ताकने लगा। मैंने धर दबाया। इस्क्रू कसने लगी। फिर तो नकाब उतारकर दाँत निपोड़ते हुए बोला—किया है, ठीक किया है। कमाता हूँ, किया है। कुछ तुम्हारे बाप की कमाई से नहीं किया। मैं चीखने लगी। वह चुपाने लगा—चुप-चुप! बाप से बेहद डरता है न! हूँ-हूँ, बाप ही क्यों, दफ्तर का बड़ा बाबू। और परले सिरे का कंजूस। तनखा के रुपये तो छूने ही नहीं देता, ऊपरी आमदनी का भी हिसाब चाहिए। पूछेगा—ठेकेदार के बिल की बावत कितना लिया, इस पार्टी से। ठेके का क्या मिला? मगर लाख पूछे, बाजार लड़ाई का ठहरा, रोजगार की पूछो मत। घूस के रुपयों का लेखा भी है कि पकड़ में ही आ सकता है। किसी-किसी दिन चार-चार, पाँच-पाँच सौ के नौट जेब में रहते हैं। लेकिन रोज सौ-डेढ़ सौ जरूर। उधर दफ्तर में होती हैं लड़की किरानी, साँझ के बाद धर्मतल्ला में तो औरतों की महफिल होती है। करूँ तो क्या करूँ? इस बार कह दिया, भई, करना हो सो करो, नजर छोटी मत करना और वहीं बँध मत जाना। और बँधने वाला भी वह नहीं है। है होशियार। नजर भी छोटी नहीं है, यह मैंने बदन की बू से ही समझा है। उस दिन जब बदन से बू आई, तो मैंने कहा—अच्छा, बताओ कहाँ गए थे? कसम, मैं कुछ न कहूँगी। कैसी तो अनचीन्ही-सी गंध लग रही है। उसने कहा—कैसी कहो तो? मैंने कहा—मेट्रो में मेमसाहब के बगल में बैठो, तो ऐसी गंध आती है। कहना था कि हँसते-हँसते लोट-पोट! बोला—बाप रे, शर्लक होम्स हो तुम! बिलकुल ठीक। गंध पार्क स्ट्रीट इलाके की है? मैंने पूछा—कितने रुपए गए? कहा, ईश्वर की कसम, अपना नॉट ए सिंगल पार्टिंग। एक पंजाबी ठेकेदार है, वही ले गया था।"

हिना इसके बाद भी न रुकी, मन की खुशी कहती ही जा रही थी—"अब एक सुलह कर ली है उससे। जहाँ चाहे जाओ, नीची जगह न जाना और रात में दस बजे से ज्यादा देर मत करना। तीन दिन रात के आठ बजे लौटकर मेरे साथ सिनेमा जाना होगा। महीने में मुझे सौ रुपया देना होगा, वह मेरा निजी होगा। आज अभी गया न यहाँ से, मगर घर नहीं जाएगा तमाम रात बाहर बीतेगी। अब तो अजित भैया भी उसी का साथी है।"

बीच में चाची ने दो-तीन बार हिना को आवाज दी थी हिना ने हर बार कहा था—आई; लेकिन गई नहीं।

लाचार चाची ही कमरे में आईं। कहा—"देख, आज खुशी का दिन है। जभी मैंने कुछ कहा नहीं। उसकी उसाँस से कोई नुकसान न हो कहीं। मगर अब बरदाश्त नहीं होता। नौ बज रहे हैं—चल अब।"

हिना बोली—"नीरा भी चले। मेरे साथ सोएगी।" चाची ने सख्त होकर कहा—"नहीं।"

"क्यों?"

"क्यों, सो तू जानती है। मेरा घर अपवित्र होगा। तुझे पता है, अजित इन दिनों पीता है। मेरा खयाल है, और लत भी लगी है। लेकिन चूँकि घर में यह पाप है, इसलिए उसका ब्याह नहीं करते। पहले इस पाप को ठिकाने लगा लूँ।"

कैसी तो हो गई हिना। माँ की ओर ताककर पूछा—"इसकी क्या माफी नहीं है माँ?"

"नहीं।"

"इसे तुम माफ कर दो माँ!"

"नहीं।"

हिना चुप हो गई। दूसरे दिन वह चली गई। जाते समय नीरा के पास गई—"नीरा!"

नीरा ने कहा—"तू जा रही है?"

"हाँ, दो-तीन महीने में फिर आऊँगी।"

"लड़का कब होगा तेरे?"

"यह तीसरा महीना है। दो महीने के बाद यहाँ चली आऊँगी।"

कहकर हिना चुप खड़ी रही। चाहकर भी कुछ कह नहीं सकी मानो। तो चलूँ मैं—कहकर चली गई।

नीरा को लगा, फिर दो महीने सूना ऐश का जीवन! बहुत दिनों के बाद हिना के साथ कुछ समय बीता। कबूतर सरीखी आप अपनी ही बात बकमबक कर गई। अच्छा लगा। विनो सेन—तुम आखिर हिना नहीं हो। हिना पाखंडी नहीं है।

नीरा की आँखों में हिना के जाते वक्त की तसवीर झूल गई। बड़ी उदास-सी लगी। कल साँझ की और आज दोपहर की हिना में गोया बड़ा हेर-फेर हो गया। उसका जी दुख गया जैसे। रात चाची से बात करते समय ही वह अचानक बुझे चिराग जैसी स्याह हो उठी थी।

लम्बी उसाँस लेकर उदास हँसी थी वह। बेचारी। लेकिन ससुराल जाते ही फिर जल उठेगी वह। जानती है नीरा। उसने किताब खोली। न:। पृथ्वी का इतिहास नहीं। एलिस इन वंडरलैंड। परियों की दुनिया, जादू और स्वप्न का राज्य...।

अचानक दरवाजा खुला। नीरा ने देखा, चाची है। उसने किताब पर नजर गड़ा ली। कई दिनों से उसके जी में आ रहा था, चाची को ढकेलकर बन्द कमरे से निकल पड़े।

"नीरा!"

भवें सिकोड़कर नीरा ने फिर ताका। लगा, अब वह अपने को जब्त नहीं कर सकेगी। आग लग गई जैसे, अब लहकी, अब लहकी।

चाची की आवाज में गुस्सा कितना। मगर नीरा कुछ बोली नहीं। चाची ने उसकी तरफ एक चिट्ठी बढ़ाई—"हिना दे गई है। यह सच है?"

नीरा पढ़ गई। हिना ने साफ कुबूल करते हुए लिखा था। मुँह से कहते न बना, पत्र में लिख गई सब खोलकर और यह लिखा, उसका दुख अब देखा नहीं जाता। तुम उसे यों कष्ट मत दो और।

पत्र पढ़कर भी नीरा चुप रही। क्या कहे, सोच नहीं सकी। हिना आखिर को लिख सकी यह।

"नीरा! कहो?"

"क्या कहूँ?"

"सच है यह?"

"हिना ने जब खुद कुबूल किया है, तो मेरे न कहने से लाभ क्या है?" जरा हँसी थी वह।

चाची जरा एकटक देखती रही उसे, फिर बेहद घृणा के साथ बोली—"तेरा पाप हिना से बड़ा है, उसकी अकल मारी गई थी, उसने गलती से ऐसा किया

था, लेकिन तूने समझ-बूझकर किया। कलंक लगने लायक काम करके उसे छिपाने के पाप से, पाप न करके पाप का कलंक, जो अपने मत्थे ले सकती है, वह सब कुछ कर सकती है। हिना पर जितनी नफरत हुई, उससे ज्यादा नफरत तुझ पर।"

घृणा की वह अभिव्यक्ति उनकी अजीब कठोर थी। नीरा उनकी तरफ अवाक् ताक रही थी। चाची ने कहा—"इसका मतलब यह हुआ कि पाप से, कलंक से तुझको घृणा नहीं, शर्म नहीं। फिर तो तू सब कुछ कर सकती है।"

चाची इतना कहकर चली गईं। जमाने के बाद नीरा अचानक उठकर खड़ी हुई। अकस्मात् उस जीव की तरह, जिसके बन्धन अपने आप खुल गए हों। जाते-जाते चाची से उसने कहा—"दरवाजा मत लगाएँ।"

और, उसने किवाड़ के पल्ले को कसकर थाम लिया था। चाची तो रोज की आदत के अनुसार दरवाजे को लगा ही रही थीं। सालभर से यह कमरा बन्द ही रहता था। रात को उसके कमरे में एक नौकरानी सोया करती, बाहर से ताला पड़ा रहता। मन ही मन नीरा से वे डरती थीं, नीरा को यह मालूम था। ठीक याद नहीं कब, किससे तो चाची ने कहा था—"अजित या सुजित को वह सब कर सकती है। भयंकर साहस है उसे भाग जा सकती है। निकलकर रास्ते पर खड़ी हो सकती है। इसी से ताला लगा देती हूँ।"

चाची ने वैसा जोर नहीं किया। छोड़ ही दिया। नीरा बरामदे पर जाकर खड़ी हुई। चाची की ओर ताककर, उसी पुरानी नजर से ताककर कहा—"सुनिए, जब सब कुछ मालूम ही हो गया तो आज से मैं बाहर रहूँगी कल से फिर स्कूल जाऊँगी।"

चाची ने कहा—"नहीं। स्कूल नहीं जाने दूँगी।"

"क्यों?"

"क्योंकि बात खुलेगी। हिना की ससुराल तक पहुँचेगी। फिर तुम्हारा विश्वास थोड़े ही करती हूँ।"

"मै यह बात जाहिर न होने दूँगी।"

"इसका यकीन है। मैं वह नहीं कहती। तुम्हारी कह रही हूँ—कलंक की जिसे शर्म नहीं, नफरत नहीं, उस पर मैं विश्वास नहीं करती। मन्ना अभी मरा

नहीं है; सुना है, गरीब घर की लड़कियों की बाजार में दलाली करता है वह। मैं तुम्हें बाहर नहीं जाने दे सकती। और हिना की बात न खोलो तो स्कूल में कहोगी भी क्या तुम?"

"वही सही। न जाऊँगी स्कूल। लेकिन घर से ही इस बार मैट्रिक का इम्तहान दूँगी।"

"जिस पढ़ाई से झूठे पाप का इतना बड़ा बोझा उठाकर तुमने आत्मानारायण का इतना बड़ा अपमान किया, उस पढ़ाई का क्या करना?"

"रोटी कमाऊँगी। आप लोगों से छुटकारा मिलेगा।"

जरा देर चुप रहकर चाची ने कहा—"देना। कहूँगी तुम्हारे चाचा से।"

उस दिन एक और अजीब घटना घटी। उसके अपने ही मन में। बाहर नहीं।

एक साल, हाँ गिनकर पूरे एक साल सत्ताईस दिन के बाद खुली रोशनी में खड़े होकर उसने एक बड़े से आईने में अपनी परछाईं देखी। हिना दोपहर के भोजन के बाद ही चली गई थी। चाची आध घंटे के बाद ही चिट्ठी लेकर उसके कमरे में आईं। दसेक मिनट में बातें हो गईं। चाची ने उसे माफ करने के बजाय, माफ क्या, उन्हें तो धन्यवाद देना चाहिए था, आशीर्वाद देना चाहिए था, नफरत करके दरवाजा लगाने गई थीं—नीरा ने जबरदस्ती बन्द नहीं करने दिया। एक दिन जिस प्रकार अपनी इच्छा से ही उसने कैद कुबूल कर ली थी, चूँ तक नहीं किया था, उसी प्रकार अपने-आप ही छुटकारा लेकर बाहर निकल पड़ी। घर में सन्नाटा-सा। दो के करीब बज रहे थे। चाचा और अजित दफ्तर में थे। सुजित तथा दूसरे दो छोटे भाई भी स्कूल में थे। घर में थीं अकेली चाची। रसोइया रसोई का झमेला चुकाकर घूमने निकल गया था। कलकत्ते के रसोइए दोपहर को सोया नहीं करते। नौकर सो रहा था। दायी रसोई में बर्तन-बासन में लगी थी।

मुहल्ले में भी खास कोई हलचल नहीं। इस समय सुनसान-सा ही रहता है। तीसरे पहर की ओर ढलते हुए सूरज की धूप आँगन में पूरी तरह पड़ रही थी। नीरा उस धूप में मुक्ति का आस्वाद ले रही थी और चाचा के नए बढ़े ऐश्वर्य पर गौर कर रही थी। बहुत रद्दोबदल हो चुकी थी। कठिन आत्मपीड़न की एक प्रवृत्ति उस पर हावी हो गई थी। उसके जीवन में विद्रोह की यह एक

दूसरी शक्ल थी। उस समय यह उसे खूब भली लगती। एक आत्मप्रसाद का अनुभव करती वह। शायद हो कि नाज था। जो भी हो, देखते हुए वह इसे देखा नहीं करती। देखना चाहती नहीं। आज छुटकारा पाकर आँगन में खड़ी-खड़ी यही सब देखने लगी।

होंठों पर हल्की हँसी भी फूट आई। वा। चाची जी की तारीफ करनी पड़ेगी। आँगन के पास बरामदा खासा बना है। उस बरामदे में अभिजात—रुचि के अनुरूप हैटरैक के साथ एक अलगनी। उसके नीचे जूता रखने का बक्स और एक आदमकद आईना। उसी आईने में नीरा की धूप से चमकती देह की परछाईं पड़ी।

सिहर उठी। डर के मारे आँखें बन्द कर लीं।

आईने में वह कौन? कहाँ है? नीरा? नहीं-नहीं।

पत्थर से दबी दूब जैसी बदरंग, तपेदिक की रोगी जैसी रक्तहीन, दुबली, कंकाल-सार एक लड़की, मुँह की हड्डियाँ उभरी, पीछे बिखरे-बिखरे बाल—बदसूरत, वीभत्स। आँखें ही रह गई थीं केवल—दो बड़ी-बड़ी दमकती आँखें। आँखों से ही वह पहचान सकी कि यह वही है।

खड़ी सोचने लगी, जीवन में त्याग का यही परिणाम? न:। चाची ने बेजा कहा। मैंने अपनी आत्मा का जो अपमान किया, यह उसी का फल है। यही भावना है। अचानक वह सीढ़ियों से छत पर गई। खुली धूप, खुली हवा की चाह हो आई। उसे जीना पड़ेगा। धूप से खिली धरती की तरफ देखा। ओह साल ही भर में कितना कुछ बदल गया। ऊपर हवाई जहाज। 1944 साल। शोरगुल बढ़ गया था। लोगों की भीड़ से कलकत्ता मानो चींटों का राज्य हो।

छत पर देर तक घूमती रही। साँझ को नए सिरे से उसने जिन्दगी शुरू की। सबसे पहले चाची के पास जाकर स्थिर गले से कहा—"चाची! मेरे घर की कुंजी दो। उस कमरे में अब मैं नहीं रहूँगी।"

चाची ने सिर्फ उसकी ओर ताका। कहा कुछ नहीं। उस ताकने में हद की उपेक्षा थी, बेहद घृणा। उस समय से जो आकर वह कमरे में दाखिल हुई थीं, सो निकलीं नहीं। बैठी सोच रही थीं।

उसे लगा, इस औरत जैसी निर्दयी उसने और किसी को नहीं देखा। उनकी वह निष्ठुर घृणा फिर कभी गई नहीं। और घृणा क्या सिर्फ उसी पर! उसके

बाद से वे हिना से भी घृणा करने लगीं। उनका जीवन मानो संस्कार का एक फल-फूलहीन महज पत्तोंवाले पेड़ की पुण्य के जहर से जहरीली शाखा हो, जिसके नीचे धूप नहीं आती, छुप-छुप अँधेरा और पत्तों से हर पल पुण्य की जहरीली हवा निकल रही हो।

चाची ने कुंजी उसकी तरफ फेंक दी। नीरा ने बेखटके कुंजी उठा ली और अपनी माँ के कमरे को खोलकर अन्दर जा खड़ी हुई। उस कमरे को गुदाम के काम लाया जा रहा था। रंग के डिब्बे, सीमेंट के बोरे, लोहा, पुराने असबाब। एक अजीब गुमगुमी गंध, तिलचट्टे, कुछ खुदखुराहट—शायद चूहे हों।

अन्दाज से जाकर उसने पिछली खिड़कियों को खोल दिया। खोलते ही रोशनी आई। उसने कुछ सामान खुद निकाला। और कुछ के लिए चाची से कहा—"चाची, नौकर से कहो—ये चीजें हटाकर कमरे को साफ कर दे।"

पाँच

अब दूसरे अंक का अन्तिम दृश्य।

अगर भाग्य-अदृष्ट मानते हों तो इस दृश्य में वही या विचित्र कार्य-कारण कहें, तो वही। उसी का अजीब समावेश। नीरा ने उसी स्थिति में रहकर कठोर संग्राम किया। जितनी चोट आई, उतनी ही चोट की उसने। चुपचाप सहन नहीं किया, चोटें भी कीं। हार-जीत का ठीक नहीं कहा जा सकता; लेकिन वह हारी नहीं, मार खाकर पड़ भी नहीं गई। सिन्दूर-रहित माँग को वह अपराज्य की निशानी समझती।

दूसरे अंक का अन्त सन् 1945 दिसम्बर से सन् 1949 के आखिर तक फैला है। चार साल से भी ज्यादा। लेकिन मार महज उसी ने नहीं खाई, चाची को भी खानी पड़ी। खैर, नाटक का नियम है सिलसिले से सजावट। नाटक में ही क्यों, किसी बात का टूटा क्रम अनियम है।

परदा उठाइए। 1946 का फरवरी, सिर पर परीक्षा है, नीरा मुँह झुकाए पढ़ रही है। तीसरे पहर का समय।

स्थान—उसकी माँ वाला कमरा। कमरे को जहाँ तक बना, ढंग से सजाकर उसी दिन से उसने भग्नक्रम जीवन का नया अध्याय शुरू किया। नया जीवन। शाम को चाचा के यहाँ गई। जाकर कहा—"मुझे कुछ किताबें चाहिए।"

हारान बाबू पहले तो कुछ समझ नहीं सके। भवें सिकोड़े रहे। सवेरे दफ्तर जाते समय तक भी देख गए थे। अपनी इच्छा से बन्दी बनी नीरा का एक मौन रूप, जिसकी तुलना पाँवों तले की माटी है। वही माटी किस प्रचंड शक्ति से उद्धत सिर उठाकर पहाड़ जैसी खड़ी हो गई।

उन्होंने सन्देह करते हुए-से कहा—"नीरा!"

"जी हाँ, मैं। मैंने तै किया है, अब ऐसे न रहूँगी। फिर से पढ़ूँगी। किताबें चाहिए।"

"किताबें? कैसी किताबें? किसलिए?"

"मैट्रिक का इम्तहान दूँगी।"

"मैट्रिक का इम्तहान दोगी!" गोया इससे अनहोनी और असंगत कोई बात ही नहीं हो सकती। शायद हो कि अब वे कुछ खरी-खोटी कहते; लेकिन इतने में चाची आ पहुँचीं।

चाची ने चाचा को चिट्ठी दी। कहा—"पढ़ो। हिना की है। आज की डाक में आई है। तुम अभी यहाँ से जाओ नीरा!"

नीरा चली गई।

जरा देर में चाचा ने बुलाकर उससे पूछा—"कितनी किताबें लगेंगी? क्या दाम लगेगा?" जरा देर को वे चुप हो गए, शायद उतनी देर में संकोच को पी गए, उसके बाद गला साफ करके कहा—"लेकिन एक बात कह दूँ। जान लेना ठीक है। तुम्हारी माँ जो रख गई थीं, उसका अब ज्यादा कुछ नहीं बचा है। तुम बल्कि सुजित की किताबें ले सकती हो। अजित की भी हैं किताबें—उन्हें भी ले सकती हो।"

नीरा बोली—"नहीं, मुझे अलग से चाहिए, वरना जरूरत की न मिलेंगी।"

जी में और रूखी बात आई थी—रुपयों की। मगर कह नहीं सकी। कुंडू बाबू का भी खयाल आया, लेकिन वह भी ठीक न लगा। हो सकता है, इतने दिनों

की मौन सहिष्णुता के अभ्यास से कुछ बुझ-सी आई थी वह। खड़ी-खड़ी अँगूठे से मिट्टी कुरेदती रही—केवल जबड़े कसकर बैठे थे।

चाचा ने कहा—"जो रकम बच रही है और तुम्हारे हिस्से के मकान की कीमत आँकने से तुम्हारी शादी किसी गृहस्थ के यहाँ किसी तरह से हो जा सकती है।"

चाची ने कहा—"इम्तहान देना चाहती है, तो रोकना ठीक नहीं।"

नीरा बोली—"शादी मैं नहीं करना चाहती। मुझसे शादी करेगा भी कौन? इम्तहान पास कर लूँगी और कहीं नौकरी ठीक करके चली जाऊँगी। आप बल्कि मुझे रुपए ही दे दीजिएगा। कहकर चली गई। पुरानी किताबें लेकर ही पढ़ने बैठ गई। चचेरे भाई हैरत में आ गए। छोटे दोनों। अजित ने तो जैसे परवाह ही न की। सुजित ने सिर्फ इतना ही कहा—"तू बाहर निकली, मुझे खुशी हुई।"

"क्यों?"

"क्योंकि मैं सब जानता हूँ। मन्ना को मैंने एक दिन पीटा था। छाती पर चढ़ बैठा था। उसने मुझसे सब कहा।"

"क्या करता, हिना के लिए चुप लगा गया। तू तो मदर को जानती ही है।"

"उन्हें भी मालूम हो गया।"

"मालूम हो गया? तू..."

"नहीं-नहीं। हिना ने खुद चिट्ठी दी है।"

"खैर, पढ़ तू। अपनी किताबें दूँगा तुझे। मगर एक बात तुझसे कहूँ, मदर अब पिटेंगी।"

"मतलब?"

"देख लेना। अभी नहीं बताता।" कहकर वह चला गया।

इस दृश्य में अचानक नाटक आ गया—चाची के आघात से। तीसरे पहर का समय। वह पढ़ रही थी। नौकर-नौकरानी काम में लग गए थे। चाची किसी औरत से बड़े लड़के के ब्याह की बात कर रही थीं। बड़े लड़के के ब्याह के लिए अब वे उतावली हो उठी थीं। खरीदारी के फाव की तरह उसकी शादी की बात भी उससे लगी थी।

नीरा ने लेकिन एक दिन कह दिया था कि मेरे ब्याह का कुछ मत करना चाची।

चाची ने 'अच्छा' कहा था, फिर भी चर्चा छेड़ रही थीं।

अचानक सुजित बाहर से ही उमंग में पुकारता हुआ अन्दर आया—"माँ! माँ! माँ कहाँ?"

चाची ने झुँझलाकर कहा—"क्या है? यह रही मैं! बाहर से इस तरह चिल्लाते क्यों आ रहे हो?"

उसने आँगन में कदम रखते ही कहा—"तुम्हारे बड़े लड़के का ब्याह हो गया।" और हाथ को ऊपर उठाकर उलट दिया।

"ब्याह हो गया? क्या मतलब? तेरे बाबूजी ने शायद जूट के उस दलाल को जबान दे दी, जो देखते ही देखते बड़ा आदमी बन गया है। खैर, देखती हूँ मैं कि यह शादी कैसे होती है?"

सुजित तो हँसते-हँसते लोट-पोट।

"हँस क्यों रहा है?"

"इसलिए कि मैंने कहा, ब्याह हो गया तो तुम कह रही हो, शायद बाबू जी ने पक्का किया ब्याह। नहीं-नहीं। सारा अध्याय समाप्त हो गया। शादी हो चुकी।"

"पी तो नहीं है तूने? कब हुई शादी?"

"आज। दिन में। रजिस्ट्री करके। एक गवाह मैं हूँ। जूट के दलाल की लड़की नहीं। सिनेमा-सितारा। एकाक्षी बोस उर्फ एना बोस। वे आज होटल में हैं। खाना-पीना और सुहागरात वहीं।"

नीरा का पढ़ना कभी बन्द नहीं होता, दुनिया की अनेक उथल-पुथल में भी वह पढ़ती ही रहती। चाहे झनझनाकर कोई चीज गिर पड़े, चाहे अजित धमाधम करके नौकर या रसोइया को पीटे, चाहे बैठक में जोरों का ठहाका पड़े या कि चाचा जी दावत से लौटकर चीख-पुकार मचाएँ। आज लेकिन उसका पढ़ना बन्द हो गया। लगा, कोई ऐसी बात घटेगी, जिसकी कल्पना नहीं की जा सकती। चाची कुछ खौफनाक कर बैठें शायद। बेहोश हो पड़ें! सो पढ़ना छोड़कर वह खड़ी हो गई।

लेकिन गजब, चाची ने कुछ नहीं किया। चीखी नहीं, सिर नहीं पीटा, बेहोश न हुईं—कुछ नहीं किया, चुपचाप कमरे के अन्दर चली गईं।

आठ बजे तक घर सन्न-सा पड़ा रहा, जैसे लकवा मार गया हो! दोनों छोटे लड़के भी नहीं लौटे। सुजित उन्हें स्कूल से ही लिवा ले गया नई भाभी दिखाने। नौकर-नौकरानी ही सिर्फ फुसफुसा रहे थे। ऐसे में पी-पवाकर नशे में चाचा घर लौटे। उन्हें खबर मिल गई थी। खुद अजित ने ही दफ्तर में फोन कर दिया था। लेकिन शादी कर लेने के बाद। एच. सी. मुखर्जी साहब दुख के मारे भरपेट पीकर घर आए। शोर करते-करते आए। मैं निकाल बाहर करूँगा इसे। घर में कदम नहीं रखने दूँगा। और फिर बहुत गाली, बहुत-बहुत कसम।

चाची काठ की मारी-सी।

कि दरवाजे पर मोटर आकर रुकी। नीरा दरवाजे के पास खड़ी हुई। बहू को लेकर अजित आया।

खुले-खुले-से कपड़े पहने चाचा निकल पड़े—"गेट आउट-गेट आउट आइ से निकलो।"

लेकिन अजित नहीं था। छोटे भाइयों के साथ ब्याह का डिनर खाकर सुजित लौटा था।

चाचा तब भी चीखते रहे—"शक्ल नहीं देखूँगा कमबख्त की—त्याज्य पुत्र करूँगा।"

सुजित हँसकर बाप के क्रोध का मजा लेता रहा। नीरा को लेकिन अच्छा न लगा। और किसी के लिए न सही, चाची के लिए उसे पीड़ा हुई। गजब की सहनशक्ति!

नीरा ने कहा—"हँस क्यों रहे हो सुजित?"

सुजित डिनर से लौटा था। आँखें हल्की लाल और चढ़ी हुईं। उसने कहा—"बाबूजी अजित को त्याज्य पुत्र कर रहे हैं, यही सुनकर हँस रहा हूँ। अजित मुखर्जी उस्ताद है, कच्ची गोटी नहीं खेलता। पिताजी के सही किये हुए ब्लैंक चेक पर सेल्फ लिखकर आज ही उसने बैंक से तीस हजार रुपए निकाले हैं। रुपए उसने एक को भी नहीं दिए। इसके सिवाय उसके नाम के शेयरों के कागजात उसके बैग में ही हैं। टुडे दि ओलुमैन—गुस्से के मारे जंपिंग एंड कंपिंग और कल सवेरे दफ्तर जाने पर शेयरिंग एंड स्टैरिंग। इसलिए हँस रहा हूँ।"

चाची उसी समय से मुँह गाड़े पड़ी थीं। खाया नहीं, पानी की बूँद तक मुँह में न डाली—चाचा के लाख कसम दिलाने और बिगड़ने पर भी नहीं। आखिर को चाचा ने कहा—"जी चाहे सो करो, आइ डोंट केयर।" कहकर काफी शराब पी और गाली देते रहे।

नीरा से अन्त तक रहा नहीं गया। काफी रात गए उसने जाकर चाची को आवाज दी—"चाची!"

रसोइया खाना लिए सिर थामकर बैठा था।

चाची उधर मुँह किये पड़ी थीं। देखकर नीरा को बड़ी चोट पहुँची थी। यह लौटी आ रही थी कि चाची ने कहा—"नीरा!"

नीरा मुड़कर खड़ी हो गई।

"तुम मेरे कमरे में क्यों आईं? यहाँ देवता है।"

नीरा लहक-सी उठी। सख्त जवाब देने जा रही थी, पर जब्त कर गई। चाची ने कहा—"तेरे ही लिए मैं बेटे का ब्याह नहीं कर सकी, नहीं तो यह दुर्घटना न होती।"

नीरा से और न रहा गया। उसने कहा—"फिर भी होती चाची, यह दुर्घटना होती ही होती। मेरे होते भी, मेरे न होते भी। चाचा इतनी जो पी रहे हैं, वह मेरी वजह से नहीं, काले बाजार के रुपयों की वजह से। अजित की इस करतूत का कारण भी रुपया है। और वह भी नहीं, तो आप जिस भाग्य की दुहाई दिया करती हैं, उस भाग्य के चलते। आप यह बताएँ, हिना ऐसी क्यों हुई? उसी दिन इससे बुरी कोई घटना घटती, मैंने बचा लिया। खैर, आप मेरी न सोचें। मैं यहाँ से चली जाऊँगी। इम्तहान हो ले, नतीजा निकल जाए—मेरा जो कुछ है मुझे दे दें, मैं चली जाऊँगी। यह भी बरदाश्त न हो तो कल ही आँगन में दीवार चुनवा दें और मेरे रुपए देकर नाता तोड़ लें।"

कुछ महीनों तक खूब तू-तू मैं-मैं रहा, रोना-धोना, झगड़ा-झंझट चलता रहा, आखिर तै हो गया। नीरा की परीक्षा भी खत्म हुई। घर में बहू आई—एना बोस, अब एना मुखर्जी। अजित को घर लाए बिना एच. सी. मुखर्जी यानी चाचा

को चारा न था। कार-बार ठप पड़ रहा था। अजित के नाम काफी जमीन थी, काफी रुपए के शेयर थे। लिहाजा तै-तमाम करना ही पड़ा। अपने हिस्से के मुताबिक जमीन, रुपए और शेयर रखकर बाकी अजित ने लौटा दिया। पिता ने मकान का हिस्सा उसे लिख दिया। तिमंजिले पर दो कमरे बन गए। एना ने कसम खाई, अब से वह फिल्म में नहीं उतरेगी। बस।

लेकिन चाची जुदा रहेंगी। उनकी लड़ाई की सुलह नहीं। उनकी रसोई, उनका कमरा, सब अलग रहेगा। नीरा की परीक्षा हो गई। उसे सारी बातों की जानकारी का समय नहीं था। किन्तु खबरें रणजित उसके कान में डाल जाता। वह भी इम्तहान दे रहा था। किस्मत से उसकी जगह नीरा के आसपास ही पड़ी थी। साथ जाते समय वह सब बताया करता। परीक्षा के लिए उसे वैसा कोई उत्साह न था। लेकिन परीक्षा के चलते रणजित से स्नेह हो गया। इम्तहान के बाद वह उसके लिए इन्तजार करता। साथ लिवा आता। उस रोज नीरा के इम्तहान का आखिरी दिन था। रणजित की परीक्षा एक दिन पहले ही खत्म हो गई थी। तो भी रणजित उसके साथ गया था। लौटते वक्त नहीं रह सका, क्योंकि उसी रोज बहू घर आनेवाली थी।

साढ़े पाँच बज रहे थे। जी अच्छा नहीं था उसका। परचे अच्छे नहीं गए। गणित गलत हो गया था। एक हिसाब गलत हुआ, तीन हल ही नहीं कर सका। इसी दुख से रात भर उसे नींद नहीं आई। सुबह संस्कृत के परचे में उसने ऐसा किया, जैसा कि कोई नन्हा लड़का भी नहीं करता। एक ही प्रश्न का दुबारा उत्तर दिया, 'अथवा' पर उसका ध्यान ही नहीं गया। उसके बाद भूलों की इन्तहा नहीं। हिज्जे की गलती, इतिहास में सन्-तारीख की भूल। रोने की इच्छा हुई। अन्दर से रुलाई उमड़ी, शर्म से रोक गया।

घर जब लौटा, बेहद थका था वह, निराशा से टूट सा गया था। सो जाने को जी चाहा, मगर अवकाश न था।

घर में सिनेमा-स्टार भाभी को लेकर धूम मची थी। देवरों ने हलचल मचा रखी थी। सन् बयालीस के साइक्लोन में भी उसने बाधा नहीं महसूस की। लेकिन इस कोलाहल में नींद और आराम हराम था। ऊपर के कमरों में लकड़ी के सामान, बक्स-पिटारे ले जाए जा रहे थे। दरवाजे पर दो गाड़ियाँ

खड़ी थीं। एक अजित की स्टैंडर्ड ट्वेल्व। पुरानी होते हुए भी नई-सी झकाझक। उसके पीछे हिना के पति की गाड़ी। आसन्न प्रसवा हिना भी आई थी। हिना को चाची ने बुलवाया न था। अजित जाकर लिवा लाया। नीरा इम्तहान के लिए जाते समय बहू के आने की खबर सुन गई थी, पर चाची के होते हुए ऐसे समारोह की उसने कल्पना नहीं की थी। चाची का कमरा बन्द था। वे कमरे में स्तब्ध बैठी थीं। नौकर-चाकर सब व्यस्त। वह बरामदे पर खड़ी रही। भूख लगी थी। लेकिन खाने को दे तो कौन दे? एक प्याला चाय तक की उम्मीद नहीं।

इतने में उसके नाम का सामूहिक शोर मचा ऊपर—'नीरा! नीरा-दी, नीरू, नीरी!'

पहली पुकार अजित की थी, आखिरी हिना की।

उसने छत की ओर देखा। छत के किनारे टिके मुखड़ों का मेला। उन्हीं में एक बड़ा ही दमकता चेहरा—सोने-चाँदी के गहनों में मीना के आभूषण जैसा झकमक।

"ऊपर आ जा नीरा! चाय तैयार है। भाभी से मिल जा।"

एनाक्षी धीमे-धीमे हँस रही थी। विजयिनी के झरते नाज-सी हँसी। भाव ऐसा कि तुम धन्य हुई हो—नाटक के स्वगत कथन-सा यह स्पष्ट था।

फिर भी गई नीरा।

ऊपर जाने की सीढ़ी से सटा चाची का कमरा। इस कमरे को चाची बदलेंगी। नहीं तो आते-जाते हर पल बहू को देखना पड़ेगा। नीरा उसे पार करके ऊपर गई। अजित ने कहा—"ये हैं नीरा। जिसके बारे में बहुत-बहुत बातें हुई हैं। और यह तेरी भाभी—मशहूर सितारा एनाक्षी।"

सबको अचम्भे में डालते हुए एकाएक एनाक्षी बोल उठी—"अरे, इसी को तुम कानी-कुरूपा कहते थे! क्या गजब का फिगर है! रूप तो निखर रहा है अभी, झाँक रहा है।"

यह बात और कोई कहता, तो सब हँस पड़ते। लेकिन कहा एनाक्षी बोस ने! सिर्फ हिना की पीठ पर का भाई हँसा। बोला—"क्या इंटेलीजेंट सटायर है भाभी! यू आर वंडरफुल।" हिना का यह भाई साहित्यिक था।

नीरा का कान झनझना उठा। मगर वह नीरा थी। बोल उठी—"मजाक उड़ा रही हैं? सो तो..."

टोककर एनाक्षी ने कहा—"नहीं-नहीं। तुम्हारे भैया की कसम खाकर कह सकती हूँ, नहीं। देखो, तुम्हारे भैया से उम्र में मैं कुछ बड़ी हूँ। फिल्म में काम किया है। रूप पहचानने की आँख मुझको है। रूप दरअसल रंग में नहीं है, सब कुछ को मिलाकर रूप होता है। रंग तो बदला जा सकता है। चेहरे में कोमलता की श्री लाई जा सकती है। मैंने खुद किया है। मगर तुम्हारी बनावट में रूप बिखरा है। जगा नहीं है, सो रहा है। कुछ खयाल करना, तुम अब तक खिली नहीं हो मेरी खूबसूरत बला, अब पंखुरियाँ हट रही हैं। थोड़े ही दिनों में समझ सकोगी। फिर तो एक नहीं, मन्ना घोषों की तरह जमात चारों तरफ भन भन करती रहेगी। चपत लगाने के लिए तुम्हें दलभुजा बनना होगा। गजब का फिगर है। टॉल ग्रेसफुल! अनोखा!" मुग्ध आँखों उसे देखने लगी वह।

शर्म और हैरानी से कैसी तो हो गई नीरा। एनाक्षी ने मन ही मन सवाल करने का अवसर भी न दिया कि क्या यह सच है? लेकिन उसकी निगाह। वह भी क्या अभिनय है? सोचने का मौका न मिला। एनाक्षी हाथ पकड़कर उसे अन्दर ले गई। ड्रेसिंग टेबिल के सामने बिठाकर उसके घने बालों में क्या तो करने लगी। और कुछ क्षणों में जादू शुरू हो गया। नीरा सिहर उठी। अरे, हो क्या रहा है? है कौन वह? अजीब उमंग एक। वह भूल गई अपनी परीक्षा की बात। एक विस्मय, एक अनिर्वचनीय आनन्द। दूसरे ही क्षण वह उठ खड़ी हुई—"नहीं-नहीं।"

"बैठो जरा।"

"ना, छोड़ दीजिए।"

"अरे, बैठो भी।"

"नहीं।" उसकी स्वाभाविक रुखाई स्वर में झाँक गई।

एनाक्षी ने छोड़ दिया। हँसकर बोली—"इतना डर?"

"डर ही तो गरीब और अनाथों की आत्मरक्षा का सम्बल है।"

"गरीबी जाते कितनी देर? ढेरों रुपया मिलेगा।" हँसते-हँसते कहा—"बहुत मिल जाएँगे नाथ। न चाहो तो अनाथों का नाथ एक मुस्टंडा दरवान रख लेना।

या एक अलसेसियन पाल लेना। कहो, उतार दूँ फिल्म में! ऐसा फिगर, ऐसी आवाज! कैमरा और साहब के टेस्ट में बखूबी निकल जाओगी। उतरोगी?"

नीरा एकटक एनाक्षी को देखती रह गई।

एना ने कौतुक से पूछा—"क्या इरादा है?"

नीरा ने कहा—"नहीं।"

"नहीं-नहीं। सोच देखो।"

"मुझसे यह न बनेगा। लोभ न दिखाएँ आप!"

"अभिनय तुमसे खूब बनेगा। गजब का। दो दिन में डर जाता रहेगा।"

"अभिनय मुझे अच्छा नहीं लगता। माफ करें।"

वह मुड़ी, कमरे से बाहर निकली, भागी नहीं—धीरे-धीरे। हिना ने राह रोक ली—देखूँ जरा बाल सँवारते ही..."

"जाने दो।" कहकर उसे भी ठेलती हुई नीरा उतर आई। अपने कमरे में बन्द होकर माँ के आईने में शक्ल देखी। सच तो, यह कुरूपता उसकी सहजात तो नहीं है। सेवा की कमी है।

नहीं। वह भी नहीं। उसके पुराने जीवन के शरीर से किसी और का आविर्भाव हो रहा है। नहानघर में अपने को भली तरह से देखकर उसने उसे ढूँढ़ निकाला। कौन तो अजानी सुन्दरी हँसती हुई उसके अन्दर से झाँक रही थी।

उस सुन्दरी का आविष्कार उसने पूरी तरह से अपने विवाह-मंडप में किया, दुलहिन की वेश-भूषा में। चार साल बाद—1949 साल। अगहन का महीना। इस बीच वह अजानी सुन्दरी उसमें प्रकट हो चुकी थी, यह बात छिपी न थी। खुद उससे भी नहीं, औरों से भी नहीं। उसका उसने असम्मान जरूर नहीं किया, लेकिन आसन पर बिठा धूप-दीप से अर्चना भी नहीं की। इस बीच उसकी सारी कल्पनाएँ बेकार हो चुकी थीं। यह सिर्फ उसकी बदकिस्मती न थी, देश का दुर्भाग्य था कि दुर्योग ने उसके जीवन की विपदा को और भी जटिल कर दिया।

1949 में वह मैट्रिक पास हुई—फर्स्ट डिवीजन में नहीं हुई थर्ड डिवीजन में। आशा ही मिट्टी में नहीं मिली, शर्म के मारे वह जमीन में गड़ भी गई। घर

में तानाकशी की हद नहीं। चाची तक ने कहा था—"ज्यादा घमंड से लंका विनाश।" एनाक्षी खुद नीचे आई, पूछा—"उतरोगी न फिल्म में? सोच लो?"

गरदन हिलाकर उसने कहा—नहीं।

वह सीधे चाचा के पास गई, कहा—"मुझे मेरे मकान के हिस्से की कीमत और धरोहर में से कुछ बच रहा हो, तो दीजिए। मुझे अपना रास्ता खोजना होगा।"

"रास्ता? औरत के लिए रास्ता नहीं होता, घर होता है।"

"मैं तो उनमें से एक हूँ, जिन्हें घर उजाड़कर भगवान राह में खड़ा करते हैं।"

"किस रास्ते से जाओगी? खानदान की इज्जत के नाते हमें देखना तो पड़ेगा।"

उसने कोई व्यंग्य नहीं किया। कहा मेरी इच्छा किसी स्कूल में नौकरी करने की है। वहीं से आई. ए. की परीक्षा दूँगी। और फिर बन पड़ा तो..."

"ठीक है, इसमें मुझे आपत्ति नहीं। लेकिन इतना कहूँगा कि सोच देखो। भाई परान का पिंड न पड़ेगा। खैर, पहले नौकरी जुटा लो। पावना तुम्हारा दूँगा। दूँगा क्यों नहीं?"

लेकिन अचानक बिना मेघ के जैसे बिजली गिरती हो, या कि आकस्मिक रूप से तूफान उठ आता हो—आफत आई। सारे भारतवर्ष में। 16 अगस्त को शुरू हुआ कलकत्ते में हिन्दू-मुस्लिम दंगा। कुछ ही दिन पहले आजाद हिन्द फौज दिवस की जैसी लड़की भी उस खौफनाक माहौल से दंग रह गई थी। अपने डेढ़ साल के कैदी जीवन में भी उसने आदमी का ऐसा नंगा और खूँखार चेहरा नहीं देखा था। अपने अनुभव से वह जानती थी, कि बन्दी जीवन में मनुष्य और जीवन के बारे में कोई जितने घिनौने तरीके से सोच सकता है, ऐसा और कभी नहीं सोच सकता। लेकिन कैदी जीवन में भी मनुष्य को ऐसा खूँखार उसने नहीं सोचा था। 16-17-18 अगस्त की वह कैसी भयावनी रात! किस आतंक में गुजरीं ये रातें। उसके चारों भाइयों ने छत पर ढेले जमा करके ऐसी शक्ल दिखाई थी। उनमें से सुजित की वह शक्ल सबसे ज्यादा स्पष्ट थी। अजित के पास उस समय दो बन्दूक, एक रिवाल्वर, एक राइफल, एक कार्टिज वाली विच लोडिंग डबल बैरल। रात भर बन्दूक छोड़-छोड़कर उसने वह कला सीख ली थी। अजित माथे पर हाथ रखकर तमाम रात एक कुरसी

पर बैठा रहा। चाची पूजा घर के सामने जप करती रहीं। और चाचा तो जैसे मांस का एक लोथड़ा हों और हिना? कमर में फेंटा बाँध हाथ में रिवाल्वर लिये स्थिर खड़ी थी। स्वभाववश जरा आडम्बर किया था कि कारतूस के बेल्ट को गले में लटका लिया था। परन्तु वास्तव में उसमें साहस का अभाव न था। उस दिन और एक जने को कोई समझ नहीं सका। वह था रणजित। सारी रात वह हाथ में हँसिया लिये चुप खड़ा था। दूसरे दिन से वह दूसरा ही एक रणजित बन गया।

तीनेक महीने गुजरे। दशहरे के बाद उसने चाचा से कहा—"जो भी हो, मेरा किनारा कर दें चाचाजी अपना कोई रास्ता तो ढूँढ़ना होगा मुझे।"

"ऐसे दुर्दिन में?"

"अगर ये दुर्दिन न जाए?"

"नहीं जाए तो जो अपने भाग्य में बदा होगा, वही तुम्हारे भाग्य में होगा। इस समय तुम चाहो भी तो मैं तो तुम्हें जाने न दूँगा बिटिया।"

चाचा की यही एक बात मेघ-ढकी रात की एक फाँक में नीलाभ तारे की तरह जगी हुई है उसकी स्मृति में नहीं तो उसके जीवन में ऐसा बुरा ग्रह तो कोई आया ही नहीं।

चाची बोल उठी थीं—"उसे न तो लांछन का भय है, न पाप का। और ममता? पत्थर है वह। दे दो रुपए उसे, चली जाए, मरे जाकर।"

और भी सख्त हो उठी नीरा। जो कि यह कल्पना करते वह भी सिहर उठती कि बाहर निकलकर दंगाइयों और नारी-अपहरणकारियों के बीच जा पड़ी है। फिर भी वह उन्हें बता देना चाहेगी कि उसने भी एक कटार रखी है।

जीवन की यह व्याख्या बड़ी घिनौनी है। देह धारण करके देह को अस्वीकार करने की गुंजाइश नहीं। लेकिन आदमी का मन आखिर उसकी देह का वाहन नहीं, देह ही उसका वाहन है। बेरहम कोड़े लगाकर मन ही मन उसको मनमाना चलाता है। इस दंगे में ही बहुत से लोग अपना परिचय छोड़

गए। चाची के लड़कों में से अचानक रणजित ने अपना वह परिचय दिया। हिना का छोटा भाई। अब को दसवें दर्जे में पहुँचा। हिना और उससे उमर में दो साल छोटा। अठारह साल का। सुजित की तरह खेल-पगला। मारपीट करने में मुहल्ले में मशहूर।

उसी रणजित ने सत्रह तारीख की रात को उसे वह कटार दी थी—"इसे तू अपने पास रख दीदी! तू इसे रखने के योग्य भी है और तुझे इसकी जरूरत भी पड़ सकती है। इस घर पर अगर मुसीबत आए, तो तुझी पर आने का खतरा है। तू रख ले इसे।"

तेज चकमक कटार। नीरा ने भी उसे ले लिया था।

खैर, रहे रणजित की बात। पंडितों की मनोवैज्ञानिक व्याख्या भी रहे। उसके जीवन-नाटक की ओर लौटिए।

चाची की बात पर वह और भी बिगड़कर बोल उठी थी—"खानदान की इज्जत मेरे बलबूते बच सके, जभी उसे बचना कहेंगे, वरना मुझे ताले में बन्द रखकर इज्जत बचाने की क्या कीमत है? जाएगी। मुझी को नर्क मिलेगा। शर्मिंदगी आपको हो सकती है, पर कोई कहे तो कहिएगा, भतीजी गई है, मेरा उससे क्या वास्ता?"

चाचा ने सचमुच ही उस दिन हृदय से कहा था—"उसकी बात का बुरा न मानो बिटिया, उसको यह रोग है।"

चाची अपने कमरे से कह उठी थीं—"जी चाहे सो कहो मुझे, असल में यह लड़की काला पहाड़ है। रोगी है, नहीं तो ऐसे प्रलय काल में कोई घर से निकल सकता है?"

आखिर चाचा की बात नीरा ने रखी थी। मानी थी।

कमरे में सोच रही थी, क्या किया? सही कि गलत? एना ने भी उसे मना किया था। अजित-सुजित ने भी। तूफानी नदी की नाव पर के हमसफर-जैसी ही ममता; कसकर पकड़ रखा। गोया वह नदी में कूदकर पार जाने का दुस्साहस कर रही हो और घबराए सहयात्री की नाईं वे रोक रहे हों—ना-ना, ऐसी भूल न करो। अचानक नाटक हो गया। रात के दस बज रहे थे। रणजित ने आवाज दी—"नीरा दी, दरवाजा खोल।"

रणजित इधर रहस्यमय हो उठा था। कहाँ जाता, कहाँ रहता, पता नहीं। घर के लोग खौफ खाते उससे। दंगे के अजीबोगरीब किस्से वही लाता। उसके स्वर में आदेश था।

नीरा ने दरवाजा खोल दिया।

रणजित ने आकर कहा—"घर से चल देने का मनसूबा गाँठ रही है?" सवाल करके जवाब का इन्तजार नहीं किया। बोल उठा—"खबरदार! बम मारकर तेरे टुकड़े-टुकड़े कर दूँगा मैं। खबरदार!" उसकी आँखें जल रहो थीं।

नीरा अवाक्।

रणजित ने कहा—"तीसरे पहर तेरे घर के कोने में एक थैला रख गया हूँ। तू बाथरूम में थी, आगाह नहीं कर सका। उसे छूना मत। उसमें बम है।"

"बम?"

"हाँ, छूना मत।"

"बम किसलिए?"

"लड़ाई के लिए। तेरे ब्याह में फोड़ने के लिए नहीं।"

"रणजित!"

"किसी से कहना मत। हाँ, तेरी किताबों का कल मैं इन्तजाम करूँगा। मैंने कॉलेज में नाम ही लिखाया है, पढ़ता नहीं हूँ। जो तेरे काम आएँ, ले ले। बाकी उनकी गरदन पर सवार होकर खरीदवा दूँगा। नहीं देंगे! चालाकी! मगर घर छोड़ने का नाम मत ले। पाँच जने मर्द मरते हैं, तो मरें। लड़ाई में मरा ही करते हैं। लेकिन एक भी औरत का कुछ हो तो, जात चली जाएगी खबरदार!

रणजित तुरन्त निकल पड़ा था। नीरा को नींद न आ सकी। उसने सिर्फ बम की थैली को दुबारा देखा था, दूर से खड़े-खड़े! आप ही कहें, नाटक नहीं है।

रणजित ने अपनी बात रखी थी। अपनी सारी पुस्तकें ला दी थीं उसे—"ले! और क्या चाहिए बता? विषय क्या लेगी तू?"

"हिस्ट्री, सिविक्स, संस्कृत।"

सुनकर रणजित चला गया। और थोड़ी ही देर में ऊपर उसकी तेज आवाज सुनाई पड़ी—"देना ही पड़ेगा। उसके बाप का पैसा है, तुम्हारे बाप का नहीं।"

अजित चीख उठा—"रणजित।"

रणजित ने जवाब में कहा—"आँखें न रँगाओ। रणजित लाल आँखों से नहीं डरता।" झटपट उतर आया वह।

नीरा के चेहरे पर शिकन पड़ गए। अब शायद अजित और एनाक्षी में ठनेगी। लेकिन नहीं ठनी। कुछ ही देर में एनाक्षी आई। बोली—"पढ़ने का भूत सिर से उतर नहीं रहा है। इतना कहा मैंने! हाय-हाय! किसी मास्टर-वास्टर को प्यार कर बैठी हो शायद?"

नीरा ने कहा—"प्रेम के बिना जीवन की सोच नहीं सकतीं भाभी?" एनाक्षी ने गरदन हिलाकर कहा—"नहीं।"

"तो मुझको देख लीजिए। मुझमें प्रेम नहीं है। अभिनय में भी प्यार करती हूँ, कहने में मुझे नफरत होती है।"

"फिर तो जब प्रेम में पड़ोगी, हाथ-पाँव तुड़ाकर पड़ोगी।"

एना की यह अदा भी इतनी सरल थी कि नीरा हँस पड़ी। एनाक्षी ने उसकी ठोढ़ी उठाते हुए कहा—"देखो तो सही, कितनी अच्छी हँसी है! कसम! आईने में देखो। बहुत जोर छह महीने कि साल-भर, बस—देखना, भौंरे टूटेंगे।"

नीरा ने अब आजिजी दिखाकर कहा—"ये बातें मुझे अच्छी नहीं लगतीं भाभी। आप यह सब न कहें। मैं शुरू से यही सोचती आई हूँ कि पढ़ूँगी—खूब पढ़ूँगी।"

बीच ही में अजित की पुकार हुई—"एना! क्या मुसीबत! दफ्तर जाना है, और..."

एना ने कहा—"आई।" जाते-जाते बोली—"किताबें तुम्हारी आ जाएँगी। जब जो जरूरत हो, मुझसे कहना। रणजित से न कहना। वह इन दिनों बेहद बिगड़ गया है।"

एनाक्षी के जाने के बाद नीरा ने आईना देखा और अपने-आप बोल उठी—सच तो। लोग नाहक ही कुरूपा और भोंड़ी बताते हैं। बुरी तो नहीं हूँ मैं! और परछाईं के बहुत करीब जाकर कहा—यू आर ए डार्लिंग। वेरी स्वीट!

किताबें उसे मिल गई थीं। पढ़ना शुरू कर दिया। अपनी आशा को सफल करके ही रहेगी वह। खूब पढ़ेगी। अच्छी तरह पास करेगी। स्कॉलरशिप लेगी। पढ़कर प्रोफेसरी करेगी। वह जानती थी, यह उसकी माँ के बोए बीज का आकाश-अभियान है। फल उसका कड़वा है या मीठा, नहीं जानती, पर फल तो फले होगा। उसके बाद...

पढ़ते-पढ़ते आईने को देखने लगती। हँसती! चुपचाप परछाईं से बातें करती। देखती, उस अँकुराए बीज के पास ही एक लता उग आई है। होनहार। इसका बीज बोया एनाक्षी ने। लता ने गाछ को लपेट लिया है। फूल तो आँखों नहीं दीख रहा था, पर भीनी खुशबू मिल रही थी।

उसकी खोज में वह नहानघर में अपने खुले ऊर्द्धांग की ओर गौर करती। कैशोर में जो कली थी, वह स्थल-पद्म-जैसी फूल रही थी। आश्चर्य, उसके तमाम बदन में मानो जीवन ने समारोह का आयोजन शुरू किया है। देह भरती आ रही थी, रंग-शक्ल बदल रही थी।

छह महीने बाद। 1947 का जून। सोचा-विचारा सब उलट-पुलट गया, जैसा कि सन् 1946 में हुआ था। देश-स्वाधीनता। जर्मनी को दो-दो बार शिकस्त देनेवाले बहादुर अंग्रेज चले जा रहे थे।

पन्द्रह जुलाई। याद है, उसी दिन शैडो मिनिस्ट्री बनी। महीने भर बाद पन्द्रह अगस्त को मुल्क आजाद होगा। उस दिन आईने की तरफ अपनी परछाईं को ताककर उसने कहा—बस। अब तुम भी आजाद हो जाओ। क्यों नहीं हो सकोगी? परछाईं के दोनों जबड़े कस गए थे। याद आ रहा है, परछाईं ने कहा था—बेशक हो सकूँगी। क्यों नहीं? तो? वह बोली—तो पन्द्रह अगस्त को ही चलो। स्वाधीन देश में स्वाधीन लड़की होकर निकल पड़ें। क्यों, पक्का?

उसने चाचा से जाकर कहा; चाचा उसकी ओर देखते हुए बोले—"कहने को है भी क्या? तुम भी नाबालिग नहीं। मकान का दाम ठीक करके लिखा-पढ़ी का प्रबन्ध करूँ। तुम्हारे खर्च की पाई-पाई का हिसाब मेरे पास है। देख लूँ, जमा में से कितना बचा है?"

वह खुश होकर लौटी। रणजित को खबर देना चाहा। वह मिला नहीं। दंगे में बेतरह पिल पड़ा था वह। सदा बाहर रहता। सो एनाक्षी से कहा। एनाक्षी बोली—"घर छोड़कर क्यों जाओगी?"

कुछ सोचकर नीरा ने कहा—"देखिए भाभी, यहाँ मेरा दम घुटता है। अच्छा नहीं लगता। मतलब इनसे..."

एनाक्षी बोली—"तो फिर कह क्या सकती हूँ? जाओ! तुम्हारी यात्रा मंगलमय हो।"

यात्रा की तैयारी करने लगी वह। तैयारी भी क्या? एक बक्स, जितना कुछ आ जाए उसमें। कुछ रखना, कुछ निकालना। यही, और क्या?

कि नाटक हुआ।

चाची रो उठीं—"अरे रणजित! रणजित रे!"

नीरा दरवाजा खोलकर निकली। पास तक पहुँचने से पहले ही चाचा चीखे धड़ाम से गिर पड़े। सब उन्हें सँभालने के लिए लपके। आड़ जाती रही। लहू से रँगे कपड़े, तार-तार बदन रणजित पड़ा था। मुँह जैसे का तैसा था। कल रात कहीं बम मारकर भागते हुए फिसलकर रणजित गिर पड़ा और साथ का बम फट गया। चाचा बेहोश हो गए। डॉक्टर ने आकर बताया, सेरिव्रल थ्रम्बसिस। जी भी सकते हैं, मगर पंगु होकर। चाची का हाल गजब। पति के पास आकर बैठीं। बैठना भी आश्चर्य। दोपहर हुई, उठने का नाम नहीं। एनाक्षी ने आकर कहा—"मैं बैठती हूँ, आप एक बार।"

चाची ने कहा—"नहीं। तुम ऊपर जाओ। नीरा से कहा—"तू जरा बैठेगी? मैं नहाकर पूजा कर आऊँ।"

नीरा बैठी।

पन्द्रह अगस्त को नीरा दिन भर चाचा के पास बैठी। चाची को बुखार था। जोरों का बुखार। बैठे कौन? वही बैठी।

उधर भारतवर्ष स्वाधीन हो गया।

छह

दूसरे अंक के तीसरे दृश्य को वहीं खत्म कीजिए। इस अंक का अन्त चौथे दृश्य में हो। नहीं तो काल का तो अन्त नहीं, उसकी चाल में भी रुकावट नहीं। जीवन की घटनाओं का भी यही दशा। रुकावटें बना लेनी पड़ती हैं। इस अंक को और एक दृश्य में खींच लीजिए। क्योंकि ऐसी एक नाटकीय घटना से नीरा का जाना रुक गया और डेढ़ साल तक चाचा के सिरहाने बैठी रहना था। असहाय-जैसी चाची को उनके पास बैठी रहते देखना—इतना ही तो।

इसी में सन् सैंतालीस निकल गया। कारबार का मालिक हो गया अजित और उसने उसे खूब बढ़ाया। नए काम बढ़ाए। शक्तिगढ़ के आसपास राइसमिल खरीदी। यही नहीं, रिफ्यूजी की सेवा करता, दान से नाम भी कमाया। अबकी चुनाव में उम्मीदवार होगा। टिकट के लिए दिल्ली की दौड़-धूप। साथ-साथ एनाक्षी जाती। नए कारबार में काफी धनी साझीदार जुट गया। ऐसे में बूढ़े लाचार पिता की रोग-शय्या के पास खड़े होने की फुर्सत कहाँ थी अजित को। दूसरे भाइयों को भी नहीं। मगर यों तो अब नीरा का भी नहीं चलने का। कई

दरखास्तें भेजी थीं। किसी को कोई नतीजा न निकला। निकले भी क्या, एक तो महज मैट्रिक, फिर कामों में सरकारी आदेश से रिफ्यूजी की दरखास्तों को तरजीह। सो उसने आई. ए. की परीक्षा देने की ठानी। अजित से फीस और किताबों के लिए कहा तो वह बोला—"इम्तहान दोगी? पढ़ा कहाँ?"

नीरा बोली—"पढ़ा है।"

बहुत दिनों के बाद एनाक्षी से भेंट हुई। तिमंजिला अब इन्द्रलोक हो गया है। वह ठहरी नरलोक की! कभी-कभी ही दरस मिलने की बात है। भेंट हो जाती है कभी-कभी, लेकिन न होने के ही बराबर। उस दिन चाची ने उसे चाचा के सिरहाने नहीं बैठने दिया, शायद उसी से एनाक्षी ऐसी हो गई। आज एकाएक हँसकर शिकायत करते हुए एनाक्षी ने कहा—"तुम्हारे काम में सनीचर की नजर है, नहीं तो तुम्हारा ही अन्न कौन खाए? इम्तहान दोगी, क्या होगा इम्तहान देकर?"

अजित ने कहा—"छोड़ो भी यह बात।"

एना ने कहा—"हाँ, छोड़ो। मगर तुम इस व्यवसाय में उतर रहे हो। हिरोइन मजे की होती।"

नीरा ने सख्त होकर कहा—"सबको सब तरह का अन्न नसीब नहीं होता भाभी! किसी को घृत घना, किसी को सूखा चना। अपने भाग्य में सूखा चना ही है।"

एनाक्षी नाराज न हुई। हँसकर बोली—"जवाब खूब देती हो तुम। खैर, न कहूँगी अब से। भई, इसे रुपए दे दो।"

इम्तहान देना भूल गई। भूल हुई कि उसी ने उसकी मुक्ति का रास्ता खोल दिया!

फेल कर गई वह। पढ़ नहीं पाई थी। चाचा मरते-मरते भी मर नहीं रहे थे। उस तकलीफ के बावजूद उनकी जान निकल नहीं रही थी। दायाँ अंग पंगु हो गया था। बोल नहीं पाते थे। चीखते थे। बाएँ हाथ से जोरों से चाची को मारते, उनके बाल पकड़कर खींचते। पाखाना-पेशाब बिस्तर पर। बदन में लगता।

चाची साफ किया करतीं। नीरा को जरूर हाथ नहीं लगाने देतीं। कहतीं—"यह तुम मत करो, यह मैं किसी को नहीं करने दूँगी। मुझे पूजा करनी है, नहाना है—कुछ देर वैसे ही पड़े रहेंगे यही है नसीब में उनके।"

हिना कभी-कभी आती। नाक पर कपड़ा रखकर अन्दर जाती और तुरन्त कोई बहाना बना निकल आती। एक दिन उसने नीरा से कहा—"तू काहे को मरती है वहाँ? भैया नर्स तो रख सकते हैं। तू पराए के लिए ही मरी है! हुँः।

इम्तहान का नतीजा निकला। फेल हो गई वह।

इसी के कोई दस दिन बाद लगभग साल भर झेलकर चाचा गुजर गए। चाची फिर कमरे में बन्द हुई! नीरा गई थी उनके पास। चाची ने कहा—"अब मैं विधवा हूँ नीरा! मैं सेवा किसी की नहीं चाहती। तुम मेरी कोई चीज मत छुओ।" उसके बाद ही चाची काशी चली गईं।

उसी रोज वह भी चली जाती, पर अजित बम्बई गया हुआ था एनाक्षी के साथ। वहाँ कोई फिल्म बन रही थी उसकी।

लौटने पर नीरा ने कहा तो अजित बोला—"मेरी फिल्म को रिलीज हो लेने दो। रुपए उसी में रुक गए हैं। उसके पहले तो न हो सकेगा। कागज तो चाचा के सामने ही लिखा चुका था।

फिल्म रिलीज हुई, लेकिन दो ही महीने में खत्म। अजित ने सिर थाम लिया। एक दिन के बाद एनाक्षी को लेकर गाड़ी से कहीं चला गया। सुजित घर ही रहा, दफ्तर नहीं गया।

कई दिनों के बाद एक बड़ी-सी गाड़ी दरवाजे पर आ लगी। सुजित ने नौकर से कहला भेजा, कह दो बाबू लोग बाहर गए हैं। लेकिन नौकर को ठेलकर वे सज्जन अन्दर आए। लेकिन सुजित उसके पहले ही खिड़की की राह चम्पत हो गया।

"अजित बाबू! सुजित! कौन है?"

लाचार नीरा ही सामने आई—"जी घर में तो कोई नहीं।"

बूढ़े-से। सम्भ्रान्त जरूर थे। उन्होंने कहा—"कहाँ गए हैं?"

नीरा ने कहा—"उससे पहले आप मेरी बात का जवाब दें, आप भले आदमी हैं, इस तरह से मकान में क्यों घुस आए?"

बूढ़े ने नीरा की ओर ताकते हुए कहा—"नौकर ने कहा घर में कोई नहीं है। अजित स्त्री के साथ बिना बाहर नहीं जाता, उसकी माँ काशी गई हुई है..."

नीरा बोली—"और भी तो कोई हो सकती है। देख ही रहे हैं, मैं हूँ।"

बूढ़े ने कहा—मुझसे भूल हो गई, माने लेता हूँ। असल में मैं अजित के कारोबार में साझीदार हूँ। मुझे लगता है, वह मुझसे कन्नी काट रहा है। जरूरी काम था। तुम्हारी मुझे याद नहीं थी। लेकिन, तुम तो उसकी चचेरी बहन हो?" पर फिर बात दबाकर बोले—"बड़ी अच्छी लड़की हो तुम!"

नीरा चुप रही।

बूढ़े ने कहा—"खैर, मैं चलता हूँ। बूढ़ा आदमी हूँ, खयाल न करना।"

दूसरे दिन दफ्तर के एक कर्मचारी ने सुजित से मुलाकात की। सुजित उसके साथ गया। हँसता हुआ लौटा। उसके दूसरे दिन समय पर दफ्तर गया। दूसरे दिन वही बूढ़े सज्जन आए। इस बार सुजित ने आदर से उन्हें बैठक में बिठाया। नीरा से कहा—"तुम्हें बुला रहे हैं। क्या हुआ था उस दिन? हँसने लगा। चलना ही पड़ेगा, नहीं तो खुद वही आएँगे। कह रहे हैं उस रोज ठीक से माफी नहीं माँग सका। माफी माँगने आए हैं।"

बूढ़े सज्जन की यह नम्रता नीरा को बड़ी भली लगी। अफसोस हुआ, उस दिन अजाने में क्या कह बैठी। सकुचाती हुई वह बैठक में गई। वहाँ जाकर वह और भी अप्रतिभ हो गई। बूढ़े के साथ एक युवक भी बैठा था। सम्भ्रान्त, रूपवान।

बूढ़े ने कहा—"यह मेरा लड़का है बेटी! एम. ए. में है। इसी राह से जा रहा था, जी में आया, उस रोज अपनी भूल ठीक से कुबूल न कर सका। आज करता जाऊँ।"

नीरा ने दोनों को नमस्कार किया। बोली—"जी नहीं। गलती मुझसे भी हुई थी। आप जैसे प्रवीण सज्जन को..."

बूढ़ा बीच में ही जोरों से हँस पड़ा था—"अद्भुत हो बिटिया! व्यवहार में ही नहीं, रूप में भी। जभी मुझसे भूल हुई। अजित कहा करता था, मेरी चचेरी बहन कुछ काली है, लम्बी भी ज्यादा है। मैं पहचान न सका। असल में काली तो तुम हो नहीं, साँवली हो। उस दिन जिस ढंग से मुझे सचेत किया! जानती हो मेरा यह लड़का एम. ए. में है, मेरे सामने चूँ नहीं कर सकता।"

लड़का सचमुच ही बुत-सा बैठा था।

उसके बाद की घटनाएँ बड़ी तेजी से घटीं, जैसे मोड़ के बाद बाढ़ समतल पर दौड़ी। अजित और एनाक्षी, दोनों लौटे। पूजा के दिनों के बाद। आते ही नीरा से कहा—"तुझसे एक बात कहनी है नीरा! मेरे खयाल में यह बहुत बड़ा सुसंवाद है। सोमेश बाबू तुझे पतोहू बनाना चाहते हैं। देख गए हैं तुझे। तेरी किस्मत बड़ी बुलन्द है रे, बड़ी बुलन्द।"

एनाक्षी ने कहा—"लाखों के मालिक हैं।"

उसके अचरज की सीमा न रही। अभिभूत हो गई। तो भी कहा—"सोचकर बताऊँगी। रात भर जागती रही। घर में बत्ती जल रही थी। आईने के आगे खड़ी होकर उसने बार-बार कहा—तुम इतनी खूबसूरत हो, इतनी किस्मतवर? भादों के आखिरी हफ्ते में किसी जादूगर की सोने की छड़ी से छूकर काले बादल जैसे खो जाते हैं, उसके पिछले सारे दुख जाते रहे। अपने इस जादूगर भाग्य की वह सदा चाची से तुलना करती रही, जिसे उसने मानना न चाहा, उस दिन उसके प्रति उसे श्रद्धा हुई। जीवन में यही एक बार शायद मोह हुआ उसे।

सुबह अजित ने ही आवाज दी—"नीरा!"

वह सो रही थी। रात सो नहीं सकी, सुबह की तरफ आँख लगी—जागकर उसने अजित से कहा—"मैं राजी हूँ। लेकिन दहेज में उतना ही मिलेगा, जो हमारे पिता का रखा हुआ है, ज्यादा नहीं और उतना लेना ही होगा। तुम कुछ नहीं दे पाओगे। हाँ!"

वही हुआ। सोमेश्वर बाबू आशीर्वाद कर गए। गले में जड़ाऊ हार डालकर कहा—"तुम राज चला सकोगी बिटिया!" अगहन में दिन ठीक हो गया। नीरा ने खुद चाची को लिखा कि आपके आए बिना न होगा। चाची आईं भी।

ब्याह का दिन आया।

एनाक्षी ने ही उस दिन उसे जगाया। अपने अन्दर की रूपवती को रानी-जैसी महिमा लिये अपने में विराजते देख वह आप ही अपने प्रेम में पड़ गई।

छरहरा बदन, स्वस्थता की दमक, फाल्गुन की श्यामलता-जैसी, उज्ज्वल श्याम रंग, आयत नयना, घनी काली लटों की पृष्ठभूमि पर वह मानो काव्य की नायिका हो। नायक की प्रतीक्षा-निरता। सिर झुकाए खोई-सी बैठी थी। दिन भर का उपवास। देह-मन दिनों की बीमारी से मुक्त होने के बाद जैसा हल्का, स्निग्ध, शान्त। जोरों की नींद आ रही थी जैसे। नींद के दोनों हाथों की अंजलि में नहीं आता हो, सुख के सपने का ऐसा एक शतदल। बीच-बीच में एनाक्षी ने आकर कहा था—"ये कुछ बच्चोंवाली फटी किताबें, इनका क्या होगा।?" नीरा ने कहा—"छुटपन में मुझे पुरस्कार में मिली थीं।"

"अच्छा!" एनाक्षी हँसकर चली गई।

तय हुआ था कि वर-वधू कल ही भारत भ्रमण को निकलेंगे। सुहागरात बाहर ही होगी। एनाक्षी इसीलिए उसके असबाब सहेज रही थी।

नीरा बेहद थकी हुई थी। कुछ सोचने की भी शक्ति नहीं। भाग्य की ऐश्वर्यमयी इन्द्रपुरी की यवनिका उठ गई, उसे देखकर चकित होने तक की शक्ति न थी।

साँझ को ही लग्न। चारों तरफ व्यस्तता की हलचल। फूलों की खुशबू चारों तरफ महक। वर आ गया। अजित ने सजावट में जरा भी कोर-कसर न रखी। उसने नीरा की एक न सुनी। खानपान का भी खूब आयोजन किया, सरकारी गेस्ट कंट्रोल आर्डर को फाँसी देकर। शहनाई बज रही थी। पंडाल में दूल्हे को देखने की भीड़ लगी। नीरा सुख-स्वप्न में सोई।

अचानक कैसा तो हो-हल्ला हुआ।

क्या है? कौन है? कौन? निकलो—निकलो। ऐ! इन सबके ऊपर एक नारी-कंठ का दर्द भरा रोना—"नहीं-नहीं, नहीं जाऊँगी मैं—वे मेरे पति हैं—स्वामी..."

चौंक उठी निरा। सोए सुख के सपने में खोए हुए आदमी के बदन पर जलता हुआ अंगारा पड़ने से जैसे चौंकता हो।

बगल के कमरे में किसी के हाथ से तो बहुत से बर्तन छूट गिरे। शायद उसी ने यह कहा—"हाय राम इस औरत के तो बच्चा होगा! दूल्हा उसका पति है। हाय राम!" शहनाई थम गई।

कौन तो दबंग आवाज से चिल्ला उठा—"पुलिस को खबर दो, अजित ब्लैकमेलर है। टेलीफोन कहाँ है? मैं खुद ही कहता हूँ, चलो। डेपुटी कमिश्नर मेरे मित्र हैं। इन्हें बिठालो तुम।"

नीरा उठ खड़ी हुई थी। महफिल अजीब सन्न हो गई थी। केवल वह लड़की ही चीख रही थी, रो रही थी।

ओह, कठोर वास्तविकता का वह कैसा निष्ठुर प्रकाश! महाकाव्य के वर्णन की तरह चिराग गुल नहीं हो गए, फूलों की सेज मन्द नहीं पड़ी, खुशबू का उभरना न रुका, हाँ, केवल शहनाई थम गई। थम गई इसलिए कि उसे आदमी बजाता है। औरतें रेलिंग के सामने दौड़ी आईं—नीरा भी हो क्या गया? सारा शरीर थर-थर काँप रहा था। कलेजा छाती के अन्दर भय और उद्वेग से दौड़ रहा था। बेतहाशा! मिनट में अगर धड़कन की कोई सीमा हो, तो एक मिनट में वह बहुत मिनटों को पार कर रही थी। शायद कि सारी परमायु की धड़कन-संख्या को बिखेरकर निकल जाना चाह रहा था।

एक खूबसूरत-सी लड़की। कुछ ही दिनों में माँ बनेगी। आँखों की बाढ़ से कलेजा कह रहा था। वह रो रही थी और कह रही थी—"बोलो, बोलो तुम!" दूल्हा पत्थर-सा! सिर झुकाए। साफ स्वीकृति।

बूढ़े सोमेश बाबू की अजीब मूर्ति। चाँदी की मूठवाली छड़ी को बार-बार ठोंककर कह रहे थे—"झूठी हो तुम ठग, निकलो! मैं पुलिस को खबर करता हूँ।"

अजित सुर में सुर मिला रहा था—"ब्लैक्मेलर्स।"

उस लड़की के साथ के बूढ़े ने हाथ जोड़कर कहा—मैं कसम खाकर कहता हूँ, सच है यह। आपका बेटा मेरे स्वर्ग गए बेटे का सहपाठी था। मैं गरीब हूँ, मामूली मगर वह पढ़ने-लिखने में असाधारण था। आपका लड़का उसी के नाते मेरे घर आता था। मेरी इस अभागिन लड़की ने न सोचा, न विचारा, हाथ बढ़ा दिया। आपके लड़के को मैं दोष न दूँगा। शाप मैंने अपनी बेटी को ही दिया। मगर तब तक सत्यानाश हो चुका था। दया कीजिए..."

"सुबूत क्या है इसका? मैं पुलिस में भिजवाऊँगा।"

"यह रही उसके ब्याह के बाद की तसवीर। अपने बेटे से पूछिए।"

"कैसा ब्याह? सर्टिफिकेट कहाँ है?"

"ब्याह रजिस्ट्री से नहीं, भगवान को साक्षी रखकर हिन्दू मत से हुआ।"

"भगवान? हम ब्राह्मण हैं, आप कायस्थ। भगवान भला इस ब्याह को मान सकते हैं? हरगिज नहीं। आप हटिए यहाँ से।

नीरा धीरे-धीरे अपने कमरे में जाकर स्तब्ध खड़ी थी। क्या हो गया? करे क्या वह? सारी दुनिया सूनी हो गई। कलेजे में आँधी-सी उठी थी। इतने में बगल के कमरे से एनाक्षी का गला मिला—"खबर मिलने से वे करें क्या? छि: छि:।"

अजित कह रहा था—"मैं क्या जानूँ? मैं करूँ भी क्या? लाख मना किया सोमेश बाबू को कि धूमधाम से काम नहीं। मगर वे तो अपने को बड़ा पैगंबर लगाते हैं। बोले—क्या कर लेंगे वे मेरा?"

एनाक्षी कह रही थी—"फिर ब्याह अगर न हो सका, तो सोमेश बाबू तो अपना रुपया छोड़नेवाले नहीं—यह भी सोचा तुमने, रुपया तो वे इसीलिए छोड़ रहे थे।"

सारा आवरण फट गया। बड़ी देर से फटने लगा था, उसका मोह कुछ-कुछ रोक रहा था, लेकिन एनाक्षी की बात ने आखिरी झटका दिया। नंगा सत्य व्यंग्य हँसकर उसके सामने खड़ा था। नहीं-नहीं उसने निर्विकार-सा पूछा—अब क्या कहोगी—कहो? अपनी राह ठीक करो?

उसी ने अँगुली से उसे राह दिखा दी—वह रहा तुम्हारा रास्ता। इधर घर के बाहर विशाल धरती की तरफ को चला गया है रास्ता। बस, उसी पर, आज ही, अभी।

उसने देर भी न की। माला तोड़ फेंकी, गहने उतार दिए, चूड़ियाँ तोड़ डाली; चेहरे पर से चन्दन का शृंगार पोंछ डाला। साड़ी ब्लाउज बदला और जाने को तैयार हो गई।

वह कमरा मृत रणजित का था। उसकी दराज में से उसने एक नेपाली भुजाली निकाल ली। यह पिछली कटार, जो रणजित ने दी थी, उससे छोटी थी। मगर थी बड़ी भयानक। और दान की चीजों में से मखमल की एक थैली उठा ली, जिसमें सौ रुपए के सिक्के थे।

नीरा विवाह-मंडप के सामने जाकर खड़ी हो गई। कोई हिचक नहीं। आग की लौ-सी जलती हुई। सोमेश बाबू से कहा—"अपने बहू-बेटे को लेकर कृपया लौट जाएँ। मैं विवाह नहीं करूँगी।"

सारी सभा दंग रह गई थी।

अजित दौड़ा-दौड़ा आया—"नीरा!"

उसने भुजाली खींच ली—"मेरे पास मत आओ, नहीं तो मैं आत्महत्या कर लूँगी।"

वह अभागिन लड़की अवाक् ताक रही थी उसे। नीरा बोली—"अपने पति को जबरदस्ती खींच ले जाओ। मैं चली।"

"नीरा!" अजित ने फिर एक बार आवाज दी।

बाकी सब चुप। काठ के मारे-से। और वह चिन्ता-शंकाहीन मन से दर्पित कदम बढ़ाती हुई निकल गई। फाटक पर शहनाईवाले अवाक् देखते रहे।

"नीरा! "अजित ने फिर पुकारा।

"नहीं। मन्ना घोष की जूठी लड़की की हमें जरूरत नहीं।" सोमेश बाबू के ये शब्द नीरा ने सुने। जी में आया, लौटकर जवाब दे उन्हें। लेकिन जब्त कर गई अपने को।

भुजाली पर हाथ रखे अँधेरी धरती पर बेखौफ निकल पड़ी।

मुक्त हो गई।

दूसरा अंक समाप्त कीजिए। पर्दा गिराइए।

कहिए तो भला! विनो सेन ने मानो उसी को व्यंग्य से कहा—"जाइए! नाटक हो चुका।" यानी नाटक वही कर रही थी। उसके प्रस्थान के बाद खत्म हुआ। आप ही विचार कर बताएँ उसका जीवन नाटक है या नहीं?

सात

टन, टन, टन!

आश्रम के नियम के मुताबिक सोने की घंटी बजी। बच्चों के कमरे की बत्तियाँ गुल हो जाएँगी—पन्द्रह मिनट की देर। सवा नौ, साढ़े नौ आश्रम में अँधेरा हो जाता। मन को पहले के लोग तुरंग कहते थे यानी घोड़े जैसा तेज चलने वाला। हवा से भी द्रुतगामी। हवा क्यों, अब जो जेट विमान बने हैं, उससे भी तेज। हवा जब आँधी होकर दौड़ती है, तो घंटे में सौ मील की रफ्तार से ही धरती का बुरा हाल हो जाता है। सृष्टि को तबाह कर देती है। जेट विमान फी घंटे छह सौ मील की रफ्तार से उड़ता है, आठ सौ मील भी। रॉकेट उससे भी तेज। चन्द्रलोक, शून्यलोक में उसकी परीक्षा-निरीक्षा का विराम नहीं। तेज से तेज विमान से लोग दुनिया के एक से दूसरे छोर तक जाते हैं—जाने में थकावट होती है, नींद आती है। सोचता है, इस ऊब लानेवाले सफर का कब अन्त हो। मगर घर में उस लम्बी राह की याद, उसकी तसवीर को मन के पट पर लाने में कितनी देर लगती है? कुछ ही मिनट। मन के पट पर स्मृति

की जोत से प्रतिफलित छाया-छवि, मन के रंगमंच पर स्मृति के नाटक का अभिनय, उन्नीस साल तक जीवन के रंगमंच पर चलते रहनेवाला अभिनय मन के मंच पर महज घंटे भर में खत्म हो गया।

सोने की घंटी से नीरा सचेत हो उठी। जीवन-मंच के वास्तविक नाटक के अनिवार्य दृश्य का अभिनय विनो सेन के साथ अदा करके अपने कमरे में आकर शुरू से अन्त तक विसूरती हुई मन के मंच के सामने चुपचाप बैठी थी। घंटे भर में दो अंक का अभिनय समाप्त हो गया। स्मृति ने मानो यह सत्य उसे दिखा दिया कि स्रष्टा के निर्देश से उसका जीवन नाटक है या नहीं? विनो सेन, नाटक मनुष्य के जीवन से ही है। उसी से है उपन्यास, शिल्प, साहित्य, सब। जीवन में नाटक है, कला है। इसलिए आदमी से उनकी रचना सम्भव हो सकी है। तुमने नाटक देखा, गलत नहीं देखा। लेकिन उसमें व्यंग्य की कोई बात नहीं।

माँ-बाप विहीना एक दुखिया लड़की—इस आत्म-केन्द्रित संसार में "मेरा-मेरा" का शोर मचाकर करोड़ों "मैं" की धक्का-मुक्की में बेहद ठोकर सहकर—भरसक अपने नन्हे हाथ और दाँत के बल पर अपने मैं को बचाती आई है—अपने मैं और मेरे की आवाज को किसी के भी जोरदार गले के नीचे नहीं दबने दिया, यह कुछ कम विचित्र, कम रोमांचक नहीं! विनो सेन ने भी उसे चोट की। नीरा ने एक उसाँस ली। विनो सेन पर उसने बड़ी श्रद्धा की थी। इस खत को पाने से पहले तक भी वह एक मीनार-सी ऊँची खड़ी थी। छिः, विनो सेन ने खुद उसे जमींदोज कर दिया। इसीलिए एक पल में घृणा भी हो गई उस पर।

नः। छोड़ो। आज रात को जाना ही पड़ेगा। कसम खाई है। यहाँ का दान वह नहीं ग्रहण कर सकती। रात भर विश्राम भी न करेगी यहाँ। जाएगी, जैसे ब्याह की रात उसे निकलना पड़ा था। वह उठी। सामान सहेजने लगी। असबाब काफी था।

यहाँ आकर उसने 'मेरी' कहकर कुछ-कुछ चीजें संग्रह करनी शुरू की थीं। पिछले दिनों का कुछ भी न था। सब विवाह-मंडप छोड़ते हुए छोड़ आई थी। जो कुछ उस समय पहने थी, सब नया था। उन कपड़ों को उसने जतन

से रखा जरूर है, पर वह अतीत का संचय नहीं है। जीवन की एक ऐतिहासिक घड़ी की यादगार। रणजित की दी हुई कटार, वह भी वहीं रहने को माँ के हाथ की एक अँगूठी थी। वह अँगुली में थी, ब्याह के दिन भी उसे उतारा न था।

यहाँ आकर उसने संचय शुरू किया था। पहले उस रास्ते ब्रैकेट को खरीदा था। कुछ असबाब आश्रम की ओर से मिला था। सखुए की लकड़ी की खाट, एक मेज, दो कुरसियाँ। फिर उसने फरमाइश करके बहुत कुछ बनवाया। इन कै वर्षों में घर भर गया। बक्स और बैग तीन, एक बिस्तर। काठ के एक पैकिंग बक्स में किताबें। बस! सब बाँध-बँधकर टॉर्च जलाती हुई निकली।

विनो सेन की तरफ गई। बरामदे पर वे खड़े थे। और कोई न था। नीरा दूर से उन्हें देखकर ही जरा ठिठक गई। और फिर घृणा, क्रोध, शर्म—सब मिले-जुले जटिल संकोच को हटाकर बढ़ गई, मानो उसे दीखा ही नहीं। मगर विनो सेन गजब के आदमी। बेशर्म, बेहया या क्या, नीरा समझ नहीं सकी। उन्होंने खुद पूछा—"आप मास्टर साहब के यहाँ जा रही हैं? गाड़ी के लिए?"

नीरा रुक गई, मगर उनकी ओर ताका नहीं। बोली—"हाँ। मैं रात ही चली जाऊँगी।"

"हाँ, अणिमा दीदी मुझे कह गईं। कह गईं, मैं आपको रात में जाने को मना करूँ। लेकिन नहीं, आप तकलीफ महसूस कर रही हैं। मैंने कूड़ाराम को गाड़ी के लिए कह दिया है। ला रहा है। आपके वेतन आदि के लिए भी रामरतन बाबू से कह दिया है। वे भी आपके पास जा ही रहे हैं।"

कुछ क्षण नीरा कोई उत्तर न पाकर निर्वाक् खड़ी रही। उसके बाद एक बात ढूँढ़े मिली और जी गई मानो। "धन्यवाद!" कहकर वह मुड़ी और अपने बरामदे में जाकर रुकी। लगा, इतने में ही हाँफ उठी है। खड़ी रहकर अपने को सँभाल लिया। शाम को इतने क्षोभ और क्रोध से विनो सेन से जूझकर भी वह इस कदर नहीं हाँफी थी। विनो सेन के 'आप' सम्बोधन ने उस पर करारी चोट की। क्यों नहीं कह सकती, मगर चोट की है। और कह भी क्यों नहीं सकेगी? उसे उसने पहले ही दिन से श्रद्धा की है। ये बहुरूपिया नकाबपोश सज्जन किस मनोहर रूप में, मनोरम पटभूमि में आनन्दमय परिवेश के बीच उसके सामने खड़े थे! याद आ गया।

मन के रंगमंच का परदा फिर उठ गया। एक बार वहाँ नाटक शुरू हो जाने से जी चाहे तो बन्द नहीं किया जा सकता। खास करके अगर अन्तर में चोट लगी हो।

यवनिका उठी।

तीसरा अंक। ब्याह-मंडप से वह अद्भुत साहस से निकल आई थी अद्भुत ही कहिए। सोमेश बाबू, अजित, एनाक्षी की प्रतारणा से वह पगली-सी हो गई थी। पिटकर वह कभी चुप नहीं रही। मार खाई। मारा भी। यह न होता तो छत से कूद गई होती, कपड़ों में आग लगा लेती या फिर बदहोश हो जाती और बाद में आत्म-समर्पण करती। लेकिन चीता बाघिन कैशोर पार कर चुकी थी, अपनी शक्ति को पहचान गई थी—और, हिंसक स्वभाव ने उससे जैसा कराया, वैसा ही किया।

रास्ते पर तब तक भीड़ लग गई थी। ठिठककर उसने जरा सोच लिया। क्या करे? कहाँ जाए? कुंडू बाबू अपने बालीगंज के नए मकान में चले गए थे, वहीं तो उनसे मदद मिलती। फिर? कहाँ जाए? लेकिन खड़े रहकर सोचने का वक्त भी न था। चाची की चिल्लाहट सुनाई पड़ रही थी—"नीरा! नीरा! साइत बीत जाएगी।"

नीरा ने सामने की भीड़ से कहा—"राह छोड़िए, जाने दीजिए मुझे। लोग हट गए। अदब के साथ एक ने पूछा—"मगर जाएँगी कहाँ?"

झट वह बोल उठी—"थाना पुलिस के पास।"

गलत नहीं सोचा था उसने। उसके लिए सबसे सुरक्षित जगह वही थी। और वह चौरास्ते पर बस के लिए रुकी।

सामान ठीक करते-करते सब कुछ याद आ रहा था। छोटी-मोटी यह-वह चीजें छोड़े जा रही थी। असल में संचय उसके लिए है नहीं। यह वही कपड़ा है। उस दिन यही साड़ी और ब्लाउज पहनकर वह घर से निकली थी।

चौरास्ते पर कुतूहल भरी निगाहें उसकी ओर उठीं। उठने की बात भी थी। रात ज्यादा नहीं हुई थी। साढ़े सात बजे होंगे। रास्ते में आवाजाही काफी थी

मगर दुनिया विचित्र ठहरी। धूप में छाया से चित्रित। धूप-छाँह-सा भला-बुरा तमाम है। मनुष्य के अन्दर भी, बाहर भी। उस रोज भी दो नौजवान उसके पास आ गए—"फिक्र क्या दीदी, हम लोग हैं। हम रणजित के मित्र हैं।"

एक ने कहा—"आप मुझे पहचानती हैं, मैं रणजित के साथ एक दिन वहाँ बम ले गया था।"

फिर भी शुबहा की नजर से देखा था उसने। लेकिन साहस था—वही साहस, जो खुदकशी करनेवाले को होता है। कटार भी साथ थी।

दूसरे छोकरे ने कहा—"यकीन कीजिए हम भाई हैं। आप बहन। हम आपके घर से ही पीछे लगे आ रहे हैं। शोरगुल सुनकर हम इस ब्याह को तोड़ने के ही लिए गए थे। आप खुद तोड़कर निकल आईं। आपको प्रणाम करने को जी चाहता है। आपको कहाँ जाना है, बताइए, हम पहुँचा दें। मन्ना ने यह नहीं सोचा था कि ऐसी नौबत आएगी। अजित बाबू ने रुपया देकर उसकी जबान बन्द करा रखी थी, वरना आपको आफत आती। चलिए देर न कीजिए। थाने चलिए। इधर।" उसने कहा—"नहीं, मुझे कलकत्ते के किसी थाने में पहुँचा दीजिए। यहाँ के थानेदारों से अजित भैया की जान-पहचान है। शायद हो कि..."

उसी समय बस आ गई। वे लोग अपने सगे-से उसे साथ लेकर उस पर सवार हो गए। लेकिन नीरा ने डूबते को तिनके का सहारा की तरह उनकी मदद न ली। ली स्थिर विश्वास से।

उन लोगों ने उसे उत्तरी कलकत्ते के एक थाने में पहुँचा दिया। बिना किसी भूमिका के उसने इंस्पेक्टर से कहा—"मैं विवाह-मंडप से उठकर चली आई हूँ। मेरे बाप नहीं, माँ नहीं, भाई नहीं, भाई-बहन कोई नहीं हैं केवल चचेरे भाई-बहन। साजिश करके वे लोग एक बड़े आदमी के पाखंडी बेटे से मेरा ब्याह करा रहे थे। उस बड़े आदमी के वे कर्जदार हैं। इस ब्याह से उन्हें उस कर्ज से रिहाई मिल जाएगी। ब्याह-मंडप में यह सारी कलई खुल गई। जनाब दूल्हे की पहली बीवी आ धमकी। मैं छुरा दिखाकर वहाँ से निकल भागी। उम्र मेरी उन्नीस पूरी हो चुकी है। बीस जा रही है। इस बार मैंने आई. ए. की परीक्षा दी थी। पनाह के लिए आई हूँ। मुझे...

इंस्पेक्टर ने बीच में कहा भी—"लेकिन शादी तो किसी न किसी से करनी ही होगी, बताओ, किससे शादी करना चाहती हो? थाना तो आखिर एक दिन का आश्रय होगा।"

उसने कहा—"किसी से नहीं। कोई चाहे भी तो ब्याह मैं नहीं करूँगी।"

इंस्पेक्टर ने कहा—"खैर, शादी के लिए आज तो तुमने उपवास ही किया होगा। चलो, मेरे क्वार्टर में चलो। मेरी माँ है। स्त्री है। बच्चे हैं। वहीं कुछ खाना और बताना।"

नीरा ने एतराज नहीं किया। खोद-खोदकर उससे सब पूछने के बाद इंस्पेक्टर ने कहा—"तुम बड़ी कठिन लड़की हो। चलो, थाने में सनद तो लिख ही रखूँ। सोमेश बाबू को मैं जानता हूँ। अजित-एनाक्षी को भी। अपनी गरदन भी बचाकर रखूँ।"

दूसरे दिन इंस्पेक्टर ने दमदम इलाके के थाने से इस मामले की पूछताछ की। जानने के बाद इससे कहा—"सोमेश्वर बाबू के बेटे की शादी रुकी नहीं बेटी, धूमधाम से ही हुई। बेटी की जिम्मेदारी वालों की इस देश में कमी है भला! लड़के ने कसम खाकर पिछली शादी की बात नाकुबूल की। दुल्हन तुम लोगों के मुहल्ले में ही मिल गई। अजित बाबू ने ही सब ठीक किया। उन्हें अब तुम्हारी खोज भी नहीं। लिहाजा तुम आजाद हो। कहो, कहाँ पहुँचा दूँ तुम्हें?"

उसे कुंडू बाबू की याद आई। इंस्पेक्टर भी उन्हें जानते थे। कहा—"जानता तो हूँ उन्हें। वहाँ जाओगी?"

"वे मेरे पिताजी के दोस्त थे। मेरा भला चाहते थे।"

इंस्पेक्टर ने कहा—"जरूर चाहते थे भला। उस समय उन्हें तुम्हारे हिस्से की जमीन की जरूरत थी। और, पिता के दोस्त की कहती हो, सो तो तुम्हारे चाचा भी तुम्हारे पिता के सहोदर भाई हैं।"

नीरा ठीक समझ नहीं सकी। ताकने लगी।

इंस्पेक्टर ने कहा—"लड़ाई के दौरान कुंडू बाबू ने लाखों की कमाई की और अब कलकत्ते की बुनियादी लीक पर चल रहे हैं। आदमी ये भले तो कभी भी न थे। तब जो कुछ छिपा-छुपूकर करते थे, अब खुलेआम करते

हैं। उन दिनों जुगनू थे, अब चाँद हैं। दाग उनकी शोभा है। मेरे ही हलके में उनका एक मकान है। रात को वहीं आकर रहते हैं। लोगों से उनके बारे में तरह-तरह की बातें सुना करता हूँ। अभी-अभी उनका एक लड़का विलायत से लौटा है। इस बीच नशे की हालत में फिरंगी औरत के साथ तीन-चार बार पकड़ा जा चुका है। तुम-सी भली लड़की, खामखा क्यों फिर मुसीबत में पड़ोगी?"

नीरा दंग रह गई सुनकर।

दुनिया के सभी लोग क्या एक-से ही हैं?

इंस्पेक्टर ने कहा—"मन को शान्त करके सोचो। मैं थाने ज़ा रहा हूँ। बाद में बताना। यहाँ रहते हुए फिक्र न करो। घर समझो।"

नीरा की आँखों के सामने दुनिया अँधेरी हो गई थी और उस अँधेरे में उसे लगा, सच ही, मुक्ति तो निश्चितता नहीं है! जाए तो कहाँ? कलकत्ते में अनेक रास्ते—दिशा-दिशा में गए हैं। सभी तरफ ऐसी ही उठी हुई हिंसक निगाहें। मन्ना, अजित भैया, कुंडू बाबू...ऐसे ही लोगों ने सारे कलकत्ते को छाप लिया है। जो भी हो, अन्ततः वह जाएगी यूनिवर्सिटी की तरफ। जीवन के उस लक्ष्य से वह दूर नहीं हो सकी है। लेकिन रहेगी कहाँ?

माता-पिता की याद आई। मगर रोई नहीं। अपलक आँखें आसमान को ताकती रहीं। अचानक याद आ गया—अनाथ आश्रम। रेस्क्यू होम। इनमें? सहकारी संस्था भर ही है ऐसी। वहीं जाएगी।

इंस्पेक्टर से भी उसने यही कहा—"आप मुझे किसी अच्छे अनाथ आश्रम या रेस्क्यू होम में पहुँचवा दें, जहाँ मैं लिखने-पढ़ने की सहूलियत पा सकूँ। मैं पढ़ूँगी।"

"वैसी जगहें तुम-जैसी लड़कियों के लिए नहीं हैं बिटिया! वे लड़कियाँ कुछ और ही किस्म की होती हैं। फालून गर्ल्स। सताई हुई।"

"अपने यहाँ न हो, सुना है, ईसाइयों के हैं?"

"हाँ हैं। उन्हें गालियाँ चाहे हम जितनी दें, ये बातें उनमें हैं। यहाँ से उनकी सल्तनत उजड़ी, लेकिन इन बातों को कायम रखा है। लेकिन धर्म की ताकीद वहाँ भी है। कॉल ऑफ क्राइस्ट।"

"मैं ईसाई बनूँगी।"

"ईसाई?"

"हाँ। जान और मान, दोनों बच सकें, तो क्यों न बनूँ?"

इंस्पेक्टर चुप रहे। उसके बाद बोले—"हाँ, एक बात तुमसे पूछ नहीं पाया। जानना जरूरी है।"

इंस्पेक्टर की दृष्टि मानो कुछ सख्त हो उठी।

नीरा की पलकों पर उसकी परछाईं भी पड़ी। उसने धीरज से पलकों के जलीय अंश को निचोड़ फेंककर कहा—"कहिए।"

इंस्पेक्टर ने हँसकर ही कहा—"इस जमाने के लिहाज से तुम एक कड़े धातु की लड़की हो। तुम्हारा कोई झंडा तो होना चाहिए।"

"कैसा झंडा?"

"झंडा यानी पॉलिटिक्स! कौन-सा है झंडा तुम्हारा? लाल या तिरंगा?"

अवज्ञा की एक टेढ़ी और फीकी हँसी फूट उठी थी उसके चेहरे पर। कहा—"मेरा झंडा खास अपना है। न हँसिया हथौड़े का, न चरखे का। मेरा। झंडा मेरा हँसता चेहरा है। राजनीति न तो मैंने की, न पसन्द ही है।"

इंस्पेक्टर जैसे खिल उठे—"गुड! तुमने छूटते ही कह दिया, ईसाई बनूँगी, इसी से पूछा। आज की राजनीति का यही सबसे बड़ा लक्षण है न। खैर, मैंने सोचकर एक आश्रम ठीक किया है तुम्हारे लिए। वहाँ बच्चों को पढ़ाना। घर की लड़की सरीखी रहना। देखूँगा, कॉलेज में तुम्हें फ्री करा सकता हूँ या नहीं। लेकिन वहाँ सब तरह से सुरक्षित रहोगी। मैं गारंटी देता हूँ। जाओगी?"

कुछ सोचकर वह बोली—"जाऊँगी।"

"गुड। चलो। अब तुम्हारी तकदीर और मेरा पुण्य।"

गाड़ी से उसे शहर के उत्तरी छोर की तरफ लिवा गए। बीच की किस्म का एक घर। आवाज दी दादा! दादा हैं?"

"कौन?" एक काले-बूढ़े से सज्जन बाहर आए। इंस्पेक्टर को देखकर तपाक से बोले—"अरे, घोषाल? वारंट है क्या?"

पीछे खड़ी थी लड़कों की एक टोली। तेरह-चौदह से चार-पाँच साल के बच्चे।

"आज इन सबको ले जाऊँगा।"

जमात के बड़े बच्चे तो हँसने लगे। छोटों में से एक दौड़ा—"लड़ाई! लड़ाई! हथियार।"

घोषाल ने कहा—"दादा, इस लड़की को लेकर आया हूँ। इसका हाल सुन लो। गजब की लड़की है। आपके यहाँ तो नन्हे डकैतों की फौज है। छोटों को पढ़ाएगी और रहेगी। आपके यहाँ इसे रखकर मैं निश्चिन्त हो सकता हूँ कि सच ही इसे एक अच्छी जगह में रख पाया। वाकया सुनिए।"

सुनकर बूढ़े बोले—"बहुत खूब! वाह वा कन्या! धन्या-धन्या! तुम्हारे पैरों की धूल से घर पवित्र हुआ। रहो। इन तीन नन्हे राक्षसों को पढ़ाओ। कुछ और बच्चे आप ही आ जाएँगे। खुद भी पढ़ो।"

घोषाल ने कहा—"जानती हो, कौन हैं ये? मशहूर कलाकार शिवनाथ बनर्जी।"

"ऊँहूँ हूँ। घोषाल कुछ नहीं जानता। मैं बताऊँ, मैं हूँ साक्षात् पितामह ब्रह्मा। यह जमात जो देख रही हो, यही कुल नहीं। और भी हैं। बगल में बड़ी लड़की रहती है। उसके हैं चार बच्चे, चार बच्चियाँ। एक लड़का रानीगंज में है। उसके तीन। छोटी बच्ची का एक। सब पितामह कहते हैं। सामने गुरखों का कैंप है, सुन-सुनकर उन्होंने जाना, मेरा नाम पितामह है। इस जमात में देवता हैं, यक्ष हैं, दानव हैं—किन्नर-गंधर्व नर-बानर सब हैं। मैं पितामह ब्रह्मा हूँ। घर में हर घड़ी पुराण के नाट्य समुद्र-मंथन। कभी दो बादाम, कभी चार चने या मामूली काँटी-काँटी के लिए घनघोर लड़ाई छिड़ी रहती है। खैर, तुम आ गईं। निबटो इनसे।

बूढ़े ने बातें थिएटरी ढंग से कहीं। जी जुड़ा गया नीरा का। घोषाल ने कहा—"मुझे चैन मिला। तुमने एक आश्रय ही नहीं पाया, एक अमर कलाकार का..."

टोककर बूढ़े ने फिर भाषण शुरू कर दिया—"मूरख हो तुम। मेरी सबसे बड़ी सृष्टि इन डकैतों की जमात है। इनमें कोई भला है, कोई बुरा, कोई देवता है, कोई शैतान। कोई काला, कोई गोरा, कोई मोटा, कोई दुबला। इनके लिए कोई तो धन्य-धन्य कहते हैं मुझे और कोई कुचक्री। सो एक अंग में चन्दन और दूसरे में कीचड़ लपेटकर मैं भी कहूँगा धन्योहं। लेकिन खैर, अब तुम आ गई हो, साक्षात् मोहिनी हो। देखो अगर तुम्हारे जादू से ये दानव देवता बन

सकें। और मेरे दोनों अंगों पर चन्दन चढ़ सके।" नीरा ने उसे प्रणाम किया। अगर बन पड़े तो प्रकाश के चमत्कार से यह दिखा दीजिए कि नाटकीयताहीन एक जीवन कुछ काल कल-कल करता बह रहा है।

यहाँ उसके पूरे डेढ़ साल बीते। जीवन-नाटक में अनेक दुर्योग और संघर्षों के बाद एक सलोना प्रभात।

शिवनाथ बाबू के गला नहीं था, मगर तल्लीन होकर गाते थे। बाउल गीत। अपनी ही रचना। पोशाक अवश्य बाउल-जैसी नहीं, लेकिन अजीब। देखकर लोग हँसते। नंगा बदन, गले में माला-सा जड़ा जनेऊ, जैसे रसोइया लोग पहनते हैं। सादी कोर की धोती तहमद-सी बँधी, दुबले, काले हाथ में मिट्टी, पैरों में धूल! बहुत बड़ा परिवार। भतीजा, पतोहू, बेटा-बेटी, नाती-पोते कुल तेईस जने। उनको मिलाकर चौबीस। फिर आए गए। कोई साक्षात् दुर्गा, कोई काली तो कोई सनीचर। बाना बेशक मँगतों का। सुबह आठ से भोजन खान शुरू हो जाता, होते-होते रात का एक बजता। बूढ़े ने झूठ नहीं कहा—घर में आठों पहर लड़कों में संग्राम छिड़ता ही रहता। घर में ही आँगन-बरामदे में जम जाता गेंद-क्रिकेट। पास-पड़ोस के साथी आ जुटते तो सामने के मैदान में चले जाते। बगल में बड़ी लड़की के बच्चे आ जाते। तीन बच्चियाँ आ जातीं। उनमें से बड़ी तेज थी। बहुत ही प्रतिभाशाली। बूढ़े ने नाम रखा था शकुन्तला। सब सरस्वती कहा करते थे बाकी दो मणि और रुनी। मणि मानवी थी, वास्तववादिनी और रूनी को वे कहते थे अप्सरी, इसलिए कि वह हरदम नाचती ही रहती। छोटी लड़की की लड़की मंजु, वह भी कभी-कभी आ जाती। उसका भी वही हाल। नाचा करती। और सबसे छोटी लड़की की पहली लड़की, डेढ़ेक साल की—लाल मोहिनी। बूढ़े लटका सुनोत।

लाल मोहिनी राधे।

लाल मोहिनी रूठे, रह-रह मुरली वाला साधे।

बड़े पोते को देवराज कहते, बड़े नाती को जैंटिलमैन। मझला पोता महारुद्र। तीसरा पोता बड़ा भला था। शान्त। उसके बाद वाले का बहुत नाम था—बुद्धिमान,

ज्ञानवृद्ध। वास्तव में पुराण की कहानियाँ कंठ कर रखी थीं और शरारत की तो कोई हद नहीं। छत से गिरकर कपाल फोड़ लेता, रास्ते में रपटकर मुँह। उससे छोटा श्याम, यह उसी के दबाव से धरती के समान उत्तर-दक्षिण कुछ चिपटा-सा हो गया। हद का लालची। कुछ न मिले तो भंडार से चावल चुराकर भिगो-भिगोकर खाता। राशन के सब चावल में पानी डाल देता। घर में डॉक्टर का आना कभी बन्द न होता। इसे बुखार, तो उसे टान्सिल, तो उसका पाँव कटा। और खुद बूढ़े का तो बीमारी से पिंड ही नहीं छूटता। कभी-कभी लगता, वे मृत्यु के भय से भयभीत हैं। मगर नासाज रहते, यह तो निस्सन्देह। बड़ा भतीजा नौकरी करता, लेकिन काव्य-विभोर। मझला डंबल भाँजता, कॉलेज यूनियन का सेक्रेटरी। उसके बाद वाला जरा गँवार लेकिन खासा आदमी। बड़ा दामाद बेहद सयाना छोटा डॉक्टर बड़ा लड़का अच्छी नौकरी पर। सुख की गिरस्ती। सारा सुख उसी बूढ़े को केन्द्र करके फिर भी झगड़ा होता। झगड़ा होता बड़े लड़के से। वह ताकीद करता, कोई नया चित्र बनाइए। आपको मालूम नहीं कि आप कितने बड़े कलाकार हैं। और वह बिगड़ जाता। बीच-बीच में माँ और स्त्री से लड़ पड़ता क्योंकि घर वही चलाता था। वह कह बैठता। स्त्री की बूढ़े से ठन जाती कभी-कभी। बेहिसाब। वे पूजा लिये ही पड़ी रहतीं। उनका खयाल था, शिवनाथ बाबू उन्हें वैसी मनोरमा नहीं मानते, जैसी वे हैं। इसी का विरोध। बड़ी बहू, वह झगड़ती जरूर नहीं। बीच-बीच में न खाकर लेटी रहती। अजीब औरत। कभी सोचती, इस घर में आकर वह धन्य हुई है और कभी सोचती, यहाँ आकर कोई इच्छा पूरी नहीं हुई उसकी। बड़ी लड़की पास ही रहती। बड़े दामाद ने उसके जीवन को गजब ढंग से गढ़ा। स्वस्थ और सबल मन। गिरस्ती का हर धंधा खुशी-खुशी अपने हाथों करती। रोज शाम को माँ-बाप से मिल जाती। छोटा लड़का भी चाँदी का चाँद न था, वह भी सोने का। छोटी लड़की माँ-बाप की सबसे ज्यादा दुलारी थी। खासी लड़की मगर उसमें कीड़ा—हर घड़ी इसी सोच से परेशान कि टी. बी. हो जाएगी। छोटा लड़का बाहर रहता, बड़ा ही कृती, उच्चाभिलाषी, वास्तववादी दुर्वासा। छोटी बहू बेचारी माटी का मानस। बड़ी भली। उसकी बड़ी बेटी पागल—दो बच्चे, एक तो उस बुद्धिमान का चेला, दूसरा नन्हा-सा, दिन भर घर में मोढ़ा ठेलना ही उसका नशा।

कलरव-कोलाहल, कलह, हँसने-रोने की आठों पहर की चहल-पहल में कान लगाते ही मूल सुर सुनाई पड़ता। वह मूल सुर-आनन्द का सुख का। डेढ़ साल में नीरा ने भी अपने जीवन के तार को उसी सुर से बाँधना चाहा था। बहुत बार बँधकर खुशी भी हुई, मगर तुरन्त पाया कि नहीं, मिल तो नहीं रहा है। बूढ़े को वेदना-बिद्ध हालत में देखकर उसे और भी आश्चर्य हुआ था। मानो कितनी पीड़ा है, कैसी उदासीनता। आँखों से आँसू तक बहते देखे थे। पूछने की हिम्मत तो नहीं पड़ी, पर लगा, ठीक उसी की नाईं बूढ़े के मन का मूल सुर इन लोगों से अलग है। अपने स्टूडियो में दाखिल होते ही वह बेसुरा आदमी नजर आता। उदास नजर, वेदना से भरी आँखों में आँसू। वह वहाँ नहीं जाती। साहस नहीं होता। सोचती, अनधिकार चर्चा है। अपने अधिकार के घेरे को वह क्यों लाँघे। वे जब स्टूडियो में जाते, तो घर के सब तर्जनी से आगाह किया करते—चुप! चित्र बना रहे हैं। उनके निकलने पर सब जाकर देखते, कौन-सा चित्र बनाया। लेकिन सब हताश लौटते—कैनवस सादा ही पड़ा मिलता।

इसी अरसे में उसने फर्स्ट डिवीजन में आई. ए. पास किया। जो भी हो, इस सब कुछ में पढ़ने की सुविधा उसे मिली थी। यहाँ रहने-खाने के सिवा और कुछ मिलता नहीं था उसे। हाँ, दशहरे पर कपड़ा और इम्तहान की फीस दी थी। एक लड़के को पढ़ाकर दस रुपए पाती थी। उसी से कॉलेज की फीस चलती। सौ रुपए की जो मूल पूँजी थी, वह तीस पर आ गई।

पास की खबर से खुश हुई। सबसे पहले वह बूढ़े के पास दौड़ी-दौड़ी गई। आज अधिकार-अनधिकार का खयाल न किया। स्टूडियो में गई। स्टैंड के सामने वे चुप बैठे खिड़की से बाहर की ओर देख रहे थे। वह गई तो तेजी में ही थी, तो भी उनकी तल्लीनता न टूटी। खाँसकर बोली—"दादाजी!"

"कौन? अरे तुम! बात क्या है? खुशखबरी ही होगी कोई। तुम तो यहाँ आती नहीं।"

"मैंने फर्स्ट डिवीजन में पास किया, दादाजी!"

"वाह! बहुत अच्छा!"

नीरा ने चरणों की धूल ली। कहा—"मगर अब तो चिन्ता होती है। अब?"

"पढ़ो। पढ़ती जाओ।"

"चित्र? नः।" दादाजी ने लम्बा निःश्वास छोड़ा।

"यह दीर्घ निःश्वास मुझे ठीक नहीं लगता दादा! रूप को छोड़कर अरूप। रूप में ही तो उसे पाएँगे। अरूप कहीं है तो अपरूप में। जैसी सेहत, वैसा ही रूप और वैसा ही नाम। नीरा! उज्ज्वल हीरा से नाम हुआ उसका नीरा।"

दादाजी ने पीठ पर एक थप्पड़ मारकर कहा—"प्रेमो विनो-दा! खूब कहा। लेकिन दुख इस बात का है कि किया कुछ नहीं। मौके से प्रेम करके जीवन ही बिता डाला। न लिखी कविता, न गाए गीत। चित्र से जीविका कमाने की सोच तूलिका पकड़ी, परन्तु..."

"मैं इस बात का विरोध करता हूँ।"

"किस बात का?"

"इसी का। चित्र से ही तो रोटी कमाता हूँ। जरूरत मुझे बहुत कम है, लिहाजा ज्यादा चित्र बनाने की जरूरत नहीं पड़ती। खैर। नीरा खड़ी है। उसका पावना उन्हें दे लूँ। लीजिए, टॉफी।"

नीरा संकोच से हाथ नहीं फैला सकी।

विनो सेन बोले—"मुझसे शरम नहीं करनी चाहिए, मैं विनो-दा ठहरा। यूनिवर्सल।"

और उसकी हथेली पकड़कर कुछ टॉफी रख दीं। वैसे ही सहज असंकोच से, जैसे कि झूठ-मूठ को देता और छीनता है।

दीदी ने कहा—"आज यहीं खाइएगा। मछली मँगवाऊँ?"

"मँगवाइए।"

"नीम का पत्ता उबालकर अभी भी खाते हैं। विटामिन?"

हँसे। वही खुली हँसी। बोले—"नहीं, सो तो अब नहीं खाता हूँ। यों पदार्थ वह अच्छा था।"

"खाक अच्छा था!"

"नहीं! यह रंग देख रही हैं? यह रंग नीम ही की बदौलत है।" दादाजी ने कहा—"रंग साफ करने की मुझे अब जरूरत नहीं—अपने काले दादाजी से कहिए।" नीरा से कहा—"नीरा तुम खाकर परख सकती हो, गरचे तुम्हारे

"इस तरह से पढ़ना लेकिन होता नहीं। और-खैर।"

"क्यों-क्यों? सोचती हो कि मैं यह सोचूँ कि तुम पढ़ना छोड़ बन्दा बन बैठो! नहीं-नहीं।"

वह चुप रही। फिर प्रसंग को बदलने के खयाल से कहा—"कहीं आपने कुछ बनाया तो नहीं। रेखा तक नहीं खींची कोई।"

"न:।"

"अच्छा, एक बात पूछूँ दादाजी!"

"पूछो।"

"अकसर सुनती हूँ, ताकीद या फरमाइश के बिना आप कोई चित्र नहीं बनाते—यानी अपनी सूझ का चित्र! क्यों?"

एक बार उसे देखकर वे बाहर की ओर ताकने लगे।

नीरा ने कहा—"दादाजी!"

एक दीर्घ नि:श्वास छोड़कर वे बोले—"जो बनाना चाहता हूँ, उसकी कल्पना तो नहीं कर पाता। संसार में रूप अपरूप है नीरा! बहुत आँका। देखा और आँका। जंगल, पहाड़, समुद्र के चित्र बनाए, आसमान में चाँद-सूरज, सूर्योदय-सूर्यास्त, पूर्णिमा, प्रतिपदा, का चाँद—सब आँका, लता, पेड़, आदमी, माँ, प्रिया, पुजारिन, विधवा, बालक, युवा, वृद्ध, अनाथ, विद्रोही, प्रेमी, मौत का चिन्तन करनेवाला, मौत, सबको देखा, सबको आँका। आँधी को आँका, प्रकाश को आँका, अँधेरे को आँका। बुद्ध, ईसा, गांधी, रवीन्द्र को आँका। खूब नाम कमाया, पैसा भी बहुत मिला। लेकिन असल में मैंने क्या आँका? मतलब कि जो इनकी आड़ में है, उन्हें कहाँ आँका? उन्हें पा जो नहीं रहा हूँ। मेरा सब बेकार गया। इसीलिए कूची रखकर आसमान की ओर देखता और रोता रहता हूँ बिटिया!

वे फिर आसमान को ही देखने लगे। नीरा दबे पाँवों निकल आई। यही है दूसरे अंक का पहला दृश्य। मधुर है, फिर भी वेदना छिपी है। खैर। आरम्भ हुआ मानो रात के बाद दिन।

दूसरा दृश्य। सवेरा मानो दोपहर की तरफ बढ़ रहा हो। चारों तरफ शोरगुल। स्कूलों की घंटियाँ। लोग दफ्तरों की ओर दौड़ रहे हैं। मगर वह सोच में पड़ी थी। यहाँ रहकर क्या करेगी? कोई काम नहीं। बच्चे असल में उससे पढ़ते नहीं। नाम को पास में बैठते हैं।

उस रोज वह चौंक-सी उठी। दादाजी चीख उठे—"विनो-दा! अरे बाप रे! विनो दा दि ग्रेट! जय भगवान!"

हो-हो हँसकर किसी ने तो कमरे को गुलजार कर दिया और भरे गले से आजिज जैसे बोले—"अरे रे, यह क्या, यह क्या दादाजी? यू आर लवली। यू आर गॉडली। आई ऐम मैडली इन लव विद यू।"

"चूमूँगा, तुम्हें चूमूँगा विनो-दा! यकीन मानो, बू नहीं आती मुँह से। पुराना दाँत एक भी नहीं है। कोई जुर्म नहीं। तुम दो साल तक नहीं आए। लेकिन यह टोपी? इसे तो नहीं पहनते थे।"

वे हँसे फिर। बोले—"गंजी खोपड़ी के परदे के लिए। देखिए न!"

"हे भगवान, इसे तो मोनूमेंट की तलहटी कर छोड़ा है। सभाएँ चल रही हैं, क्यों? मगर देश तो आजाद हो गया। या कि "यह आजादी झूठी हैं" वालों की जमात में आ जुटे हो। लेकिन वे तो अंडरग्राउंड हैं। लगा दूँ किवाड़?"

"रामचन्दर! यकीन मानिए, सब छोड़ दिया। मगर इस गंजेपन का मतलब समझ में न आया। अपने खानदान में तो नहीं है। खैर। मुन्नों की जमात कहाँ? थोड़ी-सी विलायती मिठाई है, यानी टॉफी, लाजेंस।"

"अरे, इतना?"

"वहाँ अपने पास भी तो कम नहीं है। आपने सात-आठ देखे थे। अब पच्चीस हैं। पक्के पच्चीस बीघे जमीन पर पक्के का स्कूल, होस्टल। सरकार रुपए दे रही है। एजुकेशन सेक्रेटरी गए थे। उन्होंने देखकर चीफ मिनिस्टर, एजुकेशन मिनिस्टर को बताया कि विनो सेन का इन्तजाम अच्छा है, लड़के डकैत नहीं होंगे। रुपए मिले उन्हें।

नीरा के अचरज का ठिकाना न था। हैं कौन-से महापुरुष ये? इतने लड़के। पच्चीस। दादाजी के मित्र हैं कोई, इसमें तो सन्देह नहीं। फिर बीस-बाईस लड़के, वह भी घर के लड़कों के लड़के, वरना दादाजी के दादा होने

का मरतबा कैसे रहे! भले आदमी आठ-नौ लड़के के बाप होंगे अं
में दो के औसत से उनके सोलह-अठारह बच्चे। ऐसे में पच्चीस की ि
सकती है। और ज्यादा नहीं हुआ, यही गनीमत। उधर बच्चों में खलब
गई—विनो-दा की धूम मच गई।

देखते-देखते कमरा भर गया। हिम्मत करके दो बच्चे अन्दर दाखि
नीरा ने फिर वही गला सुना—"आओ दोस्तो, लो। भरी हुई आवाज।
लाजेंस। आओ आओ वीणा! बहू आओ।"

इतने में खुद दीदी अन्दर आईं—ऐं, विनो-दा! राह भूल गए क्या!
मैंने सोचा, कहीं बाहर यानी विलायत-बिलायत जाकर—आजादी के बा
आसान हो गया है न—कहाँ कहीं पड़ गए किसी के प्रेम में!

विनो-दा हँसने लगे—आपने बहुत ठीक कहा—"मगर अपने व
ठीक नहीं जँचा, नहीं तो कोशिश की जाती। फूटा करम। जंगल में ह
हूँ—आश्रम, स्कूल-दुनिया भर का झमेला। लीजिए, लाजेंस खाइए।"

"बड़े रसिया हैं। मैं लाजेंस खाऊँ। खाइए आप।"

"तो ताड़ का गुड़ लीजिए—ठाकुर को दीजिएगा। बहुत उम्दा है।"

इतने में विश्वनाथ बाबू का बड़ा पोता आकर नीरा को खींचने ल
दादाजी बुला रहे हैं। जल्दी।"

देखकर सब गड़बड़ हो गया। जो सोचा था, उससे कहीं कोई मेल नहीं।
नहीं, देखकर वह अभिभूत हो गई। छह फुट से भी ज्यादा लम्बा-तगड़ा व
जवानी के सीमांत पर पहुँचे-से, गोरा रंग। कोई ऐतिहासिक आदमी-
छुरी-सी नाक, छोटी-छोटी आँखें, लेकिन कैसी निगाह उनमें! नीरा को देर
वे बोल उठे—"वाह!"

दादाजी ने कहा—"सिर्फ वाह नहीं! बेहतरीन लड़की। उसका इति
सुनो तो..."

"इतिहास फिर सुनूँगा। लेकिन ऐसा फीगर, ऐसा चेहरा, आपने
नहीं बनाया?"

रंग को काला नहीं कहेंगे। देख रही हो न विनो-दा का रंग। नीम खाकर हुआ है।"

विनो-दा बोले—"नहीं-नहीं। स्वर्णलता और श्यामलता में फर्क है। यह साँवलेपन में ही अपरूप है। दादाजी से पूछ देखिए।"

दादाजी ने कहा—"कहूँ भी तो क्या?" तन्वीश्यामा शिखरिदशना पक्वविंबा धरोष्ठि मध्ये क्षामा चकित हरिणी प्रेक्षणा..." उसने पढ़ा कहाँ और हम-जैसी शिल्पी की आँखें भी नहीं उसे। उनका सबसे बेहतर रंग गोरा है, वरना तुम्हीं बताओ, जगत् उजाला करनेवाले मेरे काले रंग के होते वह तुम्हारे गोरे रंग पर लुभाती।"

लड़की, बहू भाग गईं वहाँ से। नीरा को भी साथ देना पड़ा। गोकि उसे वह शर्म-संकोच महसूस नहीं हुआ, जो उन लोगों को हुआ। दादीजी शायद हो कि झगड़तीं, लेकिन उन्हें हँसना पड़ा। बोलीं—क्या कहूँ मैं! बहू-बेटी के सामने। छिः। खैर, चाय भेजती हूँ। हारमोनियम भी। गीत सुनाइए।"

"जो आज्ञा। थोड़ी सी लौंग भेजिए लेकिन।"

नीरा फिर चौंक उठी। कैसी अच्छी आवाज है! जैसी आवाज, वैसा ही प्राण उड़ेलकर गाना। कलेजे में प्रतिध्वनि उठ रही थी। रवीन्द्रनाथ का गीत—

मेरे प्राणों में अमृत है, चाहती हो?
हाय, शायद उसका पता न चला।
पारिजात की मधुर महक पाती हो,
हाय, शायद उस तक पहुँच नहीं!

कोलाहल भरे चंचल संसार के जीवन-स्रोत की हलचल थम गई। लेकिन, भगवान जिसे देते हैं, उसे क्या दोनों हाथों उड़ेलकर भी नहीं रुकते? छलकाकर ही छोड़ते हैं?

दादाजी ने कहा—"बेशक, अमृत है आप में। किसी को खबर न मिली। अब कोई भक्ति का गीत हो। रवीन्द्रनाथ का ही सही।"

"उहूँ। ये प्रेम के गीत हैं। नए सीखे हैं। वे अब पुराने लगते हैं।"

"तो फिर स्वदेश-गान।"

"जिस दिन महात्मा जी की हत्या हुई, उस दिन से यह बात ही भूल गया। अब खाता-पीता हूँ, आश्रम चलाता हूँ, चित्र बनाता हूँ। वह सब दामोदर में बहा दिया। खैर सुनिए—

हँसी-रुदन के झूले में पूस और फागुन का झूलना—
और उसी में मैं आजीवन गीतों की डलिया ढोया करूँ—
क्या तुम यही चाहते हो
इसीलिए मुझे सुर की खुशबू भरी
माला पहनाई?

डेढ़ बजे दिन तक एक के बाद दूसरा गीत चलता रहा। उसके बाद खाना-पीना। खा-पीकर भी रुके रहे। बच्चों से मिले बिना जाएँ तो कैसे? दादाजी ने रात के लिए जिद की। विनो सेन रात भर ठहर गए। रात दादाजी ने नीरा को बुलाकर कहा—"नीरा, तुम्हारा किस्सा सुनकर विनो-दा तुम्हारे भक्त हो गए हैं। कहते हैं, यदि तुम इनके अनाथ-आश्रम में जाना चाहो तो ये काम देंगे तुम्हें। बी. ए. भी पढ़ सकोगी, अवश्य प्राइवेट।"

विनो-दा बोले—"मेरे एक मास्टर साहब हैं। पंडित आदमी हैं। कॉलेज में पढ़ाते थे। रिटायर करके दुरमत आई। देश गए, मैमनसिंह। बँटवारे के बाद आए तो अपने आए, दो पोते और एक विधवा बहन। बाकी सब खत्म। मैं उन्हें अपने यहाँ ले आया हूँ। भरसक सेवा करता हूँ। चाहोगी, तो वे पढ़ा देंगे तुम्हें। चालीस रुपया नकद दूँगा। बोर्डिंग-किचन में दोनों जून खाना। और भी दो शिक्षिकाएँ हैं। तुम-जैसी लड़की बंगाल में पैदा हुई है, यही सुनकर तो मुझे नाचने की इच्छा होती है। यहाँ की लड़िकयाँ दुख और दुर्दशा से जहन्नुम में जा रही हैं, झूठ बोलती हैं, अपने को बेचती हैं, रोती हैं और काजल लगाती हैं, होंठ रँगती हैं—किताबों में, अखबारों में यही तो पढ़ता हूँ। तुम्हारी कहानी बड़ी भली लगी। मैं मुग्ध हो गया, भक्त हो गया। तुम्हारा उपकार कर रहा हूँ, मुझे इसका अहंकार नहीं है, बल्कि यह भरोसा हो रहा है कि आश्रम को जमा सकूँगा।"

नीरा ने भी दादाजी से विनो सेन के बारे में सब सुना।

आर्ट स्कूल में पढ़ते समय देश की आजादी की कोशिश के अपराध में विनो-दा जेल गए थे। तब बीस साल के थे। तीन साल सख्त कैद की सजा। चित्र बनाना जरूर बन्द न हुआ। पहले कोयले से चला। उसके बाद कागज और रंग भी जुटा। डिटेनसग में सारी सुविधाएँ मिलीं। एक लाभ यह भी रहा कि गाँव बोलपुर के पास था। शान्ति निकेतन के शिल्पियों की सहायता सहयोग मिला। जेल से निकलकर कलकत्ते में फिर साल भर आर्ट स्कूल में रहे, वहाँ से यशस्वी होकर निकले। उस बार की प्रदर्शनी में सोने का मेडल मिला। साल भर सोलहों आने कलाकार के रूप में कलकत्ते में रहे। उसी समय दादाजी से परिचय हुआ। कुछ दिन इनके शागिर्द रहे। अचानक फिर गायब। अबकी महात्मा जी के आश्रम में साल भर रहे। फिर राजनीति में। फिर जेल। सन् "42 में जेल गए" पैंतालीस में निकले। बयालीस में इसी इलाके में छिपे थे। छूटकर आए तो गाँव महामारी से उजड़ चुका था। तीनेक दुबली रोगी औरतें बच रही थीं, एक मर्द और लगभग चार लड़के। उन्हीं के साथ काम में जुट पड़े। सैंतालीस में मुल्क आजाद हुआ। विनो-दा को उच्चकोटि के कलाकार का सम्मान मिला। उसी साल फ्रांस गए। अपने एक सहयोगी को आश्रम का भार दे गए। लौटे गांधी जी के गुजरने के बाद। बोले—"अब चित्र बनाकर क्या होगा?" नौकरी कई मिलीं। कोई न की। उसी गाँव में गए। उसे सुधारने में लगे। कभी महात्मा जी का स्नेह मिला था, देश के आज जो कर्णधार हैं, सब इन्हें जानते हैं। तमाम बुलाहट होती है। पहले जब भी इधर आते थे, यहाँ आए बिना, खाए बिना ये रह नहीं सकते थे। अबकी दो साल पर आए हैं। घर गुलजार हो उठा है।

विनो सेन ने पूछा—"चलेंगी मेरे साथ?"

नीरा ने कहा—"चलूँगी।"

तीसरे अंक का पहला दृश्य खत्म होता है। महाकाश में नक्षत्रों के बीच धूमकेतु, उल्का दौड़ता चलता है। किसी नीहारिका से छिटककर लक्ष्यहीन

पथ पर जलते हुए राख होने के लिए। वह भी ऐसी ही निकली थी। अपने माता-पिता के कक्ष से वह छिटक पड़ी थी। जल रही थी। अचानक यहाँ तीसरे अंक में एक शक्तिशाली ग्रह के खिंचाव से बँध गई। एक बँधे-बँधाए कक्ष में घूमने लगी। इस प्रदक्षिणा में वह मनोरम दीप्ति से शान्त हुई। लेकिन फिर छिटक पड़ी। फिर प्रचंड तेज से जलने लगी।

आठ

तीसरा दृश्य। स्थान वही आश्रम। त्यागी, संन्यासी, शिल्पी, देश-सेवक, विनो सेन का साधन-पीठ। मन के रंगमंच पर अभिनय शुरू होने के पहले ही नीरा बोली—"छोड़ो। चलना है। सजाना-सहेजना प्राय: हो आया। सब लगभग पड़ा ही रहा। रहे। क्या करना! घर, संचय—यह सब उसके लिए नहीं। कक्ष छोड़कर वह फिर महाशून्य में सीधे चलेगी। चलेगी जीवन की चरम सार्थकता की ओर। वह सार्थकता कर्म-जीवन की महिमा की होगी। एनाक्षी ने उसके लिए फिल्म-राज्य का सिंहद्वार खोल देना चाहा था—वह धन-सम्पदा, विलास वैभव की रानी बन सकती थी, कम से कम एनाक्षी ने तो यही कहा था, लेकिन उसे न रुचा। देश के हित, समाजसेवी, नेता सब इसलिए चिन्तित हो उठे हैं कि आज की तरुणियाँ फिल्म में उतरने के लिए पागल हो रही हैं। हाय-हाय! इन्हें जानकारी कितनी है! देखा भी है इन्होंने, हजारों-हजार युवतियाँ आज दफ्तरों में काम करती हैं, कितनी हजार स्कूल-कॉलेजों में हैं। उनकी शान्त, संयत दृष्टि, उनके दृढ़ चरण की ओर देखा है? कितनी रानी-जैसी स्त्रियाँ कठोर तप का जीवन बिता रही हैं! देखा है?

खैर! सामान ठीक-ठाक हो गया। जो पहने है, वही कपड़े पहनकर जाएगी। जीवन में विलास कहाँ उसके। तपस्या है—आत्म-प्रतिष्ठा की तपस्या। उसे अभी काफी राह तय करनी है, काफी। राह की धूल लगेगी, कपड़े मलिन होंगे। रहें, कपड़े-लत्ते। उसके जीवन-नाट्यकार ने दूसरे अंक के अन्तिम दृश्य में ही उँगली से राह की तरफ इशारा करते हुए कहा—चलो। तुम घर की नहीं, राह की हो।

नीरा निकलकर बरामदे में खड़ी हुई। कहाँ आई आश्रम की गाड़ी? नहीं-नहीं, आ रही है। गाड़ीवान का गला और बैल के गले की घंटी सुनाई पड़ रही है। गाड़ी सवेरे है। छूटने का डर नहीं। सिर्फ निकल जाना है यहाँ से रात ही को। आज ही। वह लग्न आ गया है।

उसी कोने से उस दिन भी गाड़ी यहाँ आई थी—ठीक इसी तरह, जैसे आज आ रही है। उस दिन सँपनी गाड़ी के अन्दर एक सीट पर वह बैठी थी, एक पर विनो सेन। बच्चों की भीड़ लग गई थी गाड़ी के चारों तरफ। "विनो दा, विनो-दा।" विनो सेन लाजेंस का ठोंगा हाथ में लेकर गाड़ी से कूद पड़े और बच्चों को दिखाकर लगे दौड़ने। लड़के उनके पीछे-पीछे। देखने लायक दृश्य। नीरा के होंठों पर हँसी खेल गई थी। नीरा की आँखें उनके पीछे-पीछे दौड़ रही थीं। उसी के साथ-साथ आश्रम की सूरत देखी उसने। रंगीन माटी का देस! कुछ दूर पर तीन तरफ से सखुओं का जंगल। बीच में लाल धरती पर आश्रम। नए-नए घर की बुनियाद पड़ी है। मिस्त्री-मजूर काम पर लगे हुए थे। वे भी बच्चों के साथ विनो सेन की दौड़ देखने और हँसने लगे। विनो सेन जोर से दौड़ रहे थे, बच्चे काफी पीछे रह गए थे, फिर भी दौड़ रहे थे। कोई गिर पड़ता, उठकर गर्द झाड़कर फिर पीछा करता। पुराने स्कूल के बरामदे पर विनो सेन की परिक्रमा बन्द हुई। माटी की दीवारें, फूस की छौनी, सखुये के खम्भे। सामने तीन स्त्रियाँ खड़ी थीं। नीरा समझ गई, वे यहाँ की शिक्षिकाएँ हैं। उन्हें ठीक-ठीक देख नहीं सकी थी अभी तक, क्योंकि उसकी नजर लड़कों का अनुसरण कर रही थी। इसी में उसने अपने परिवेश को देखा। देखा कि नए घरों का सामान हो रहा है। जहाँ पर वह उतरी, वह जगह दफ्तर से दूर भी थी। चालीस हाथ के करीब तो जरूर। विनो सेन के वहाँ पहुँच जाने पर

उसने गौर किया। महिलाओं में से एक थी मोटी-सोटी, खुशी से गद्‌गद हँस रही थी, इस तरह कि मोटी स्त्रियाँ जैसे हँसती हैं। एक दुबली-पतली—मुँह पर रूमाल रखकर हँस रही थी। आँखों पर चश्मा। एक और थी, बारीक कोर की साड़ी पहने। बड़ी खूबसूरत। वह हँस रही थी या नहीं, दूर से नीरा समझ नहीं सकी। करीब ही एक बूढ़े से तथा और तीन जने खड़े थे। कुछ इसी तरफ के लोग। पहचानने में तकलीफ न हुई। बदन नंगा, घुटने तक कपड़ा। स्त्रियाँ थीं अणिमा-दी, कमला-दी और प्रतिमा। बूढ़े थे विनो सेन के वही मास्टर साहब। बाकी तीन थे सत्य बाबू, चारु बाबू, हृषी बाबू—यहाँ के शिक्षक, विनो सेन के सहकर्मी।

हाथ के इशारे से विनो सेन ने नीरा को वहीं बुलाया।

नीरा वहाँ जाकर ठिठक गई थी। सबकी आँखों में सवाल। उफ, कैसी निगाह वह! उसमें से भी उस बारीक कोर की साड़ी वाली सुन्दरी की मूरत जैसी बड़ी-बड़ी आँखों में कैसी सूखी, रूखी और सख्त दृष्टि! उँह, सूखी-रूखी कठिन से भी ज्यादा कुछ। वह नजर निष्ठुर और हिंसक थी। एकटक प्रतिमा उसकी ओर देख रही थी। लेकिन उसके तमाम चेहरे पर भवों में, कपाल पर, ठोड़ी पर, कहीं भी कोई रेखा न थी। जैसे पत्थर के चेहरे की आँख हो। शायद नीरा की भवें विस्मय-भरे तीखे प्रश्न से सिकुड़ आई थीं। शायद कुछ कहती वह, मगर उससे पहले ही विनो सेन बोल उठे—"ये लोग पूछ रही थीं कि तुम कौन हो? परिचय करा दूँ। ये हैं नीरा। समझी प्रतिमा? अणिमा-दी, ये हैं नीरा। हीरा भी नहीं, जीरा भी नहीं। पाँच फुट से भी ज्यादा लम्बी। वैसी ही कूबत बदन में, मन का जोर तो उससे भी ज्यादा। जिन्दगी भर लड़ती और जीतती ही आई। आइ. ए. पास किया है। यहाँ पढ़ाएगी, मास्टर साहब से पढ़ेगी—इन गुंडों से लड़ेगी और पीट-पीटकर इन्हें गढ़ेगी। और नीरा! ये हैं प्रतिमा। बच्चों की माताजी। ये हैं अणिमा-दी—छिपकर बच्चे मोटकी-दी कहते हैं। और ये हैं कमला-दी। लड़के इन्हें लकड़ी दीदी कहते हैं। मैं उदास-दी कहता हूँ। अरे प्रतिमा, कहाँ चली?"

प्रतिमा अचानक चली जा रही थी, मुड़कर बोली—"आज मेरी तबीयत ठीक नहीं है।"

"क्यों, क्या हुआ है?"

"ठीक समझ नहीं पा रही हूँ।"

"यहाँ आओ, देखूँ। बुखार तो नहीं आया?"

प्रतिमा टाल न सकी। आगे बढ़कर हाथ बढ़ा दिया। नब्ज देखकर विनो सेन ने कहा—"नाड़ी कुछ चंचल है। खैर, अपना काम लेकिन करके जाओ। उन लोगों की माताजी हो तुम। बेचारे बच्चे हार गए हैं और मुँह सुखाए खड़े हैं। ये लाजेंस छीनकर उन्हें बाँट दो, तो उनका अपमान न होगा। जाओ, बच्चो, माताजी से लो।"

प्रतिमा ठोंगे को लेकर चुपचाप बच्चों के बीच चली गई, जैसे कल का पुतला हो। नीरा की कैसा तो दुखदायक लगा।

विनो सेन अचानक उठे। ठोंगे से एक मुट्ठी लाजेंस लेकर बोले—"मैं देख रहा हूँ, अणिमा-दी चुलबुल कर रही हैं। मैं हलफ उठाकर कह सकता हूँ, उनके मुँह में पानी आ गया है।"

खिलखिलाती अणिमा-दी कमला-दी के कन्धे पर हाथ रखकर मानो गिर पड़ने से बच गईं। विनो सेन ने कहा—"प्लीज अणिमा-दी, जरा सँभालकर। छड़ी-सी दुबली बेचारी कमला-दी आपके भार से टूट जा सकती हैं। "सभी हँस उठे—बूढ़े मास्टर साहब तक। विनो सेन ने कहा—"लीजिए अणिमा-दी, लीजिए। कमला-दी? नीरा!"

नीरा को हिचक न थी। दादाजी के यहाँ से इस आश्रम तक आने में उनके साथ रहकर उसने उनमें एक ऐसे आदमी का आविष्कार किया था, जो सबके सुख-दुख की महफिल का हमउम्र साथी था। उसने हँसकर हाथ बढ़ाते हुए लिया और खाया।

विनो सेन बोले—"अब मास्टर साहब!"

सौम्य-दर्शन बूढ़े ने बिना झिझक के ले लिया। और-और लोगों को देकर विनो सेन बोले—"अब मैं?"

बूढ़े अध्यापक ने कहा—"लेकिन तुमने एक ज्यादा लिया।"

"जी, सो तो लिया। लाजेंस मुझे बेहद अच्छा लगता है। मेरे बक्स की तलाशी लें, तो लाजेंस का पैकिट मिलेगा। जब भी जी खराब होता है, मुँह में

डालकर चूसता रहता हूँ। जी ठीक हो जाता है, खासकर गंजी खोपड़ी में हाथ फेरने से। लाजेंस खाने से लगता है, गंजापन बेदांत माया है।"

सभी हँस पड़े। लमहे में जादूगर की नाईं आबहवा ही बदल दी विनो सेन ने। बोले—"दिल्ली से लौटते हुए काशी उतरा था। गोपीनाथ कविराज से भेंट की। उन्होंने मुझसे पूछा—यह प्रश्न है किसका? तुम्हारा तो नहीं हो सकता। मैंने पूछा—सो क्यों? वे बोले—जो ऐसा सवाल करता है, उसकी शक्ल ही और होती है।"

"तो क्या कहा उन्होंने?"

"कहा—जरा अकेले में चलिए, बच्चे शोर कर रहे हैं।"

इधर अणिमा-दी नीरा से बातें करने लगी थीं।

"गजब की सूरत है बहन! देखते ही गले लगा लेने को जी चाहता है, डर भी लगता है।" और गले लगाकर शुरू कर दी बातें—"लेकिन कहीं मोटी हो जाओ, तो बड़ा बुरा होगा। एक तो इतनी लम्बी हो—मुझसे दूनी मोटी हो जाओगी।"

हँसने लगीं अणिमा-दी—"नाम भी कितना अच्छा! नीरा!"

नीरा ने पूछा—"प्रतिमा-दी यहाँ क्या हैं? आप सब दीदीजी हैं, वे माताजी?"

अणिमा-दी हँसने लगी थीं, लेकिन कमला-दी ने टोका—"अणिमा-दी यह क्या है?" और नीरा से कहा—"वे दरअसल छोटे बच्चों को देखती हैं, इसीलिए माताजी हैं।" जरा रुककर फिर कहा—"ठीक-ठीक हमें मालूम नहीं बहन, लेकिन लगता है, उन्होंने अपनी सन्तान खोई है। इसीलिए विनो-दा ने उन्हें बहुत-से बच्चों की माँ बना दिया है। अवश्य वे आईं हम सबसे पहले हैं। लगता है, वे विनो-दा की अपनी कोई हैं, या फिर पहले की जानी-पहचानी हैं। विनो-दा का स्नेह उन पर कुछ ज्यादा है, प्रतिमा-दी का हक भी ज्यादा है। दुखी हैं बेचारी।"

नीरा ने इसी बीच बूढ़े शिक्षक और शिष्य की ओर देखा। दोनों बातों में मशगूल थे। इस विनो सेन को उसने इन कई दिनों में नहीं देखा। यह आदमी ही दूसरा था। गोपीनाथ कविराज के बारे में कुछ दिन उसने अखबार में पढ़ा था। बहुत बड़े मनीषी।

इतने में एक घटना घटी। एक चीख से सब चौंक उठे। नीरा सबसे ज्यादा। चौंककर उसने ताका।

प्रतिमा चिल्ला रही थी—"अरे, छोड़-छोड़! मार डालेगा तुझे! छोड़!"

उनके हाथ से लाजेंस का ठोंगा गिर पड़ा। दो बड़े लड़कों में जोर की मार-पीट हो गई थी। गुत्थमगुत्थी। एक गिर पड़ा था, दूसरा उसकी छाती पर सवार। दोनों हाथों अन्धाधुंध मार रहा था। नीचेवाले ने ऊपरवाले का झोंटा पकड़ा था एक हाथ से, दूसरे से उसके गाल को खसोटना शुरू किया था। प्रतिमा ठोंगा फेंककर एक फराठी से उन्हें पीट रही थी और जोर-जोर से चिल्ला रही थी। मगर कोई किसी को छोड़ नहीं रहा था।

अणिमा-दी ने कहा—"आज एक तो गया। हाय राम, क्या होगा?"

विनो सेन और अध्यापक बातें करते दूर चले गए थे। अणिमा ने कहा—"यह शरीर लेकर मुझसे तो दौड़ा जाता नहीं, तुम्हीं जाओ कमला बहन!"

"मैं उन राक्षसों से पार पाऊँगी? फिर प्रतिमा-दी का हाल तो जानती ही हो। बिगड़ी नहीं कि बुला लो विनो सेन को।"

नीरा ने कहा—"मैं जाती हूँ।" उसने कमर में फेंटा बाँधा और दौड़ पड़ी। दोनों हाथों दोनों को पकड़कर डपटकर बोली—"छोड़।"

एक अनचीन्हा मुखड़ा और उसमें कुछ ऐसा था, जो अपनी दीदियों या माताजी में उन्होंने कभी नहीं देखा था। नीरा का सबल शरीर और दमकती आँखें देखकर ही लड़कों ने एक-दूसरे को छोड़ दिया। नीरा ने दोनों को अलग करके छोड़ दिया। लेकिन पल भर के बाद ही एक लड़का नीरा पर ही टूट पड़ा। नीरा को ऐसी आशंका न थी। उसने झट अपने को सँभाला उसका झोंटा पकड़ा और कुछ दूर ऊपर उठाकर नीचे पटक दिया। बोली—"तुम्हें इससे भी कड़ी सजा देती मैं, लेकिन आज माफ कर दिया।"

प्रतिमा विस्मित आँखों ताकती रही। नीरा ने पूछा—"आपको नोचा-वोचा तो नहीं?"

"नहीं।" संक्षेप में प्रतिमा बोली—अणिमा को लाजेंस का ठोंगा दिखाकर कहा—"उनसे कहना, मुझसे अब नहीं बनता। अब दूसरी आ भी गई है। मैं चली जाना चाहती हूँ। कहकर वह मैदान से उधर के घर की तरफ चली गई।

अणिमा-दी जरा हँसी—"मर जा तू!"

कमला भी हल्की हँसी हँसी। नीरा ने पूछा—"माजरा क्या है?"

"माजरा? माजरा मरने का, और क्या? ऊपर से आ पहुँची तुम? अब खैर है भला!"

कमला ने कहा—"रहते-रहते सब समझोगी। कुछ दिन रहो तो।"

अणिमा ने कहा—"खाक समझेगी। महादेव-जैसे इस आदमी की नाक में दम करके छोड़ा इसने।"

कमला बोली—"नाहक दोष देना। मन होता ही बड़ा नासमझ है।"

नीरा की संवेदना की सीमा न रही। वह समझ गई, प्रतिमा विनो सेन को प्यार करती है। विनो सेन भी जानते हैं, शायद हो कि प्यार भी करते हैं। फिर? फिर क्यों सता रहे हैं उसे? किसलिए? ऐसे आदमी का यह कैसा व्यवहार? उसे जरा लगी बात। मगर एकाएक वह ऐसा क्यों कर बैठी? मुझे देखकर? छि:।

उस रोज शाम को कमला और अणिमा से बातों के सिलसिले में बार-बार यही बात उठ उठ आती रही। अपनी चाची का जिक्र करते हुए नीरा ने कहा—"अजीब औरत! सात समन्दर-जैसा जहर। और चाचीजी के मामले में रात का सुनील आसमान तारों से जगर-मगर। मुझे कुछ दिन स्नेह किया, अगाध स्नेह। और आजीवन घृणा की, डाह की उसी से जीवन मेरा आज भी जर्जर है।"

कमला-दी बोल उठी—"ऐसे लोग होते हैं, हैं..."

अणिमा ने कहा—"प्रतिमा को ही देख लो। क्यों कमला!"

"हाँ, बहुत मिलती है।"

नीरा चुप थी।

जरा देर बाद बात नीरा के प्रसंग पर आई। नीरा अपनी कहती जा रही थी। कहते-कहते हिना की चर्चा आ पड़ी—"अजीब माँ की अजीब बेटी। समझीं, चूँकि खुद उसने वैसी हरकत की, इसलिए शादी के बाद पति पर जासूसी करने लगी। कहाँ कुरते में लम्बा बाल लगा है, कहाँ कैसी खुशबू आ रही है..."

नीरा को अपनी बात खत्म करने का मौका नहीं मिला। मोटी अणिमा-दी हँसते-हँसते ढुलक-सी पड़ीं। कमला को ठेलकर कहा—"कसम, बहन कमला, ईश्वर की कसम, वे भी वही करती हैं।"

नीरा ने अचरज से कहा—"कौन?"

अणिमा-दी की हँसी जलप्रपात की नाईं छलकती रही। बोल नहीं सकीं। नीरा टुकुर-टुकुर ताकती रही।

कमला ने कहा—"वही प्रतिमा-दी।"

इसी समय विनो सेन ने आवाज दी—"नीरा!"

"जी!"

विनो सेन अन्दर आए। कहा—"ओ, त्रिमूर्ति! वेरी गुड।"

रात को एक बार सबको निश्चित खोज लेते विनो सेन।

इस अनिवार्यता नियम का आज व्यतिक्रम हुआ। दो साल के बाद आज विनो सेन नहीं आएँगे। आने की हिम्मत न करेंगे। आवाज नहीं दे पाएँगे आज।

उनसे सारा नाता टूट गया। शाम को ही सब चुक गया। अब वह चली जाएगी।

गाड़ी आ रही थी। पहियों की थिरकन से रोशनी काँप रही थी। उधर से कुछ लोग आ रहे हों जैसे। कौन? अणिमा-दी, कमला-दी—और कौन? मास्टर साहब। उनके पीछे चारु बाबू। और कौन? विनो सेन।

अजीब बेहया आदमी!

नौ

हाँ वही तो! विनो सेन।

हाथ में एक भारी-सा लिफाफा, बिना किसी भूमिका के सहज स्वर में कहा—"लीजिए। इसमें आपकी तनखा और प्राविडेंट फंड के रुपए हैं।"

नीरा ने एक बार उनकी ओर ताका और नजर फेरकर बोली—"मेज पर रख दीजिए।"

विनो सेन ने रख ही दिया। बोले—"लेकिन उसे देख लेना होगा। लिखी-लिखाई रसीद उसमें है। सही कर देनी होगी उस पर।"

जरा हँसकर बोले—"सही के बिना चारा क्या? सरकार को हिसाब देना पड़ता है आप जानती हैं।"

धरती के उत्ताप की नाईं मन के तीखेपन को मन में ही दबाना पड़ा। उद्गार कुछ देर पहले निकल ही चुका था। उच्छ्वास के उत्ताप निःशेष हो चुका था—उस पर मनोरंगमंच पर स्मृति के अभिनय से वह उदास हो गई थी। या विनो सेन के प्रति पहले ही श्रद्धा-भक्ति के याद आ जाने से वह कुछ

नरम पड़ गई थी। या कि कोई मौन प्रश्न उसे ताकते हुए चुप था। न बोलकर भी वह मानो कह रहा हो, इतने दिनों का सब कुछ झूठा और आज की यह इतनी-सी बात ही परम और चरम सत्य हो उठी।

इस प्रश्न का उत्तर तो है, परन्तु हर समय दिया नहीं जा सकता। भिखमंगे को भिखमंगा कहें तो सत्य ही कहना होगा; लेकिन चाहे आँखों की शरम से या दया से, जो कि दरअसल दुर्बलता है, कहा नहीं जाता। सो विदाई की घड़ी में जब सबके साथ बेहया-से विनो सेन भी आए तो उससे कहते न बन रहा था कि आप जितना बड़ा बेशरम आदमी मैंने जीवन में नहीं देखा।

खैर! यह कटुता मन ही में रहे। उसने लिफाफे में से हिसाब की तफसील देखी और सही बनाकर बढ़ाते हुए बोली—"लीजिए।"

रसीद को जेब में रखकर विनो सेन ने कहा—"स्कॉलरशिपवाला कागज पहले ही दे चुका हूँ। मेरी कृपा समझकर उसकी उपेक्षा मत करना। यह तुम्हें सुयोग्य लड़की के नाते मिला है।"

जरा रुककर बोले—"मेरे 'तुम' सम्बोधन से नाराज हो रही हो। मगर कहूँगा तुम। उम्र में बड़ा हूँ। बहुत स्नेह किया है। आप कह नहीं पा रहा हूँ। इसके लिए क्षमा भी माँगते नहीं बनता। अच्छा तो मैं चला, तुम्हारा कल्याण हो।"

विनो सेन चले गए।

कुछ देर सब काठ के मारे-से खड़े रहे। रहे वहीं, किसी ने मानो बुत बने रहने को विवश बना दिया। लाचार, नीरा भी स्तब्ध हो रही। विनो सेन की गलती और उस गलती के लिए नीरा ने जैसा निष्ठुर अपमान उनका किया, उस सब कुछ को निराशक्ति से झाड़-पोंछकर इस सहज भाव से आकर खड़े होने में, विदाई देने-लेने में अचरज का निश्चय ही बहुत कुछ था। इससे भी ज्यादा कुछ था, जो अव्यक्त था, अथवा जिसने अनुभव से सबको स्पर्श किया था। विनो सेन का यह क्षोभहीन प्रकाश बड़ा ही करुण था, बड़ा ही व्यथापूर्ण।

नीरा की भवें जुड़ी एवं मोटी हैं। उन दोनों भवों के जोड़ पर सिकुड़न की रेखा फूट आई—बुझे हुए ज्वालामुखी के मुँह-जैसी।

इस मौन को पहले बूढ़े अध्यापक ने तोड़ा—"नीरा बिटिया!"

नीरा ने उनके मुँह की तरफ देखा, हँसने की कोशिश करके भरसक सहज भाव से कहा—"मैं आपके पास जाती।" जरा रुककर बोली—"डर जरूर था, मना कर दें आप।"

मास्टर साहब ने कहा—"नहीं बिटिया, सो क्यों कहूँ? वह कहने आया भी नहीं। नहीं जानता, तुमसे कहना ठीक होगा या नहीं, विनो सेन ने खुद ही मुझसे कहा—उसे रोकने की कोशिश न करें। मैं उसका या तुम्हारा, किसी का विचार नहीं करता। आखिर बूढ़ा हुआ न! बहुत-बहुत देखा। मैं तुम्हें आशीर्वाद ही करने आया हूँ। लेकिन जी में खटकता है, रात को जाओगी।"

अन्तिम बात से ही बात में उत्तर देने का मौका नीरा को मिल गया। वह बढ़ी। पाँव पर हाथ रखकर प्रणाम किया। बोली—"अब मुझे रोकें नहीं। मेरा मन विषाक्त हो उठा है।"

उसके बाद वह कमला-दी और अणिमा-दी की ओर मुड़ी। इतने दिनों साथ-साथ काम किया, हँसी-रोई, छोटे-बड़े कितने झगड़े, कितनी सघन घनिष्ठता से मन की बात कहने-सुनने की साथिन! वे अब तक चुप खड़ी थीं। उसकी वजह से उनको दुख पहुँचा। जो भी हो, सोचने-विचारने का वक्त न था। बोली—"तो चलूँ मैं कमला-दी अणिमा-दी!"

हँसने की भी कोशिश की।

"अच्छा बहन! कहूँ भी क्या?" अणिमा-दी ने भी हँसने की चेष्टा की।

नीरा ने गाड़ीवान से कहा—"सामान लाद लो बंकू! सहारे के लिए कोई चाहिए, है न?"

बंकू का नाम है बाँकू राय। वह बोला—"आदमी आ रहा है दीदी जी! अरे ओ राखोहरी! जरा कदम बढ़ाओ" फिर नीरा से बोला—"हम तीन जने साथ जाएँगे। बाबूजी का हुक्म है।"

गाड़ी पर चढ़ते-चढ़ते फिर संक्षेप में विदाई-संभाषण। तो चलूँ?—अच्छा जाओ—बस। शब्दों के साथ हँसने की वैसे ही कोशिश।

सिर्फ मास्टर साहब ने कहा—"स्कॉलरशिप जरूर लेना बिटिया! उसे मत टालना। तुम्हारे जीवन की जो गति है, तुममें जो योग्यता है, उससे देश को भी कुछ मिलेगा, तुम स्वयं भी सार्थक होगी।"

"सोचूँगी।"

गाड़ी चल पड़ी। ईंट की गिट्टियों पर लाल रोड़ों की सड़क। देखने में बड़ी अच्छी। लेकिन पहियों की खड़खड़ाहट के साथ गाड़ी काँप-काँप उठने लगी—हिचकोले पर हिचकोले। दिमाग की चिन्ताएँ बिखर जाने लगीं। आश्रम पीछे हो जाने लगा। कैसा तो करने लगा मन! कई सालों के मीठे जीवन की स्मृति। आनन्द कोलाहल से मुखर, आशा-उत्साह से उद्दीप्त छह साल! कितनी कल्पनाएँ, कितनी उम्मीदें! ओह! आज शाम तक भी वह सोच रही थी, स्कॉलरशिप लेकर विलायत जाएगी। बच्चों की शिक्षा पर विशेष अध्ययन करके लौटेगी। इस आश्रम को एक आदर्श आश्रम में परिणत करेगी। आश्रम के पास ही थोड़ी-सी जमीन लेकर छोटा-सा मकान बनवाएगी अपना। बाधा पड़ गई। घर के बाद की जो कल्पना हो सकती है—घर-गिरस्ती, उसके बाद?

नः, इसके पहले शायद कभी ऐसा प्रश्न, ऐसी कल्पना गम्भीर होकर नहीं आई थी। पति-पुत्र की चर्चा पर वह पहले ही कह चुकी है—नः! बचपन की हद है। पति? पागल! नीरा के भी पति हो सकता है? कौन? कौन हैं वे?

आज उस प्रश्न के सामने आते ही वेदना और उदासी से वह अभिभूत हो गई।

दूसरे ही क्षण वह सँभल गई। छिः। यह सब क्या सोच रही वह? जीवन का एक तुच्छ प्रलोभन इतना बड़ा हो उठा? छिः!

वह चला है रास्ता—लाल माटी का रास्ता। वन-भूमि पार होकर दुर्गापुर में दामोदर बराज को पार करके कोलतार की सड़क कलकत्ता से देश-देशान्तर को चली गई है—जल-मार्ग से, गगन-पथ से। मानसर यात्री की नाईं इस आश्रम से बड़े, बृहत्तर जीवन की ओर—अकेले-अकेले।

"होशियारी से बंकू! वह वहाँ जंगल में कई दिन से भालू बड़ा उपद्रव मचा रहे हैं। भाला-वाला साथ लिया है गोबिन्द?"

नीरा चौंक उठी। विनो सेन का गला। वह पीछे ताक रही थी। याद ही न रहा, बाईं तरफ विनो सेन का घर है। बरामदे पर रोशनी न थी। चुरट मुँह में लगाए विनो सेन अँधेरे में खड़े थे।

और वह? बगलवाले घर में रोशनी जल रही थी। खिड़की के पास वह कौन? आँखों में धारवाली दृष्टि। जितनी अतृप्ति उतनी ही निष्ठुरता, उतना ही आक्रोश। प्रतिमा खड़ी थी। अभागिन लड़की, लेकिन अकपट।

विनो सेन, भाग्यशाली लेकिन प्रवंचक।

नीरा ने कहा—"जरा तेज ले चलो बंकू, स्टेशन पर थोड़ा सो पाऊँगी।"

"जी माँजी! बढ़ता हूँ, देखिए न! बैल की पीठ पर हाथ रखकर पैर से पेट में एड़ लगाई।"

गाड़ी आश्रम का फाटक पार करके सदर रास्ते पर पहुँची। दोनों रास्ते जहाँ पर मिले थे, वहाँ पर चारों तरफ से माटी की वेदी बँधा एक महुए का पेड़ था।

इस पेड़ से आश्रम के सभी लोगों का बड़ा गहरा एवं मधुर सम्बन्ध था। सखुए-पलाश के कुछ तरुण पेड़ों के बीच छाते-जैसा फैला यह सघन पेड़। नीचे की वेदी बहुत दिनों की बनी थी। हर रोज किसी न किसी वक्त आश्रम के लोग यहाँ आकर बैठते। बच्चे डालों से झूला करते। मास्टर साहब और विनो सेन सवेरे सूर्योदय देखते। वह भी बहुत बार आई। इधर तो लगभग रोज ही आती थी। कभी वह पहले ही आ पहुँचती। विनो सेन गीत गाते-गाते आते—तोड़ द्वार आए हो ज्योतिर्मय: तुम्हारी ही हो जय! तिमिर विदार उदार अभ्युदय: तुम्हारी ही हो जय! अणिमा-दी, कमला-दी भी आतीं। कितने गीत, कितने हँसी-मजाक।

इससे पाव कोस आगे ही घने जंगल की शुरुआत। बीच से कोलतार की सड़क। गाड़ी मजे में चलने लगी। नीरा आश्रम में आने के दूसरे ही दिन इस पेड़ के नीचे आई थी। छुट्टी के बाद अणिमा-दी ने कहा था—चलो घूम आएँ। बड़ी अच्छी जगह ले चलूँगी।

जगह देखकर नीरा मुग्ध हो गई थी। दिन भर काम की थकान के बाद यह जगह उसे बड़ी भली लगी थी।

दस

दूसरे ही दिन से कर्म-जीवन शुरू हो गया था उसका।

निस्तब्ध रात। गाड़ी कुछ दूर तक तो तेजी से चली, फिर धीमी हो गई। बैलों की वही सनातन चाल। जंगल के दोनों ओर झींगुरों की अविराम झंकार। बाँकू बैलों को डाँट बताई और नाक से एक अजीब सी आवाज निकाली। नीरा समझ गई, बाँकू बैल की पूँछ ऐंठ रहा है।

सँपनी के भीतर बैठी नीरा जरा हँसी। आश्रम में पहुँचने के दूसरे दिन की, जिस दिन उसने काम शुरू किया, बात याद आई। विनो सेन खुद अपने साथ ले गए। परिचय देकर...।

गाड़ी किसी खंदक से गुजरी। हिचकोला लगा। उससे भी लेकिन बाधा नहीं पड़ी। याद आने लगा। जीवन में याद आना एक बार शुरू हो जाए तो थमता नहीं। खासकर किसी संकट या संघर्ष के समय अगर शुरू हो।

जीवन-नाटक फिर शुरू हो गया।

दूसरे दिन से आरम्भ हुआ कर्म-जीवन।

विनो सेन ने स्वयं जाकर लड़कों से नीरा का परिचय कराया—"ये हैं नीरा-दी, समझ गए? ये तुम्हें हिसाब बताया करेंगी, इतिहास पढ़ाएँगी और मैदान में चराया-खेलाया करेंगी।"

मैंने सुना, कल दो मुस्टंडों को इन्होंने सर किया है। देखते नहीं, कितनी लम्बी हैं, हाथ कैसे हैं! उसका हाथ खींचकर दिखाया उन्होंने। फिर उतनी ही मीठी है शक्ल, उतना ही मीठा मन। तुम लोगों के लड़ाई-झगड़े का फैसला भी किया करेंगी। अपनी माताजी को तुम लोग बहुत तंग करते हो। वे बड़ी सीधी-सी हैं। शरारत नहीं सह सकतीं। उनकी तरक्की हो गई। वे अब से अपील सुना करेंगी और ये सब कुछ देखेंगी। दफ्तर में बैठेंगी।

विनो-दा के साथ दर्जे में प्रतिमा भी आई थी। खुशी मन से ही आई थी। नीरा अणिमा-दी की बात याद करके कुछ हैरान हुई थी। कहाँ, नाराज तो नहीं हुई प्रतिमा। दर्जे में हँसकर नीरा को बैठाकर प्रतिमा विनो सेन के साथ चली गई थी। नीरा ने कहा—"तुम्हारी तरह मेरे भी माँ-बाप नहीं। इस नाते मैं वास्तव में तुम लोगों की दीदी होती हूँ। है न?" बच्चों ने तोते की तरह कहा—"हाँ।" आधे ही घंटे में नीरा सचमुच उन सबकी अपनी हो गई। क्लास खत्म होते-होते उसे लगा, यही उसके जीवन का सबसे अच्छा काम है। योगी योग करे, भोगी भोग करे, वह यही करेगी जिन्दगी भर। बड़ा अच्छा लगा। खुशी-खुशी कैसे जो दिन बीत गया, पता ही न चला। क्लास ही में सब समय नहीं, खेतों में, पेड़ के नीचे। एक मास्टर बच्चों को खेती सिखाया करते अणिमा-दी दोपहर को ऊँघने लगतीं। उस समय शोरगुल होता तो आगबबूला हो जातीं। पीटने लगतीं। कमला-दी तीसरे पहर तक थक जातीं। नीरा की ड्यूटी खेल के मैदान में थी, लिहाजा उसे एक घंटा पहले छुट्टी मिल जाती। दफ्तर में किताबें रखने गई तो प्रतिमा से बातें भी हुईं। मितभाषी थीं। तन-मन से सबल नहीं, दुर्बल, तिस पर जीवन का दुख मन में। बोलीं—"तुम्हारे बारे में उनसे, यानी तुम लोगों के विनो-दा से, सुना। बड़ी बहादुर हो तुम, बड़े जीवट की।"

नीरा ने कहा—"नदी में फेंक देने से सब कोई तैरना सीख जाता है। चाहे भगवान कहिए, चाहे भाग्य—मुझे उसने पानी में फेंक दिया था। करूँ भी क्या, हाथ पैर पटकते-पटकते किनारे लग गई।"

प्रतिमा में एक अजीब उदास-सी हँसी। वह हँसी लोगों को अच्छी नहीं लगती। आज लेकिन उसकी वह हँसी नीरा को अच्छी लगी। वह उदास हँसी होंठों पर फूट पड़ी। स्थिर दृष्टि से प्रतिमा ने शायद अपने जीवन की ओर देखकर गरदन हिलाते हुए कहा—"नहीं। नहीं, पानी में डाल देने से ही कोई तैरना नहीं सीखता, सीख नहीं सकता। तुम्हारे बारे में सुना, तुम नदी में गिरकर बहाव में बहीं; शक्ति थी, तैरना भी सीख गईं। लेकिन जो समुद्र में गिरते हैं। जिसकी कि थाह नहीं, पार नहीं, किनारा नहीं? बाप रे! असल में भाग्य की बात। शक्ति की भी।"

नीरा ने हँसकर कहा—"भाग्य मैं नहीं मानती। मगर अपने जीवन की घटनाओं से लगता है, भाग्य चाहे हो न हो, समय नाम की एक चीज है। अरे रे, यह क्या किया, यह क्या?"

प्रतिमा बही के पन्ने फाड़ रही थी। जिस बही में लिख रही थी, उसी पर हाथ रखकर बात कर रही थी। अचानक उसके पन्ने को नोच डाला, गो कि नजर नीरा पर थी।

नीरा के कहने पर नजर झुका ली। शायद सोचने लगी, यह किया क्या!

मरम्मत कर देने के खयाल से नीरा ने बही के लिए हाथ बढ़ाया—"दीजिए गोंद से चिपका दूँ।"

स्प्रिंग को खींचिए तो वह जैसे खुद सिमिट जाता है, उसी तरह बही लेकर प्रतिमा का हाथ उसकी गोद की तरफ खिंच गया। उसका मन मानो उधर था नहीं। यो कहिए, होश न था। बही को खींचकर बोली—"शिवनाथ बाबू के यहाँ इनसे कै बार भेंट हुई थी?"

आज की दुर्घटना के बाद गाड़ी पर बैठकर जाते हुए इस पर जितनी बारीकियाँ, मन की छिपी बातें मालूम होने लगीं, उस दिन उतनी न हुई थीं। थोड़ा जरूर हुआ था। हँसी आई थी उसे। थोड़ी खीज भी हुई थी। ऐसी नीच है! वैसे आदमी पर ऐसा सन्देह! आज समझ रही है कि सन्देह की आखिर वजह क्या थी?

खैर!

उस रोज अपने को जब्त करके हँसकर ही कहा था—"बस, इसी बार तो।"

"सो क्या? वे तो दिल्ली जाते हुए कई बार कलकत्ते गए?"

"नहीं कह सकती। डेढ़ साल के अन्दर मैंने तो नहीं देखा। मैं झूठ नहीं बोलती। जो बोलते हैं, उनसे नफरत करती हूँ। और जो सच कहने पर यकीन नहीं करते हैं, उनसे कहती हूँ, विश्वास करो, ठगे भी जाओ तो जीत है, मगर अविश्वास करके ठगाए तो मिट्टी के नीचे मुँह गाड़ने से भी अपने आगे शर्मिंदगी नहीं जाती।"

प्रतिमा उन बातों का अर्थ तो क्या समझे, शायद सुना भी नहीं। क्योंकि अचानक अचकचाकर बोल उठी—"हाँ-हाँ, वे इधर कई बार आसनसोल से ही गए-आए।" प्रतिमा ने नीरा का हाथ थाम लिया। बोली—"कल तुमसे बातें नहीं हो पाईं। उन लड़कों ने वैसा किया। कुछ अन्यथा तो न सोचा।"

"नहीं-नहीं। वास्तव में आपका जैसा कोमल हृदय और नाजुक शरीर है कि सँभलता नहीं। गिरा देते वे आपको। मगर आप बड़ी भली हैं, इसी से उनको वश में रहना चाहिए।"

खेल के मैदान में कमर कसे खड़ी रही। खड़ी ही न रही, जो-जो गिरा, उसे उठाया। गर्द झाड़कर उन्हें फिर से जुटाया। विनो सेन होंठों पर चुरट रखकर देख रहे थे। कहा—"वोंडरफुल। कंग्रेचुलेशन।"

मैदान से लौटी, तो अणिमा-दी ने कहा—"भूतों को नचाना तो हुआ, अब चलो हम प्रेतिनों का नाच जरा हो ले। एकान्त में जरा रो-गा लें, और क्या!" नीरा ने कहा—"मतलब?"

"मतलब कि चलो अपने कुंजवन में घूम आएँ। खूब जगह है। और वे यानी, कमला, अणिमा और वह, तीनों जने पेड़ के नीचे पहुँचीं। पहुँचीं कि प्रतिमा वहाँ से उठी..."

अणिमा-दी ने कहा—"हो गया घूमना?"

"हाँ, बैठो। मैं देर से आई हूँ।"

चली गई वह। अणिमा ने कहा—"गनीमत कहो कि आज नीरा का महिषमर्दिनी रूप इसने देखा नहीं!"

नीरा बोली—"नहीं-नहीं। आप लोग बहुत बढ़ा-चढ़ाकर कहती हैं। आज तो मुझसे बहुत बातें हुईं। मुझसे कहा—अन्यथा मत सोचना।"

अणिमा-दी बोलीं—"कल डेढ़ घंटे तक लेक्चरफांइग हुआ न!"

"यानी विनो दा?"

—हाँ। रोज एक लेक्चर। आए, समझ लो सबकी खोज-खबर लेंगे। आदमी शिव हैं। उसके बाद उसके कमरे में कभी आध घंटा। अवश्य, धर्मशास्त्र पढ़ाया करते हैं—गीता, जात का मगर सुनता कौन है? वह राख ढकते जाते हैं, वह उसाँसें भरती जाती है। समझ ही नहीं सकती कि विनो सेन—जैसा आदमी किसी को प्यार नहीं करता, प्यार कर नहीं सकता।"

नीरा ने कहा—"आखिर क्यों? वे आखिर हैं क्या कि किसी को प्यार नहीं कर सकते? देवता हैं कि अवतार?"

यह आलोचना लम्बी हुई थी। पूरी याद नहीं, नाटक में उसकी जरूरत भी नहीं। जीवन पर जब नाटक लिखा जाता है, तो छँट-छँटाकर जो भविष्यत का बीज और वर्तमान की फसल बच रहती है, वही काम आती है।

साँझ जब जरा गाढ़ी आई, तब वे लोग लौटीं। आज मास्टर साहब से पढ़ने का श्रीगणेश करना था, सो लौटने को उतावली थीं।

लौटकर सब अणिमा-दी के कमरे में गईं। छोड़ा नहीं उन्होंने। बोलीं—"आओ-आओ। प्रेम जब किया नहीं और न करना ही है तो पढ़ना तो जिन्दगी भर रह जाता है। पर पड़े रहने के सिवाय करने को कुछ रहेगा ही नहीं। इतनी हड़बड़ी क्या है?"

मजे की हैं अणिमा-दी। समझना मुश्किल है कि इस मोटी औरत के जीवन में सुख बड़ा है कि दुख।

जाते-जाते नीरा ने कहा—"यानी प्रेम करने से पढ़ाई नहीं होती? अणिमा ने कहा—उँहूँ। प्रेम हो तो पढ़ना दिन का तारा है। बहुत तो हलदी लगे कोंहड़े का फोंक यानी चाँद कह सकती हो। और पढ़ने में डूबी तो प्रेम रात का सूरज। पढ़ा-लिखा कि मास्टरनी का मिजाज। पति से हेडमास्टर, सेकंड मास्टर-जैसी अनबन। अन्त में इस्तीफा, जुदाई। भई, यह नहीं होता, नहीं होता।"

नीरा हँसकर बोली—"खैर, नहीं सही, मगर यह भई क्यों? मैं क्या मर्द हो गई?"

अणिमा बोलीं—"मर्द होती तो जी जाती, ग्रह कट जाता। यह बोली है इधर की। सब सीख जाओगी, विनो सेन सब सिखा देंगे। और तुम्हें गीत सिखा दूँगी। भला!"

कमला बोली—"खूब गाती हैं अणिमा-दी। और नाच, वाह रे वाह!"

"सच अणिमा-दी?"

अणिमा-दी को कोई बात दुबारा नहीं कहनी पड़ती। बोलीं—"दरवाजा लगा। खिड़की भी।"

कमर से कपड़े को कस लिया, उसे खींचकर कमरे के बीच में खड़ी करके खुद फर्श पर बैठ गई और एक हाथ बढ़ाकर बोली—"जब उठाने को कहूँ, तो उठा लेना"—और गाने लगी—

प्रेम सखि शूल रे
प्रेम सखि शूल।
सोचूँ तो सोच मरूँ
कहाँ कहो कूल रे।

हाथ पकड़कर उठा देते ही नीरा को गले लगाकर गाने लगी—

सखि विखरा दे चूल
मेरा विखरा दे चूल
मैं खोसूँगी न फूल।
विष से जर्जर तन
हर घड़ी हिये हूल। सखी...

उसके बाद थेई-थेई नाच। नीरा अपने को रोक न सकी। हँसते-हँसते लोट-पोट। मोटी अणिमा-दी के नाच से बचपन के देखे हुए भालू-नाच से कोई फर्क न था। अणिमा-दी खुद भी जानती थीं यह, मगर सखियों से उसे कोई शर्म ही न थी। वह नाचती ही जा रही थीं कि बाहर भारी गले की पुकार। गजब! विनो सेन! जीभ काटकर अणिमा-दी ने कपड़े सँभाले, बाल सहेजा झटपट।

विनो सेन ने द्वार थपथपाया—"बात क्या है? अणिमा-दी का नाच चल रहा है शायद?"

दरवाजा खोलकर हाँफते हुए अणिमा-दी ने कहा—"नहीं तो!"

विनो सेन बोले—"नहीं तो! अभी भी हाँफ रही हो।"

और नीरा पर नजर पड़ते ही बोले—"बाप रे, यह तो त्रिमूर्ति! नीरा समेत! खेल के मैदान में मूरत देखी न इसकी? जो उड़ रहे थे बाल! वोंडरफुल!"

नीरा ने कहा—"यह सब कहेंगे तो मैं खेल-कूद का भार नहीं ले सकूँगी।"

"अच्छा-अच्छा, नहीं कहूँगा। लेकिन बड़ी खुशी हुई। तुमने मेरी समस्या का समाधान कर दिया। अनुमान किया था कि लड़के तुम्हें पाकर खुश होंगे, सो हुए। अब मास्टर साहब से पढ़ो जाकर, वे बैठे हुए हैं। तुमने मेरी समस्या मिटाई, अब तुम्हारी समस्या मिटा पाऊँ तो मैं और भी खुश हूँगा। चलो।

अणिमा-दी ने पूछा—"प्रतिमा-दी के यहाँ नहीं जाएँगे?"

"हो आया मैं।"

बूढ़े मास्टर साहब चुपचाप बैठे थे। विनो सेन ने बार-बार कहा—"खबरदार, स्मृति के घर के दरवाजे पर धक्का मत देना—पुरानी बातें मत छेड़ना! भला!"

अँधेरे में चलते-चलते गरदन हिलाकर नीरा ने हामी भरी।

नीरा को वहाँ पहुँचाकर विनो सेन चले गए। सिर्फ इतना कह गए, गजब की लड़की है यह! इसे जैसा सिखाएँगे, सीखेगी। पढ़ाकर आप खुश होंगे, यह मैं जोर देकर कह सकता हूँ।"

कुछ ही क्षणों में पढ़ाई शुरू हो गई। कोई परिचय नहीं, कोई भूमिका नहीं। वे बोले—"पढ़ो विटिया, शुरू करो।"

नीरा ने शुरू कर दिया। उसके बाद तो दुनिया ही दूसरी—इसी दुनिया में मानो और एक दुनिया का दरवाजा खुल गया। उस दुनिया में गुरु और शिष्या ही केवल। ढाई घंटे के बाद बूढ़े ने कहा—"आज अब बस करो।"

नीरा ने किताब बन्द की। उन्होंने पूछा—"पढ़ने में अच्छा लगा?"

नीरा कह उठी—"ऐसा तो आज तक किसी ने पढ़ाया नहीं। मैं जानती भी न थी कि इस तरह से पढ़ाया जाता है।"

मास्टर साहब बोले—"उपनिषद में है, शुरू में ही गुरु-शिष्य को प्रार्थना करनी चाहिए। प्रार्थना करनी चाहिए कि हम दोनों की लगन एक हो, आसन एक हो। समान। और अन्तिम बात—विद्विषाव है, यानी परस्पर के प्रति विद्वेष न रहे। अनुराग रहे।"

नीरा ने उनके पाँवों की धूल ली। आवेगवश बोल उठी—"पिता-माता का मुझ पर जीवन-प्राण का ऋण था। और किसी का कोई ऋण न था। आज नया ऋण लिया आपसे इसे चुकाने..."

"नहीं-नहीं चुकाना-वुकाना नहीं। कुछ देने की न सोचो।" उन्होंने एक उसाँस ली। बड़ी देर के बाद बोले—"लेने को कुछ रहा नहीं बेटी! सब गया, किसके लिए लूँ? लेकर करूँ क्या? हाँ जो कुछ है, जब तक बने, देता जाऊँ। जब सुविधा हो, आ जाना। पढ़ा पाता हूँ, तो सब भूल जाता हूँ। तुमने मुझे बचा लिया।"

लौटी तो दस बज रहे थे। बाहर विनो-दा के गाने की आवाज सुनाई दे रही थी। बरामदे में लालटेन जल रही थी। एक किताब भी पड़ी थी। एक ओर चित्र बनाने वाला स्टैंड—रंग और कूँची। बरामदे के एक छोर पर खड़े आसमान की ओर देखते हुए गा रहे थे। मिट्टी का कोई ढक्कन नीरा के जूते के नीचे टूट गया। उसी आवाज से विनो सेन ने पलटकर ताका—"कौन, नीरा?"

"जी!"

"पढ़कर लौट रही हो शायद?"

"जी हाँ।"

"लेकिन रोशनी क्यों नहीं ली? यहाँ साँप बहुत हैं।"

"जरा-सा तो जाना है।"

"नः। रुको। थोड़ी ही देर पहले एक बहुत बड़ा साँप निकला था।" वे टॉर्च लेकर रास्ते पर उतरे। पूछा—"कैसी रही पढ़ाई?"

"बहुत अच्छी।"

"सचमुच बहुत अच्छा पढ़ाते हैं। संसार उजाड़ कर देना चाहते हुए भी सबसे यह नहीं बनता। मनुष्य की सबसे बड़ी ट्रेजेडी शायद यही है। जो ऐसा

कर सकता है, वही महान पुरुष है। मास्टर साहब उन्हीं में से हैं। उनकी ट्रेजेडी उलटी है। वे जितना देना चाहते हैं, उतना लेने वाला नहीं मिलता। उनसे अच्छी तरह पढ़ो।"

उसके बाद अचानक बोले—"प्रतिमा को थोड़ा बरदाश्त करना। उस पर रहम रखना। वह बड़ी दुखिया है। वह—तुम्हें कह रखना ही ठीक है—उसने तुम्हें पसन्द नहीं किया है। पूछना मत। सिर्फ जान रखो। हाँ!"

अपने कमरे में आकर बैठी तो चुप हो रही वह। भवें सिकुड़ गईं। क्यों? उन्होंने पसन्द क्यों नहीं किया? क्या सोचती हैं वे कि मैं विनो-दा को प्यार करती हूँ? नहीं। मैं तो पढ़ने-पढ़ाने आई हूँ। अपनी राह मैं बना लूँगी।

नए दिगंत में जिसने अपनी नाव छोड़ी,
अँधेरे सागर की छाती पर नक्षत्र की जोत उसे पुकारती है।

उसके जीवन-आकाश के क्षितिज पर विनो सेन एक नया नक्षत्र है। उनकी जोत में उसने अपनी राह पहचानी है। प्रतिमा-दी, नीरा उन्हें पीछे छोड़कर बढ़ जाएगी। विनो सेन तुम्हारे जीवन के ध्रुवतारा हैं, तारा नहीं। नारी-जीवन में एक का ध्रुवतारा दूसरे का नहीं होता।

विनो सेन के गले की आवाज तब भी सुनाई पड़ रही थी।

ग्यारह

आश्रम का नियम से बँधा-बँधाया काम। तड़के उठो, जल्दी-जल्दी हाथ-मुँह धोओ। कपड़े बदलकर जैसे-तैसे बाल सँवारकर निकल पड़ो। उधर घंटा बजने लगा—टन्-टन् टन न् न् न्।

प्रतिमा छोटे बच्चों के दरवाजे पर खड़ीं। बच्चे आते हैं, प्रणाम करते हैं। वे माथे पर हाथ रखती जाती हैं। आशीर्वाद और उत्ताप देखना साथ-साथ। कल के पुतले-सा काम।

नीरा उन्हें स्तोत्र पाठ कराती और खड़ी रहकर जलपान कराती। रोगी के लिए दूध-अंडा। बाकी सबके लिए भीगा चना, गुड़, रोटी। बीच-बीच में मौसमी फल-खीरा, खरबूजा, कभी आम, जामुन, कटहल। उसके बाद थोड़ा-सा हो-हल्ला।

विनो सेन खुद वह हो-हल्ला कराते। साँप और मेढक का खेल। बाघ और हिरण का खेल। पहाड़ और नदी का खेल। सारे खेलों का आविष्कार उन्होंने ही किया था।

लड़के मेढक बनते। मैदान में फैलकर बैठ जाते। टर्र-टर्र चिल्लाते। किसी-किसी दिन विनो सेन स्वयं साँप बनते या कोई बड़ा लड़का बनता।

साँप आकर मेढक को पकड़ लेता। बाकी मेढक थपाथप भाग जाते। उसके बाद लड़ाई। रेफरी सीटी बजाकर बता देता, मेढक मर गया या कि साँप और मेढक दोनों मर गए। मतलब कि साँप के मुँह से मेढक बड़ा था, सो निगल नहीं सका और दोनों ने दम तोड़ दिया। क्योंकि साँप एक बार शिकार पकड़कर छोड़ नहीं सकता। साँप-मेढक दोनों मर जाते तो बाकी मेढक वहाँ इकट्ठे हो जाते। और मरे साँप पर उछलकर टर्र-टर्र शोर मचाते।

रेफरी विनो सेन बनते। जिस दिन वे साँप बनते, उस दिन रेफरी होती प्रतिमा-दी। नीरा को फुर्सत रहती। वह पढ़ती। धीरे-धीरे अभ्यस्त होती जा रही थी। प्रतिमा भी बहुत बरदाश्त करने लगी थी, हाँ, तिर्यक होकर उसका ताकना नहीं गया। कभी-कभी जब वह विनो सेन से बात करती होती, तो अचानक ओट में कहीं आँचल दिख जाता या किसी पेड़ की आड़ से किसी मूर्ति की छाया नजर जा जाती। नीरा ने बहुत बार फुसफुसाकर कहा—"प्रतिमा-दी हैं?"

विनो सेन उसी समय हँसकर मीठे स्वर से पुकारते—"अरे, प्रतिमा! आओ-आओ, खड़ी क्यों हो?"

प्रतिमा पहले तो लाचार बैठ जाती। विनो सेन उसे बिठाकर लम्बी आलोचना शुरू कर देते। कुछ ही देर में प्रतिमा उसे खुश करने लगती। कहती—"मैं चलती हूँ।"

"बैठो-बैठो, जल्दी काहे की है?"

हाथ-पैर बाँधकर उसे डुबाया जा रहा हो, कुछ ऐसी हालत हो जाती प्रतिमा की। बोल उठती—"काम है। मैं जा रही थी, आपने बुला लिया।"

"काम है तो रोकूँ भी कैसे! लेकिन मुझे जरा काम था। एक प्याला चाय पिलाओ तो...।"

धीरे-धीरे छिपकर सुनना भी जाता रहा। क्योंकि नीरा और विनो सेन की बातों में हँसी-मजाक की तो कमी नहीं होती, मगर प्रेम की बू-बास न थी।

एक दिन की बात याद आती है।

कई दिन से विनो सेन ने हजामत नहीं बनाई थी। मैला कुरता-पाजामा पर ही काम चला रहे थे। विनो सेन बीच-बीच में ऐसा किया करते थे।

आज, इतने दिनों के बाद विनो सेन के स्वरूप का पता चलने पर नीरा ने समझा, वह उनके बहुत-से बनावटी रूपों में से एक है। उदासी-बैरागी के साथ साधुता का एक अभिनय।

छह साल से नीरा इस आश्रम में यही धारणा पालती आ रही थी कि सत् और असत् का जो भीषण संग्राम चल रहा है, उसमें एक न एक दिन सत् की ही जीत होगी। यह धारणा विनो सेन पर ही केन्द्रित थी। आज वह धूलिसात् हो गई। सत् नहीं है, सतता नहीं है। सब झूठ का नकाब, बनावट।

खैर! नाटक में लौट आओ। कई दिन से विनो सेन ने हजामत नहीं बनाई। मैला कुरता-पाजामा। उदासीन-वैरागी हो जैसे; या बेसुध कलाकार। कला के ध्यान में खोए। ऐसे आदमी पर श्रद्धा होना स्वाभाविक है। कभी देश के लिए पहले अपनी जान देने को तैयार रहनेवालों के साथी। फिर महात्मा जी की तपस्या से दीक्षित—उस पर कलाकार। ऐसे आदमी पर किसे श्रद्धा न हो। कौन अविश्वास करे? उसे भी खयाल था, यह उदासीनता नई सृष्टि की प्रेरणा से है। किसी चित्र की कल्पना आई है, जो पूरी नहीं हो पा रही है—सो वे आहार-निद्रा भूल बैठे हैं, साज-पोशाक की तो बात ही क्या?

मास्टर साहब के यहाँ जाते हुए नीरा ने देखा कि विनो सेन आकाश की ओर ताकते हुए चुरट पी रहे हैं।

नीरा अपने को रोक नहीं सकी। करीब जाकर खड़ी हुई। पूछा—“नया चित्र बना रहे हैं शायद?”

विनो सेन ने सूनी नजर से जरा देर के लिए ताका था। वह भी अभिनय था, आज इसमें कोई सन्देह न रहा।

उसके बाद ही विनो सेन की आँखें सचेतन कौतुक से झलमला उठी थीं बोले—“ठीक ही सोचा है।”

“कौन-सा चित्र?”

"वही तो नहीं पा रहा था। अब मिल गया। तुमने पूछा कि मिल गया। तुम्हारा चित्र।"

"मेरा चित्र? मेरा चित्र हो सकता है?"

"हो सकता है। बनाऊँगा। क्या बनाऊँगा? दुष्ट-दमनकारिणी या तपस्विनी? यही नहीं ठीक कर पा रहा हूँ।"

"सब बातों में मजाक!"

"क्यों?"

"चित्र रूप का, सुन्दर का प्रकाश है। मुझमें रूप कहाँ, कहाँ है सुन्दर?"

"है, है। नन्दलाल बोस का वह चित्र देखा है, महात्मा जी की डांडी यात्रा?"

"देखा है।"

"फिर?"

इसी समय घर के कोने वाले शिरोष पेड़ की आड़ में प्रतिमा का आँचल झलका। विनो सेन ने कहा—"प्रतिमा-जैसा रूप सबके नहीं, तो भी रूप सब के होता है। मैं जो मैं हूँ, मेरा भी एक रूप है। सोने पर जब नाक बजती है, तो वह फूट उठता है। मुँह खुल जाता है, गाल फूल-फूल उठते हैं। अद्भुत!

प्रतिमा का आभास मिल जाने के बावजूद नीरा हँस उठी थी बोली—"लेकिन उसे देखा कैसे और आविष्कार ही कब किया?"

"कल रात। सपने में। सपने में देखा, हूबहू कुम्भकर्ण।"

"रूपवान ही अपने रूप की इतनी खिल्ली उड़ाता है।"

"यकीन मानो, कितनी बार कितनी अनजान जगह में अपरिचित पोखरे में गोता लगाता हूँ। कहता हूँ, तुम अगर रूप के सरोवर हो, तो मेरा रंग प्रतिमा-जैसा कर दो। आँखें बड़ी-बड़ी बना दो, जैसी प्रतिमा की हैं। अबकी इस कामना में जरूर यह भी जोड़ दूँगा कि गंजी खोपड़ी में नीरा-जैसे बाल उगा दो।"

उसके बाद अचानक बोल उठे—"अरे, वहाँ कौन? प्रतिमा? आओ-आओ। तुम्हारे रंग-रूप, आँखों से छिपकर जो ईर्ष्या करता हूँ, तुमने सुन लिया क्या?"

प्रतिमा आई! कहा—"उधर जा रही थी। अपना नाम सुनकर रुक गई—कहीं तुम लोग अप्रतिभ न हो—इसीलिए..."

"गनीमत कि निंदा नहीं की।" इसके बाद नीरा से बोले—"देखो न, रावण की चेरी के सिवाय प्रतिमा का जो रूप बनाओ, फब जाएगा। कभी-कभी जी में आता है, नए सिरे से यशोदा—मैडोना के रूप में आँकूँ उसे।"

प्रतिमा का सुन्दर मुखड़ा सुर्ख हो उठा था। पसीना आने लगा था। नाक की नोक पर पसीने की बूँदें साफ झलकने लगी थीं।

बुझे हुए चुरट को सुलगाकर विनो सेन ने कहा—"अब लगता है कि एक कहानी की पीठिका पर उसे लाया जा सकता है। हाँ, पा गया! हाँ!"

नीरा के कुतूहल की सीमा न रही। प्रतिमा को किस कल्पना के चलचित्र के सामने खड़ा करेंगे। वह कहने जा रही थी, कहिए न! लेकिन प्रतिमा की ओर देखकर कह न सकी। प्रतिमा की आँखें निष्पलक होकर बड़ी हो आई थीं, उनमें एक अजीब भाव, भय या विस्मय, समझ नहीं आ रहा था। शायद दोनों हों। कुछ-कुछ खुशी होने की बात थी, वह भी रही हो शायद। विनो सेन चित्र बनाएँगे, खुशी बेशक थी, लेकिन वह थी त्रिधारा-संगम पर लुप्त सरस्वती सरीखी।

विनो सेन ने मेज पर से एक किताब उठा ली। बोले—"इसे पढ़ रहा था। संस्कृत-साहित्य का अनूठा रोमांस। कवि बाणभट्ट की कादम्बरी। कादम्बरी नायिका है, उपनायिका है महाश्वेता। अनोखा चरित्र है महाश्वेता का। जिसे वह प्यार करती थी, जो उसको प्यार करता था, वही उसके प्रेम के दाह में जल मरा। प्रेम की तपस्या कहीं समुद्र है, तो कहीं आग। उसने एक ब्राह्मण कुमार पुंडरीक को प्यार किया था। मिलन के साथ ही पुंडरीक की मृत्यु हो गई। प्रियतम के मर जाने से महाश्वेता तपस्विनी हो गई। तपस्या से अपने प्रियतम को बचाएगी, मृत्युलोक से लौटाएगी। और, पुंडरीक को पुनर्जन्म लेकर आना पड़ा। वह जब महाश्वेता के आश्रम पहुँचा, उसे देखा, पूर्व जन्म का आकर्षण उमड़ आया, वह सुध-बुध खोकर महाश्वेता को गले लगा लेने के लिए लपका। महाश्वेता शिला के आसन पर बैठी तपस्या कर रही थी। ध्यान टूटा। अचकचाई—एक युवक उसे आलिंगन करने आ रहा है। एक पल पहचानने में देर हुई। उसी एक पल में क्रोध के साथ आँखों से तपस्या का तेज निकला। पुंडरीक उसमें जल गया। कितना हृदयविदारक! महाश्वेता की कैसी वेदना! कैसा भाग्य! ओह!

नीरा मुग्ध हो सुन रही थी। अनोखी कहानी। अचानक चौंकी। प्रतिमा भागी जा रही थी। चकित रह गई।

विनो सेन ने पुकारा था—"प्रतिमा! प्रतिमा!"

प्रतिमा ने ना-ना की भंगी से गरदन हिलाई, मगर न थमी, न मुड़ी। नीरा समझ गई कि वह रो रही है और अपना वह रोना वह किसी को दिखाना नहीं चाहती।

लम्बी उसाँस लेकर विनो सेन बोले थे—"बड़ी अभागिन है। उसे देखकर भाग्य के सिवाय दूसरा कारण नहीं पाता। वह मेरे मित्र की बहन है। छुटपन से जानता-चीन्हता हूँ। बड़ा ही मीठा स्वभाव। दोष कुछ है तो अगाध प्रेम और उसका भाग्य। उसके भैया हम लोगों के दादा थे—शिल्पी नेता। बम मारने में पकड़े गए। फाँसी हुई। दुनिया में विधवा माँ और कुमारी बहन रह गईं। उनकी देखभाल का भार मुझ पर था। अपनी जमात का आदेश था मुझे। उस बार उत्तरी बंगाल के मेरे एक मित्र मेरे साथ मेरे देश गए—घूमने के लिए। नाम न बताऊँगा। कलाकार। उदीयमान। वरिशाल में प्रतिमा को देखा। मुग्ध हो गए। प्रतिमा भी मुग्ध हो गई। चाहकर उन्होंने विवाह किया। कहीं दूसरी जगह शादी तै थी। प्रतिमा ने कहा—वहाँ शादी होगी, तो वह जहर खाकर मरेगी। ब्याह के बाद दोनों कलकत्ता आए। कई महीने बाद मैं गिरफ्तार हुआ। 1930 ई.। उसके बाद मेरे जीवन से दोनों खो ही गए थे। बीस साल के बाद अचानक उसे देखा, वह विधवा थी। रास्ते पर भीख—हाँ भीख..." रुक गए विनो सेन।

शायद आवेग से गला रुँध गया। फिर बोले—"उसके भैया मेरे दीक्षागुरु थे।..." थोड़ा और थमकर बोले—मेरे जिस मित्र ने उससे विवाह किया था, उसे मैंने मना किया था। उसने माना नहीं। उसे बीमारी थी। मुझे मालूम था। मगर मैं क्या करता?"

उसके बाद एकबारगी चुप हो गए।

नीरा भी चुप। क्या कहे? कहने को कुछ न था। सोच रही थी, औरतें ही औरतों की ज्यादा निंदा करती हैं मरद नहीं। नहीं तो अणिमा-दी, कमला-दी प्रतिमा पर इस कदर छींटाकशी नहीं करतीं। छि:!

बारह

गलती हो गई उससे। गलती हुई कि उसने विनो सेन की बात पर विश्वास नहीं किया और अणिमा की बात पर अविश्वास।

विनो सेन, आज तुमने लोगों से कहा—अपनी-अपनी जगह जाइए, अभिनय तो खत्म हो चुका। यानी मैंने अभिनय किया। लेकिन साधु, देशसेवक, शिल्पी का मुखड़ा लगाकर तुम जो आज तक देश भर के लोगों को धोखा देते रहे, वह क्या है? वह अभिनय नहीं है? तुम धुरंधर अभिनेता हो। नर-नारी के हृदय को कैसे जीतना चाहिए, खासकर स्त्री के हृदय का कैसे हरण करना चाहिए, इसके तुम कुशल कलाकार हो। नीरा के तो जीवन में ही नाटक है, वह स्वाभाविक ढंग से आया है, लेकिन तुम तो भलमनसाहत का बाना बनाकर उसमें दाखिल हुए हो। नीरा आज यह स्वीकार कर रही है कि तुमने जानकर जो अभिनय किया, वह बड़ा स्वाभाविक हुआ। मैंने तुम्हारा विश्वास किया था।

उस रोज वह विनो सेन से कादम्बरी ले आई थी पढ़ने के लिए। कहानी गजब की है, कोई शक नहीं, लेकिन समासबहुल शैली न जँची। कई दिनों बाद नीरा किताब देने वापस गई थी। विनो सेन थके-थकाए-से सोए थे। सिर के पास सखुए की मंजरी पड़ी थी। भीनी महक आ रही थी। अन्दर जाते ही वह बोल उठी—"वाह!"

अनमने-से बाहर की ओर देख रहे थे विनो सेन। मुड़कर हँसते हुए बोले—"नीरा! आओ, आओ। लेकिन वाह क्या?"

"सखुए के फूल।"

"तो ले लो।"

"नहीं-नहीं, अच्छा लगने से ही लेना होगा, इसके क्या मानी?"

"कम से कम देना तो पड़ेगा ही। यही तरीका है। लो।"

"खैर, सब नहीं, तीन-चार ले लूँगी।"

"तीन नहीं, चार। तीन से दुश्मनी होती है क्या तो? मगर मैं कहूँ, ज्यादा ही लो, जो घने बाल हैं तुम्हारे, वैशाख के काले मेघ जैसे—तीन-चार सखुए के फूलों से उनमें बिजली की चमक न ला सकोगी। मैं कलाकार हूँ, कहो तो बिजली की रेखा-सा सजा दूँ।"

यों नीरा सदा से सप्रतिभ रही है, प्रगल्भा नहीं। यहाँ आकर कुछ बदल रही थी, सो बोल उठी—"दीजिए न!" कादम्बरी के पुंडरीक और महाश्वेता में पारिजात-मंजरी के आदान-प्रदान की घटना याद आने के बावजूद बोली—"दीजिए न! लेकिन यह क्या विनो सेन को प्यार करने का परिचायक था? नहीं। हरगिज नहीं। जरा देर के लिए मन में यह आया था, लाज का कम्पन भी—परन्तु तुरन्त अपने को शासित किया, छि:! उनको ऐसा खयाल नहीं आता, तुम्हें क्यों आ रहा है?"

विनो सेन को वह श्रद्धा करती थी। संसार में श्रद्धा भी प्रेम है, स्नेह भी प्रेम है, प्रेम भी प्रेम है। अन्तिम जो है, वह सर्वग्रासी है। तन, मन, वाक्य से सर्वस्व समर्पण। वही कर बैठती शायद। आज समझ रही है, पहले नहीं समझ सकती थी—सोचा था, नदी में समुद्र के लिए जैसा आकर्षण होता है, गुणी के लिए यह वैसा ही स्वाभाविक आकर्षण है।

अणिमा-दी ने कहा था। याद दिलाई थी उसे। एक स्त्री है वह। उस प्रौढ़ा को जीवन में शायद प्यार नहीं मिला या कि वह किसी को प्यार नहीं कर सकी। इसीलिए दुनिया-भर की नर-नारी को पास-पास देखने पर हँसने की छोड़िए, खुशी से एक-दूसरे को ताकते देख लेने ही से समझ लेती है, इन दोनों में प्यार है। सखुए का फूल माथे में खोंसकर नीरा आने को हुई कि विनो सेन ने कहा—"एक गिलास पानी दे जाना जरा और वहाँ, बक्स के नीचे ऐसपिरिन है, दो।"

उसने खयाल तो किया था कि विनो सेन थके-से हैं, फिर भी गौर करना चाहिए था। खैर। पूछा—"क्यों दर्द है माथे में?"

"हाँ, आज जमाने के बाद अनुभव किया कि मेरे भी सिर है—क्योंकि सिर दुख रहा है। शायद हल्का-सा बुखार भी है।"

"बुख़ार है? क्यों?"

"इस सवाल का जवाब तो डॉक्टर भी नहीं दे सकता। क्लिनिकल रिपोर्ट के बगैर इसका जवाब मुमकिन नहीं। दो, ऐसपिरिन दो।"

ऐसपिरिन देकर वह आई नहीं। पंखा लेकर सिरहाने बैठ गई। कहा—"आप सो जाइए, मैं पंखा झल देती हूँ।"

छलिया विनो सेन।

बोल उठे—"यह तो मेरे नियम के बाहर है नीरा! सेवा लेना मना है। गुरु का निषेध। होश जाता रहे, तब करना तीमारदारी। अभी तो दुख का स्वाद लेने दो।"

नीरा स्तंभित हो गई थी—अचरज से नहीं, श्रद्धा से। कैसे जीव हैं! लेकिन दुख से हो, चाहे श्रद्धा के आनन्द से, उसकी आँखों से आँसू बह निकले थे।

नीरा उधर मुँह फेरकर खड़ी हो गई। विनो सेन बोले—"तकलीफ हुई?"

नीरा ने मुँह से जवाब नहीं दिया, उसके आँसुओं ने छलककर कहा—हाँ, इसके सुबूत हम हैं।

"न: दुखी न होओ। जाओ।"

वह चली आई।

लौटते वक्त ही भेंट हो गई थी अणिमा-दी से। माथे में सखुए का फूल देखकर बोल उठी—"गई दईमारी! हाँ री संथालिन, किस संथाल ने तेरे माथे सखुए का फूल खोंसा?"

नीरा ने रंज न माना। अणिमा के मीठे स्वभाव से उसका मजाक उसे सह गया था। कहा—"कोई दे गया था विनो-दा को। उन्होंने दिया।"

गाल पर हाथ रखकर अदा के साथ बोली—"आखिर को मरी जाकर!"

नीरा के कपाल पर शिकन पड़ गए—"मतलब?"

छूटते ही अणिमा-दी ने कहा—"मतलब क्या? मरी यानी मरी।"

"नहीं-नहीं, ऐसा न कहो। भले को बुरा कहकर नाहक क्यों जबान खराब करती हो? ऐसे आदमी के लिए ऐसा न कहना चाहिए।"

"ऐसे आदमी हों या वैसे, आखिर मरद ही हैं न!"

"बला से मरद हुए! मरद होने से ही औरत से मुहब्बत करेगा या करनी पड़ेगी—क्या जरूरी है?"

"मरण तेरा! आखिर वह मरद फिर कैसा? यह तो नियम है। खैर, उसकी न सही, मान गई, उसने तुझसे मुहब्बत नहीं की, लेकिन तूने?"

नीरा बोली—"मरण तुम्हारा! तुम उसके सिवा कुछ देख ही नहीं सकतीं।"

"अच्छा! मैं यही देखती हूँ? गलती से?"

"और क्या?"

"ठीक है, लेकिन यह बता, तेरी पलकों की लम्बी पपनियों पर पानी क्यों लगा है? फूल खोंसकर रोई क्यों तू?"

नीरा इस पर भी दुखी न हुई। सूखी हँसी हँसकर बोली—"जानती हो, उन्हें बुखार आया?"

"बुखार? विनो-दा को?"

"हाँ। सिर में जोर का दर्द है। ऐसपिरिन की टिकिया ली। सोए हुए हैं।"

लम्हे में पलट गईं अणिमा-दी। सोच और शंका-भरे स्वर में बोलीं—"बीमार तो नहीं पड़ते थे। मैंने तो कभी नहीं देखा।"

नीरा जवाब क्या दे! जवाब में उसने विनो सेन की कही हुई बातें ही दुहरा दीं। बोली—"मैंने कहा—आप सो जाइए, मैं पंखा झल दूँ। इस पर वे बोले—सेवा लेना निषेध है नीरा! गुरु का निषेध। जब असमर्थ हो जाऊँ, होश जाता रहे, तो करना अभी दुख का स्वाद लेने दो। मैं अपने को रोक न सकी। आँसू आ गए।"

आगे अणिमा कुछ न बोलीं। विनो सेन के घर की तरफ चली गईं। नीरा जरा हँसी। मन ही मन कहा—"मेरी छोड़ो अणिमा-दी, मगर उमर रही होती तो तुम विनो सेन के प्रेम में दीवानी हो जातीं।"

तीसरे पहर चर्चा फिर उठी। अणिमा-दी ने कहा—"गुरु का निषेध-विषेध झूठा है नीरा।"

"झूठा?"

"हाँ। यह बहाना सिर्फ प्रतिमा के लिए है। जानती हो, मैं जो गई, तो सो रहे थे। लौट आई। तीन बजे फिर गई। सोचा, इस शिद्दत की वैशाखी तपन में जरूर जग गए होंगे। बरामदे पर पहुँची कि सुना, प्रतिमा कह रही थी—मेरी सेवा न लेने का ही यह बहाना है तुम्हारा। मेरे वारिशाल वाले घर में नहीं ली थी सेवा? मेरे ब्याह के बाद जेल से लौटकर जब कलकत्ता आए थे, तो नहीं ली थी सेवा? गुरु? कौन हैं गुरु? मैं एक अछूत हूँ तुम्हारे लिए? विनो सेन ने कहा—यकीन करो प्रतिमा, दुनिया में मैं किसी की सेवा नहीं ले सकता, होश रहते नहीं। गुरु की मनाही है। प्रतिमा बोली—बिलकुल झूठ—दीक्षा कब ली तुमने? कौन है गुरु? विनो-दा बोले—सबके गुरु बाहर नहीं रहते प्रतिमा, गुरु का निवास मन है।

प्रतिमा हनहनाती हुई निकल गई। मैं तो लाज से, भय से मरी-मरी। क्या जानें, चीखे, हिस्टीरिया हो—यह भारी-भरकम शरीर लिये मधुमालती लता की आड़ में छिप गई...और वह कैसे तो कहते।

तीर बिंधी हिरनी-सी फफकती हुई चली गई। मुझ-जैसी मोटी औरत को भी नहीं देख पाई।

नीरा चुपचाप सुनती रही। मन में हिसाब लगाकर समझने की चेष्टा करने लगी शायद।

अणिमा-दी ने फिर कहा—"प्रतिमा भीतर ही भीतर शायद जली जा रही है। देखा है, कितनी दुबली हुई जा रही है!"

इतने में आश्रम की सात की घंटी बजी। चौंक उठी नीरा। उसे मास्टर साहब के यहाँ पढ़ने जाना था। बी. ए. के इम्तहान को ज्यादा दिन नहीं रह गए थे।

मास्टर साहब ने कहा—"विनो आज तुम्हारे बारे में पूछ रहा था। देखने गया था उसे। बीमार है। पूछा—कैसी तैयारी है? मैंने कह दिया—ठीक है। अच्छी तरह से पास करेगी। लेकिन साहित्य कैसा है, नहीं कह सकूँगा। उस बार मेरे एक मेधावी छात्र ने सभी विषयों में बहुत अच्छा किया, मगर साहित्य में ही फेल कर गया। पहले वह दार्जिलिंग में पढ़ता था। माँ-बाप दिल्ली में रहते थे। रामायण-महाभारत कुछ भी नहीं जानता था। परशुराम पर सवाल आया था। वह लिख आया कि परशुराम रामचन्द्र का बड़ा भाई था, अपनी माता कुन्ती की कुमारी अवस्था में उसका जन्म हुआ था। माँ ने इसीलिए उसे रास्ते में फेंक दिया था। आगे चलकर परशुराम बहुत बड़ा वीर हुआ। उसने अपनी माँ को काट डाला। सो राम ने गदा की चोट से उसकी कमर तोड़कर उसका काम तमाम कर दिया।

तुम जब साहित्य ले आती हो तो मैं मुश्किल में पड़ जाता हूँ। अपने साहित्य का वैसा अध्ययन नहीं किया है। यों तुम अच्छा ही जानती हो, फिर भी थोड़ा सावधान रहना चाहिए। विनो चंगा हो जाए, उससे समय-समय पर पढ़ना। उसने कहा मुझसे।

नीरा ने पूछा—"उनकी तबीयत इस समय कैसी है?"

"अच्छी ही है। लेकिन तापमान कुछ बढ़ा है।"

"रात को उनके पास कौन रहेगा?"

"कौन रहेगा? अजीब तो आदमी हैं। किसी की सेवा नहीं लेने के। फिर भी कोई रहेगा। शायद रमेश बाबू रहेंगे। सेकंड्री सेक्शन के शिक्षक।"

लौटते समय नीरा वहाँ ठिठकी थी एक बार। मगर सन्नाटा था। शायद सो रहे थे।

सुबह उन्हें देखने के लिए खुद ही गई। बुखार उतर गया था। वे नहाने की तैयारी कर रहे थे। नीरा बोली—"क्या कर रहे हैं आप? नहाएँगे?"

"आदत है मेरी।"

"आदत? गलत आदत है, बुरी।"

"लो, मास्टरजी हो न! डाँट-फटकार शुरू कर दी। लेकिन मास्टर साहब कल मुझे तुम्हारा मास्टर बना गए हैं। साहित्य पढ़ाने को कहा है। लिहाजा, मुझ पर यह हुकूमत नहीं चलने की।"

कहकर वे नहान-घर में गए और अन्दर से दरवाजा बन्द कर लिया। अजीब आदमी! नहाने के बाद उन्हें बुखार नहीं आया। शाम को जब वह किताब लेकर गई, वे वही गीत गा रहे थे, मेरे प्राणों में अमृत है, चाहती हो? हाय, तुम्हें इसका पता नहीं चला।

तेरह

तीसरे अंक के इस दृश्य को यहीं खत्म करो। नाटकीयता की कमी रह जाए तो एकबारगी अन्त में एक छोटी-सी घटना जोड़ दो।

विनो सेन के पास उसके साहित्य पढ़ने का पहला दिन।

पढ़ने का समय तय पाया था ग्यारह बजे। यह भी तय हुआ था कि इम्तहान तक नीरा को उसके काम से आंशिक छुट्टी दी जाएगी। ग्यारह से चार तक रोज बच्चों को पढ़ाना पड़ता है, उसे कम करके बल्कि सुबह बच्चों को मुँह धुलवाना, खिलाना और शाम को खेलना, रात में सुलाना—इसकी जिम्मेदारी तुम्हीं पर रहे। क्योंकि यह काम तुम्हारे सिवा नहीं चलेगा। यों स्कूल का काम दस बजे से चालू कर-कराके ग्यारह से चार तक तुम्हारी छुट्टी।

ग्यारह से एक तक विनो सेन से साहित्य पढ़ने का समय ठीक हुआ। बुखार उतरने के दो दिन बाद नीरा पहली बार विनो सेन के पास पढ़ने के लिए गई। पढ़ना शुरू किया था कि बरामदे पर डाकिया आकर खड़ा हुआ—कोई रजिस्ट्री थी।

लम्बा-चौड़ा लिफाफा। रसीद पर सही करके डाकिया को दिया और उसके बाद उन्होंने उसे खोला। उसमें एक्स-रे के कई फोटो प्लेट थे। गौर से उन्हें देखा। देखकर नौकर को बुलाकर कहा—इन्हें प्रतिमा को दे आओ।

नीरा मन में सोचने लगी—प्रतिमा का एक्स-रे प्लेट? महीना भर पहले विनो सेन प्रतिमा को लेकर कई दिन के लिए कलकत्ता गए थे। तो क्या इसीलिए? हुआ क्या प्रतिमा को? दुबली भी हो रही है।

कुछ ही मिनट में वहाँ प्रतिमा आकर खड़ी हुई। प्रसन्न-सी। बोली—"मैं कह रही थी कि मैं बिलकुल ठीक हुँ, मुझे कुछ नहीं हुआ। फिर भी नाहक ही परेशान किया, डॉक्टर को दिखाओ। देख लिया?"

हँसकर विनो सेन बोले—"जिसे कोई स्नेह करता है, उसी के लिए नाहक आशंका होती है प्रतिमा! वह आशंका जाती रही।"

प्रतिमा का चेहरा तमतमा उठा। कोई जवाब न दे सकी वह। या तो जवाब ढूँढ़े नहीं मिला, गला रुँध गया होगा।

विनो सेन बोले—"तो फिर इस गरमी में महीने भर शिलांग जाकर रहो। डॉक्टर ने आराम और जलवायु-परिवर्तन की सलाह दी है।"

प्रतिमा ने कहा—"नहीं।"

"नहीं क्यों? डॉक्टर ने इसकी खास तौर से ताकीद की है।"

"करें। डॉक्टर कहते ही हैं। मैं नहीं जाती। मैं परीक्षा दूँगी।"

"परीक्षा? कैसे दोगी भला? पन्द्रह दिन तो कुल रह गए मैट्रिक परीक्षा के। फीस भी नहीं जमा की है। सोच लेने से ही तो परीक्षा नहीं दी जा सकती। दो-दो बार तुमने परीक्षा दी है—अजानी बात तो नहीं। जाओ, शिलांग जाने का इन्तजाम करो।"

"नहीं-नहीं।" कहकर ही प्रतिमा लौटी।

विनो सेन ने आवाज दी—"सुनो।" उस स्वर में धनुष-जैसा तनाव था। लेकिन प्रतिमा उससे विचलित न हुई। "नहीं" कहकर चली गई। विनो सेन ने नीरा से कहा—"पढ़ो। इस दृश्य को यहीं खत्म कीजिए।"

तीसरे अंक के अन्तिम दृश्य को आरम्भ कीजिए। जो आज कुछ ही घंटे पहले खत्म हुआ है।

सँपनी गाड़ी के अन्दर अँधेरे में घड़ी देखकर ठीक समझ में नहीं आ रहा है कि कितने बजे हैं। दोनों तरफ का जंगल खत्म हो आया। रास्ते में जो भालू उत्पात करते थे, वे नहीं आए। अन्तिम दृश्य आरम्भ हुआ।

उँह। जरा रुकिए। नीरा सोच रही है—उस दिन प्रतिमा के चले जाने के बाद जब विनो सेन ने निर्विकार की नाईं नीरा से पढ़ने को कहा, उस समय के उनके चेहरे को याद करने की चेष्टा कर रही है। कहीं भी क्या औचक कभी उनकी नजर में प्रतिमा के लिए आसक्ति नहीं फूटी?

नः। याद नहीं आती। विनो सेन दक्ष अभिनेता हैं। नीरा बल्कि उनके संयम, कर्तव्यपरायणता और निरासक्ति पर मुग्ध हो गई थी।

अनबूझ प्रतिमा से दुखी हुई थी वह। नीरा समझ नहीं सकी कि प्रतिमा ने नीरा पर विनो सेन की उस नजर को देख लिया था, देखकर शंकित हुई थी।

डी. एल. राय के शाहजहाँ नाटक का औरंगजेब याद आने लगा। साधुता का नकाब डाले, फकीरी माला हाथ में लेकर औरंगजेब फौज लेकर दिल्ली की ओर जा रहा है। उधर से खौफनाक लड़ाकू मुराद आ रहा है। वह अपने लिए तख्त हासिल करना चाहता है। औरंगजेब ने कहा—मैं मक्का जा रहा हूँ। मुझे फकीरी पसन्द है। मगर, सिर्फ काफिर दारा के पंजे से इस्लाम की खिदमत करनेवाला पाक सिंहासन को बचाने के लिए ही बड़े दुख के साथ फौज लेकर जाना पड़ रहा है। मैं कमर की यह तलवार तुम्हें भेंट दूँगा, इसे आइंदा न बाँधूँगा। ठीक ऐसे ही हैं विनो सेन। उस रोज नीरा को उन्होंने फुसलाया था, जैसे औरंगजेब ने मुराद को।

'शाहजहान' नीरा की पाठ्य पुस्तक थी। विनो सेन ने बहुत ही अच्छे ढंग से चरित्र-चित्रण बताया था। कहा—"ट्रुथ इज स्ट्रेंजर दैन फिक्शन। यह चरित्र काल्पनिक होता तो कोई भी कहता कि नाटककार ने बहुत बढ़ा-चढ़ाकर लिखा है। लेकिन यह चरित्र ऐतिहासिक है। इतिहास के पन्ने-पन्ने पर नजीरें हैं। सम्भव है, वास्तविक औरंगजेब नाटक के चरित्र से भी ज्यादा जटिल, ज्यादा कुटिल रहा हो। मंच पर एक अभिनेता औरंगजेब, एक अभिनेता मुराद

को भुलाता है। लेकिन वास्तव में वास्तविक औरंगजेब ने वास्तविक मुराद को चकमा दिया था।"

नीरा उनसे दिनों लगातार साहित्य की व्याख्या सुनती रही, अपने अजानते उनके निकट से निकटतर होती रही।

अजगर हिरन को खींचता है। उसकी साँस से हिरन की चेतना जड़ हो जाती है। हिरन उसके खुले मुँह की ओर खिंच आता है। नीरा के इम्तहान में जाने के दिन उन्होंने जो आन्तरिक आशीर्वाद दिया, पूछिए मत!—मेरी लाज रखनी होगी। खूब अच्छी तरह पास करना होगा। हाँ!

'शाहजहान' नाटक से प्रश्न भी आया था—उसमें सबसे विचित्र चरित्र कौन-सा है? ज्यादा परीक्षार्थियों ने दिलदार के बारे में लिखा था। नीरा ने लिखा—कल्पना के वैचित्र्य से समृद्ध होने के बावजूद दिलदार का चरित्र वास्तविकता की कसौटी पर खरा नहीं उतरता। इस दृष्टि से वास्तव की पृष्ठभूमि पर कल्पना के कौशल से औरंगजेब का चरित्र नाटक का केन्द्रीय चरित्र हो उठा है। नाटक का एक-एक पात्र औरंगजेब के आघात से क्रियाशील है, उसी के इशारे से रूप-परिवर्तन करता है। समझते हुए भी उसे नहीं समझ पाता। और अन्त में जब मानव-चरित्र की अविनाशी सत्ता असह्य अनुताप से आत्म-प्रकाश करती है, और उसे दगा देनेवाली सत्ता जी-जान से अपने को बचाना चाहती है, तभी वह चरित्र पूर्ण रूप से सार्थक हो उठता है।

विनो सेन ठीक ऐसे ही हैं। कोई समझ नहीं सका, पकड़ नहीं सका—शिवनाथ दादाजी तक नहीं। अपनी चिट्ठियों में वे विनो सेन के गुणों के गीत गाने में पंचमुख रहे। नीरा ने उन्हें लिखा भी—दादाजी, आप अगर सच के शिव होते, आपके कन्धे पर पाँचमाथा होता, तब आप कहीं विनो सेन की बात कहकर खत्म कर पाते।

जवाब में दादाजी ने लिखा था—शिव नाम होने के नाते अगर पाँच मुँह मिलें, तो मैं शिव के बदले रावण नाम रखना चाहता हूँ—दस मुँह मिलेंगे। तुम लोगों को सहूलित है कि मुँह की जरूरत नहीं पड़ती, दोनों हाथों महज एक माला होने से ही तुम लोग विधाता के ऋण को चुका सकती हो। दुख क्या है, जानती हो? उस आदमी को माला का लोभ नहीं है। विनो-दा की चिट्ठी मिली

है। एक ही मुँह से वह तुम्हारा सौ नाम लेता है। उसका खत देखकर लजाओगी तुम। भाग्य से वह लेखक है, नहीं तो यह सोचता कि तुम्हारी टूटी माला को विधाता ने फिर से जोड़ दिया। मजाक नहीं, उसने लिखा है—दादाजी, अब लगता है, अपनी शिष्या में मैं जिन्दा रहूँगा, मरुभूमि का मेरा यह बगीचा हरा रहेगा। बड़ी तसल्ली हो रही है, कम से कम एक लड़की को अपनी इच्छा के अनुरूप बना पाया। देखना, उसकी पत रखना। यहाँ चेचक चल रहा है। अपना सेंटर बर्दवान करना।

पास उसने अच्छी तरह से ही किया। दादाजी ने तार से खबर भेजी। वह तार उसके पास विनो सेन लेकर आए। नाटक! आज विनो सेन ने कहा—मैंने नाटक किया। तुमसे ज्यादा नाटक का कौशल कौन जानता है विनो सेन!

किस नाटकीय ढंग से आए वे!

वह क्लास में पढ़ रही थी। माथे में पगड़ी बाँधकर क्लास के बाहर से पुकारा—"टेलीग्राम पियन! नीरा मुखर्जी—टेलीग्राम है।"

आवाज दबाकर बोले ताकि पहचान न आए। नीरा भी लमहे को चक्कर में आ गई थी। दुनिया में उसका कहीं कोई नहीं, तो भी उसका कलेजा धक् से रह गया था। बोली—"मेरा टेलीग्राम?" इतने में विनो सेन अन्दर आए। झुककर तार बढ़ाते हुए बोले—"बख्शीश दीदी जी!"

समझते देर न लगी। पास की खबर है। बख्शीश देने में भी उसे परेशानी न हुई। सूझ गया उपाय। झुककर उसने विनो सेन को प्रणाम किया। बख्शीश आपकी! दीजिए तार।

विनो सेन ने नाटकीय ढंग से कहा—"बहुत खूब! मिल गई।" और तार देते हुए बोले—"लो। पास ही नहीं, डिस्टिंक्शन के साथ। आज मेरी ओर से दावत रहेगी। स्कूल में छुट्टी रहेगी आज। जाओ बच्चो, आज छुट्टी! नीरा दीदी ने बहुत अच्छी तरह बी. ए. पास किया है। रात को पूरी-मिठाई मिलेगी।"

तार में लिखा था—अशेष शुभकामनाएँ। डिस्टिंक्शन के साथ पास हुई हो। दादाजी।

नीरा तुरन्त मास्टर साहब के यहाँ उन्हें प्रणाम करने गई। हरिचरण बाबू ने उसके माथे पर हाथ रखकर आशीर्वाद दिया। उदास मुखड़े पर कृष्ण चतुर्दशी की क्षीण चन्द्रलेखा-सी हँसी। नीरा ने उनकी वेदना का मर्म समझा। मास्टर साहब बीच-बीच में अपने बड़े पोते का जिक्र किया करते थे। बड़ा मेधावी था। होता तो आज वह भी बी. ए. में होता।

एक लम्बा नि:श्वास छोड़कर वह निकल पड़ी थी। उसे भी अपनी माँ की याद आ गई। स्कूल की ओर चली। उन नन्हे शैतानों के साथ थोड़ी उछल-कूद करनी थी। बेचारे बहुत प्यार करते हैं उसे। एक दिन उसने उन दो बच्चों को पीटा था। उसके बाद किसी पर कभी हाथ नहीं उठाया। क्योंकि उसे तो उन अनाथों के क्षोभ और अविश्वास का पता था। चूँकि मूल है, इसीलिए फूल खिलता है। वह उन बच्चों के जी के इस अभाव को भरना चाहती थी। बड़ी उमंग लेकर चली कि उनके साथ आज गाएगी, नाचेगी, कूदेगी। मगर बाधा पड़ी। किसी को लोग स्ट्रेचर पर लिये आ रहे थे। साथ में विनो सेन।

आखिर कौन! प्रतिमा ही होगी। थी भी वही। विनो सेन ने मुस्कराकर कहा—"प्रतिमा की तबीयत खराब हो गई है। तुम ऑफिस जाओ। कागज-पत्तर सँभालो। अब से तो स्कूल की सारी जिम्मेदारी तुम पर ही आएगी।" स्ट्रेचर पर प्रतिमा निढाल-सी पड़ी थी।

अणिमा, कमला से भेंट होते ही वे बोल उठीं—"कुछ पूछो मत!"

"क्या हुआ आखिर?"

"होगा क्या? झगड़ा करते-करते बेहोश। तुम्हारे ही लिए झगड़ा।"

"मेरे लिए?"

"तू तो दूधपीती बच्ची है!"

कमला बोली—"ऑफिस में चलो। यहाँ बच्चों के सामने नहीं।" ऑफिस में जाकर उसने सब सुना। अणिमा-दी वगैरह क्लास में ही थीं। छुट्टी पाकर लड़के उछल रहे थे। अचानक चीख सुनाई पड़ी। अणिमा और कमला लपकीं। ऑफिस का दरवाजा बन्द था। लेकिन सुनाई सब पड़ रहा था। प्रतिमा आर्तनाद-सा कर रही थी; कहा—"तुमने मेरे लिए तो नहीं किया। मैं तो पढ़ सकती थी, पास कर सकती थी।" विनो-दा ने कहा—"पहले भी तुम कलकत्ता में फेल

हुई थीं। यहाँ भी दो बार किया। मैंने समझा, तुम पढ़ना नहीं चाहती हो। मैंने खुद से तुम्हें पढ़ाया है। नीरा से कुछ कम जतन से तुम्हें नहीं पढ़ाया। असल में तुम बहुत क्षुद्र हो—आसमान की ओर कभी ताक नहीं सकीं तुम।"

अणिमा-दी ने बताया—विनो सेन का यह कहना था कि जो चिल्लाहट हुई, कुछ न पूछो। कहा—नीरा ने सब विषाक्त कर दिया है—साँस से खींच रही है तुमको। और उसके बाद पतन, पतन के साथ मूर्च्छा।

कमला-दी-जैसी गम्भीर स्त्री भी जरा हँस पड़ी। नीरा ने निःश्वास छोड़कर कहा—"मैंने उसके जीवन को जहरीला नहीं बनाया—मुझ पर जहर डालने आई और उसने खुद अपने ऊपर डाल लिया। पूछने को जी चाहता है—हर बात में वह मुझको यों घसीटा क्यों करती है? क्यों?"

"क्योंकि वह जानती है, तुम विनो सेन से प्यार करने लगी हो।"

"अणिमा-दी! डपट उठी थी वह।"

अणिमा ने कहा—"मैं तेरी घुड़की से डरने वाली नहीं। मैं अगर मरद होती तो मैं भी तुझ पर दीवानी होती। साथ-साथ डोलती।"

"मैंने बचपन में एक नौजवान को चाँटा लगा दिया था।"

"बेवकूफ था वह। मैं दूसरा गाल भी तेरी तरफ बढ़ा देती—चाँटा, मारो चाहे झाड़ू, देहि पदपल्लव मुदारम्।"

अणिमा-दी हाथ बाँधकर खड़ी थीं। उनकी वह अदा देखकर नीरा हँसे बिना न रह सकी। हँस पड़ी।

कुछ सोचकर वह विनो सेन के पास गई। कहा—"आज की दावत बन्द कर दीजिए। प्रतिमा-दी बीमार हैं।" विनो सेन ने कहा था—"नहीं। तबीयत शाम तक ठीक हो जाएगी।" उनके उस चेहरे को देखकर नीरा को बात काटने की हिम्मत न पड़ी। उस चेहरे पर एक कठिनता थी, दृढ़ता थी, संकल्प था। अपने कमरे में लौटकर वह सोचने लगी थी—अपने अनजान में सच ही क्या उसने ऐसा कुछ किया है? नहीं। वह तो कल के खिलौने-जैसी रोज-रोज बँधा-बँधाया काम ही करती रही। सुबह बच्चों की खबरगीरी, दिन में स्कूल,

शाम को खेल-कूद। शाम को विनो सेन सबकी खोज-पूछ कर जाते हैं। उसके पास भी आया किए। कभी पढ़ने के लिए जाते-आते विनो सेन उसके साथ हो लिये। बस। उन्होंने कभी तो ऐसी कोई बात नहीं कही, जिसमें प्यार की झलक हो। सिर्फ वींडरफुल कहा। या गजब की हो तुम!

कभी-कभी लड़कों को लेकर पिकनिक में जाना होता। उसमें धमाचौकड़ी मचती। एक दिन लड़कों की दौड़ हुई। विनो सेन ने उसे भी उसमें घसीटा। अणिमा-दी ठहरीं मोटी, कमला-दी सरकंडे का सिपाही और प्रतिमा एक पुतला। नीरा दौड़ी थी। सेकंड हुई थी। फर्स्ट आए थे विनो सेन। इसमें प्रेम की बू कहाँ है?

सोचते-सोचते वह इतनी विचलित हो उठी कि प्रतिमा के यहाँ चली गई ऐसा सन्देह आखिर वह करेगी क्यों?

प्रतिमा बिछावन पर फफक रही थी। उसकी दशा देखकर नीरा की कुढ़न काफूर हो गई, ममता हो आई। क्या कहे, सोच नहीं सकी। खड़ी थी चुपचाप कि मेज पर विनो-दा की एक चिट्ठी दीख गई।

अपने को रोक न सकी वह। चिट्ठी को उठाकर पढ़ा। उसी समय प्रतिमा ने सिर उठाया, कहा—"जाओ-जाओ, तुम जाओ। शान्ति से मुझे मरने भी नहीं दोगी? रोने भी नहीं दोगी..."

उसने कहा था—"मैं आती नहीं प्रतिमा-दी! नाहक ही मुझे आप अपने मामलों में समेटकर शर्मिंदा कर रही हैं। आप ऐसा क्यों सोचती हैं?"

"वह तुमको प्यार नहीं करते?"

"नहीं। कम से कम मैं तो नहीं सोचती। स्नेह करते हैं। मैं उन्हें श्रद्धा करती हूँ। आप जो सोचती हैं, उसमें उसकी नाम-गंध भी नहीं।"

"नाम-गंध भी नहीं!" ताना देकर उसने कहा—"आँखें बन्द करके सोच देखो।"

इतना कहकर प्रतिमा फुक्का फाड़कर रो पड़ी। नीरा से यह बरदाश्त न हुआ। वह कुढ़कर और निरुपाय होकर लौट गई। क्या कहे? घृणा भी हुई थी, करुणा भी। डेरे पर आकर खयाल आया, चिट्ठी उसकी मुट्ठी में ही रह गई। भवों पर बल देकर सोचने लगी थी, विनो-दा से क्या उसका? विनो सेन

की बात विनो सेन जानें। वह आदमी प्यार किसी को नहीं करता। काश, तुम जानती होती प्रतिमा कि उस आदमी के आगे नीरा की भी कोई कीमत नहीं। कम से कम उस दिन तो यही लगा था। विनो सेन को वह समझ नहीं सकी थी। और खुद? नहीं, उसने मन में कहीं जगह नहीं दी। कभी नहीं। अभी प्रतिमा के सूत्र से विनो सेन का मुखड़ा उसकी आँखों में झलक सकता है, लेकिन इससे वही सत्य नहीं।

हाँ, इतना वह कुबूल करेगी कि उस रोज उतने समय के लिए विनो सेन का मुखड़ा बार-बार उसकी आँखों में नाच-नाच उठा था। कारण भी मालूम है—कारण था प्रतिमा-दी की वे बातें। मन की एक अजीब बेरोक गति है, जब कोई झूठे अपराध का दोष किसी के मत्थे मढ़ देता है, तो उसी घड़ी से मन का बुरा उस अपवाद को ही मिथ्या कल्पना से सत्य बना लेना चाहता है।

विनो सेन, विनो सेन। घूम-फिरकर विनो सेन ही उसके मन के चारों तरफ खड़ा होकर हँसा था।

अजीब झुँझलाहट-सी हुई थी। सिर तक दुखने लगा था। ठीक इसी समय रसोई की घंटी बज उठी थी।

कुछ ही क्षण में पुकारती हुई अणिमा आ पहुँची—"आह, जिसका ब्याह, उसे खयाल नहीं और पड़ोसी की नींद हराम! तेरे पास करने की दावत है, तू कर क्या रही है? किसका ध्यान कर रही है?"

"किसी का नहीं। चलिए। जीवन का लेखा लगा रही थी। सिर दुख रहा है।"

खान-पान के पहले छोटी-सी बैठक हुई थी। डाइनिंग हॉल में अणिमा, कमला, हरिचरण बाबू तथा दूसरे मास्टर बैठे थे। इन्तजार कर रहे थे। जाकर वह ठिठक गई—"यह सब क्या?"

हरिचरण बाबू बोले—"आखिर तुम्हें आशीर्वाद नहीं देंगे हम? बच्चे प्रणाम करेंगे।"

वह उन्हीं के पास बैठ गई। बोली—"नहीं, शरम आएगी मुझे। फिर आज जी भी ठीक नहीं। सिर दुख रहा है।"

हरिचरण बाबू ने उस पर ध्यान नहीं दिया। बोले—"तुरन्त हो जाएगा। ऐ, विनो को बुलाओ। कहो—हम इन्तजार कर रहे हैं।"

अणिमा ने कहा—"शायद प्रतिमा-दी की तबीयत फिर से खराब हो गई है।" नीरा का अस्वस्थ मन एक खोंच से खिंच-सा गया। वह बोली—"मैंने तो मना किया था। एक की तबीयत खराब और एक का अभिनन्दन...यह ठीक नहीं लगता।"

इसी समय विनो सेन आ पहुँचे। हारमोनियम खींचकर बोले—"उद्बोधन-गीत विनो सेन गा रहे हैं—

मुझ पर ही आनन्द तुम्हारा निर्भर
इसीलिए तुम आए नीचे बेकल,
अगर न मैं होता त्रिभुवन का ईश्वर,
प्रेम तुम्हारा हो जाता निष्फल।

जादूगर! गलती से त्रिभुवन के ईश्वर ने मनोहरण के जादू की लकड़ी एक धोखेबाज-पाखंडी के हाथ में दे दी। नहीं, गलती से नहीं, नीरा को अग्नि-परीक्षा के सामने लाने के लिए।

उस गीत और विनो सेन के गले से अजीब समाँ बँध गया। नीरा का चिढ़ा-कुढ़ा मन भी प्रसन्न हो गया। बूढ़े हरिचरण बाबू रो पड़े।

विनो सेन गाते रहे—

राजा के राजा हो, इसीलिए तो
फिर भी मेरे ही अन्तर की खातिर;
कितने मनहर वेश धरे फिरते हो
नाथ नित्य जागा करते हो अस्थिर।

भवें सिकोड़कर अणिमा की ओर ताका। अणिमा ने कहा—"राजा के राजा नहीं, रानी की रानी।" प्रतिवाद करने का वह समय न था, इसलिए चुप हो रही। प्रतिवाद स्वयं विनो सेन ने किया। बोले—"मास्टर साहब, यह सभा चलाएँ—खुशी मनाएँ। प्रतिमा की तबीयत ज्यादा खराब है—मुझे जाना है। तुम कुछ अन्यथा न सोचना नीरा!"

नीरा ने ना कहा। विनो सेन चले गए, तो बोली—"मेरी भी तबीयत ठीक नहीं है मास्टर साहब! मुझसे अब बैठा नहीं जाता। तकलीफ हो रही है" सच ही हो रही थी।

मामला ऐसा हो गया कि बाद में कोई कुछ कह नहीं सके। हरिचरण बाबू ने उसे आशीर्वाद दिया। मुँह में जरा-सा कुछ डालकर नीरा उठ पड़ी। सिर फटा जा रहा था, ऊपर से मन की रुखाई की हद न थी।

कमरे में उमस थी। आसमान बादलों से घिरा। मन में कटुता। बरामदे पर कुरसी खींचकर बादलों को देखने लगी बैठकर। सोचने लगी—इसके बाद उसका यहाँ रहना उचित न होगा। विनो सेन से यह कहेगी जबानी तो कह नहीं सकेगी, चिट्ठी लिखकर बता देगी। किसी बहाने कलकत्ता जाकर वहाँ से सूचित करेगी। बिजली की एक कौंध से सब गड़बड़ हो गया। मेघ गरजे। ठंडी-ठंडी हवा चली। आँखें मुँद आईं।

जाने कब सो गई। बिजली के कड़कने से नींद टूट गई। वर्षा के छींटों से कपड़े गीले हो गए थे। जोर से बारिश शुरू हो गई थी। अन्दर आकर सो रही। आह, विनो सेन का चेहरा! दीवार पर तसवीर टँगी थी। मेज पर बत्ती जल रही थी, पर उठ नहीं सकती थी वह। करवट बदली।

दूसरे दिन जगी, तो देह टूट रही थी। सिर दुख रहा था। हुआ क्या उसे? अणिमा-दी को आवाज दी।

बगल के कमरे में अणिमा-दी ने कहा—"क्या है?"

"जरा इधर आओ। देखो, मुझे क्या हो गया! बड़ा वैसा लग रहा है।"

"अरे जोर का बुखार है!" उसके बाद नीरा को कुछ याद नहीं।

वह बुखार बत्तीस दिन तक रहा। चंगी हुई चालीस दिन में। उस रोज आईने के सामने खड़ी होकर उसने अपने सूखे चेहरे को देखा। आज का इलाज—फाके की ज्यादा नौबत नहीं आती। सो हड्डियों का ढाँचा तो नहीं

हुई थी, दुबली हुई थी। इतने में अणिमा आई—क्या देख रही है? कितनी खूबसूरत हो गई?

"खूबसूरत हो गई? सब बात में दिल्लगी?"

"नहीं-नहीं, स्वयं शिल्पी का वचन।" विनो सेन ने कहा—"तुम्हारी तसवीर तक खींच ले गए। फोटो।"

"मतलब?"

"तेरा बुखार बत्तीस दिन पर उतरा। बेखबर सो रही थी तू। करवट लेकर पड़ी थी। सिर पीछे की तरफ झुक गया था। जरा—दोनों हाथ जुड़े-से थे। बाल का ढेर बिखरा हुआ। विनो सेन कलकत्ता गए थे। लौटे तो सीधे तेरे कमरे में आए। गौर से देखा। मुझसे कहा—सारी खिड़कियाँ तो खोल दीजिए। मैंने कहा—धूप आएगी। बोले—फिर बन्द कर दीजिएगा। और उन्होंने खुद खिड़कियाँ खोलीं। दरवाजे के पास खड़े होकर मुझे बुलाया, देखिए, नीरा कितनी सुन्दर दीख रही है! वोंडरफुल! और कैमरे का बटन दबा दिया देखना, सती की देह त्याग की तसवीर बनेगी।

जी में कहाँ तो खरोंच-सी लगी। क्यों? आखिर क्यों? सती के देह त्याग की तसवीर के लिए उसकी तसवीर क्यों? दम होता तो वह उसी वक्त जाती। नहीं जा सकी। तीसरे पहर जब विनो सेन आए तो उसने यह बात कही।

विनो सेन बोले—"वह एक दुर्लभ घड़ी थी। लेकर रख ली तसवीर। तसवीर बनाता तो तुम्हारी इजाजत बिना लिये नहीं बनाता। जी में आया था, पर बना नहीं मुझसे। लगा, तुमको जैसे मारे डाल रहा हूँ। कम से कम मौत की कामना कर रहा हूँ।"

बड़ी भली लगी थी यह बात। सारी जलन जुड़ा गई थी। नीरा ने गाढ़े स्वर से कहा—"मैं अब यहाँ से चली जाना चाहती हूँ विनो-दा! मैं..."

"हाँ। शान्ति नहीं पा रही हो। सह नहीं सकती।"

"नहीं।"

विनो सेन हँसे। बोले—"जोर भी क्या है अपना? जाना! मगर वह इन्तजाम मैं ही करूँगा। कम से कम यह जिम्मेदारी मुझे देना। टाइप कराके एक दरखास्त भेज रहा हूँ, दस्तखत कर देना। सरकारी स्कॉलरशिप लेकर

विदेश से शिशु-शिक्षा के बारे में अध्ययन कर आओ। मैं तुम्हारा भविष्य उज्ज्वल देखना चाहता हूँ।"

नीरा ने उठकर उन्हें प्रणाम किया। उन्होंने माथे पर हाथ रखकर उसे पैरों के पास बिठाया। अपनी मुट्ठी में उसके थोड़े-से बाल लेकर बोले—"एक बात कहूँ?"

"कहिए।"

"विचलित मत होना। दादाजी नहीं रहे।"

"ऐं!"

"न-नः, चंचल मत हो। उनके लिए रोओ मत। मना कर गए हैं वे।"

विनो सेन उठे। कहते गए—"मेरे मरने पर भी मत रोना—चाहे जहाँ भी रहो। मैं भी सबसे यही कह जाऊँगा।"

कैसे निष्ठुर हैं! वह रोई नहीं। आसमान की ओर ताकती रही। जाते-जाते फिर कहा—"एक और बात का पता शायद न हो। प्रतिमा यहाँ नहीं है। तुम्हारी बीमारी के दिनों उसकी तबीयत ज्यादा खराब हो गई थी। उसे पुरी भेज दिया है।"

लेकिन यह बात उसके जी तक नहीं पहुँची। वह सोच रही थी, दादाजी नहीं रहे! कैसे निष्ठुर हैं विनो सेन!

पन्द्रह दिन बाद ही प्रतिमा लौट आई। विनो सेन को छोड़कर वह रह भी कैसे सकती है! अणिमा-दी ने कम से कम यही कहा। फिर नीरा से बोली—"तो तू जा न कहीं हवा-पानी बदलने। या कि तू भी प्रतिमा के यहाँ रहते न जा सकेगी?"

"मैं एकबारगी चली जाऊँगी। दरखास्त का जवाब आ जाने दो।"

"विलायत जाएगी?"

"हाँ।"

उस दरखास्त के आसरे कुछ महीने रह गई। इस बीच प्रतिमा की मन की बीमारी ने उसके शरीर को धर दबाया। बेहद थकी-सी। विनो सेन ने उसे छुट्टी दे दी—आराम करो। प्रतिमा पगली-सी घूमा करती। देखकर ममता होती।

अचानक आज विनो सेन का जन्मदिन आ पहुँचा। जन्मदिन हर साल मनाया जाता था—अणिमा-दी आयोजन करती थीं। इस बार वह भार नीरा ने लिया। अगले साल रहेगी नहीं। लिहाजा उसने स्वयं माला गूँथी, अभिनन्दन-पत्र लिखा। लिखा—तुम्हारे जीवन-केन्द्र में अमृत का एक बिन्दु है, वह बिन्दु आज सिन्धु के समान करुणा की तरंगों से उमड़ उठा है। तुम्हारे जन्म की घड़ी में जन्म-भूमि ने तुम्हारे ललाट पर वैराग्य का तिलक लगाया था—जन्म-वैरागी हो तुम। आप किसी भी बन्धन में नहीं बँधते, लेकिन सबको तुम अटूट बन्धन में बाँधते हो। तुम्हारा मन इन्द्रधनुष के सात रंगों का भंडार है। अपरूप की सृष्टि करते हो तुम। रूप तुम्हारे चरणों अपनी अंजलि चढ़ाता है।

बात उसने प्रतिमा की ही सोचकर लिखी थी। लेकिन विनो सेन ने समझा, नीरा ने शायद अपने ही बारे में लिखा है और विदाई के लिए वक्त पर लालसा मन्दिर अपने जूठे जीवन को लेकर आ पहुँचे लो नीरा, ग्रहण करो।

याद आ रहा है विनो सेन कैसे बेचैन से सभा से उठ गए। शायद वहीं कोई नाटक कर बैठने को बेताब हो उठे थे। लेकिन सँभल गए। उसके बाद कमरे में घुसे। कहा, "मुझे आज कोई न पुकारे। दिन भर के बाद शाम को नीरा के बरामदे पर आकर खड़े हुए। नाटक का एक दृश्य बड़ी खूबी से सोच ले आए थे। मिलनांत नाटक। हाय, विनो सेन, तुमने नीरा को नहीं पहचाना? वह कठोर है। जूठन खानेवाली नहीं। उसका दाम बहुत है। विनो सेन ने आवाज दी, "नीरा!"

"आइए। आप जिस ढंग से कमरे में बन्द थे, सोचा, तबीयत खराब है। फिर सोचा, मैंने शायद कुछ जो-सो लिखा, कहा।"

विनो सेन ने अजीब नजर से आसमान देखकर कहा—"नहीं। यह लो। स्कॉलरशिप के लिए तुम्हें एक परीक्षा देनी होगी।" एक लिफाफा उसकी ओर बढ़ाया। नीरा चुप रही। एक पीड़ा महसूस की। यहाँ से चली जाएगी वह।

उसके बाद—कहते-कहते चुप हो गए विनो सेन।

"कहिए।"

"यह चिट्ठी..."

"किसकी चिट्ठी?"

"पढ़ देखना। लो।" वे उठे—"प्रतिमा की तबीयत आज ज्यादा खराब है। देख आऊँ जरा।"

चिट्ठी लेकर नीरा ने उन्हें ताका—प्रतिमा और प्रतिमा! चाँद में कलंक क्या रहना ही चाहिए?

नीरा!

मन से बहुत लड़कर आखिर निस्सन्देह होकर तुम्हें यह पत्र लिख रहा हूँ। मेरे अभिनन्दन में तुमने कहा—जन्म की घड़ी में जन्म-भूमि ने तुम्हारे ललाट पर वैराग्य-तिलक लगाया है, तुम जन्म-वैरागी हो। तुम किसी बन्धन में नहीं बँधते, लेकिन सबको अटूट बन्धन में बाँधते हो। मेरा कलेजा हाहाकार कर उठा। यह हाहाकार मुझमें सदा रहा है। जो अभ्यासवश पत्थर नहीं हो जाते, उन सबमें यह हाहाकार रहता है। इन दिनों उसे मैं कुछ ज्यादा महसूस कर रहा हूँ। हर पल, खासकर जब अकेले में होता हूँ, तो सोचता हूँ, मेरा कोई नहीं। कोई एकान्त अपना चाहिए, मेरी अन्तरात्मा मुझे यह जोर से कहती है। मेरी आत्मा बेकल है। तुमको मैंने चाहा है। बहुत दिन से चाहा है। आज जब चिट्ठी आई कि तुम विदेश जाओगी, सारे नाते टूट जाएँगे, तो अपना निवेदन सुनाए बिना न रह सका। मेरी आत्मा सैकड़ों भुजाएँ बढ़ाकर तुम्हें आलिंगन में चाहती है, हृदय में चाहती है, मन में चाहती है।

मैं तुमसे विवाह करना चाहता हूँ। मैं जानता हूँ, तुम मुझे प्यार करती हो। प्रतिमा कोई बाधा नहीं...। उसकी बात तुम्हें...।

आगे और नहीं पढ़ा। ठक् रह गई। प्रतिमा पर अनुरक्त विनो सेन कहते हैं कि प्रतिमा कोई बाधा नहीं! प्रतिमा को उसने विनो सेन के लिए पागल होते देखा है और विनो सेन की प्रतिमा पूजा भी देखी है। फिर भी लिखते हैं—प्रतिमा कोई बाधा नहीं। विनो सेन की बड़ी घिनौनी शक्ल उसकी आँखों में आई और उसके मन का पुराना तेज ज्वालामुखी-सा भभका।

चिट्ठी को मुट्ठी में मरोड़ दिया। गलती हुई-सी निकल पड़ी—लम्पट! नीच! प्रतिमा का जीवन बरबाद करके। विनो सेन के यहाँ पहुँची। दरवाजा खोलकर उसके सामने खड़ी हुई। दूसरे ही क्षण सुनाई पड़ा, विनो सेन क्षमा माँग रहे हैं, मुझसे कुसूर हो गया।

नीरा चीख उठी—"आप लम्पट हैं, नीच, फरेबी।"

रात के सन्नाटे को चीरकर वह चीख बिखरने लगी। सारा आश्रम चौंक उठा। क्या हुआ?

विनो सेन गिड़गिड़ाने लगे—"हाथ जोड़ता हूँ। मुझे क्षमा करो।"

"क्षमा! उधर प्रतिमा और यह चिट्ठी!"

विनो सेन स्तब्ध हो गए। अपमान से उन्हें बेतरह जख्मी बनाकर वह घर से निकल आई। लड़कर नीरा जीतती आई है। यहाँ भी वह नहीं हारने की। जीतेगी। जीती भी। हारी नहीं। आश्रम के एक-एक आदमी ने देखा, विनो सेन का सिर झुका है। अपराधी-से चुप हैं वे। ईश्वर साक्षी।

अपनी उस हार को छिपाने के लिए विनो सेन बोले—नाटक तो खतम हो चुका, आप सब जाइए।

यानी एक रंगीन परदा डालकर सब कुछ को ढक देना चाहा। कल सुबह कहेंगे, अभिनेत्री नीरा चली गई। सब झूठ था।

"दीदी जी..."

गाड़ीवान ने पुकारा। ओह—हो, यह दुर्गापुर बराज के पास आ पहुँची। मानस-मंच के नाटक में एकबारगी डूब गई थी।

नाटक! हाँ नाटक! लेकिन जीवन-नाटक में सभी तो नायक-नायिका ही नहीं, वे पार्श्व-चरित्र हैं, सैनिक, दूत—उनकी भूमिकाओं में जरा शोरगुल हुआ नहीं कि वे व्यंग्य-पात्र हो पड़े। उनकी फिर हँसी होती है, लोग गाली-गलौज देते हैं। नीरा नायिका है। अपनी भूमिका में आज वह जल सकी है, जोर के गले से गर्व के साथ तुमको अपराधी बताया है, इसीलिए वह विजयी है। तुम्हारे ढोंगी स्वरूप का कच्चा चिट्ठा खोलकर वह नए अंक में, नई पट-भूमि में चली।

"पुल पार करने के लिए पैसा चाहिए दीदी जी!"

नीरा ने उसे एक रुपया दिया।

उस पार दुर्गापुर। बिजली-बत्ती की कतारें। नया हिन्दुस्तान। लड़ाई के बाद की दुनिया। उसके जीवन की नई पृष्ठभूमि।

हाय, विनो सेन!

काश, तुम ठग न होते! तुम्हें नीरा ने बड़ी श्रद्धा की थी। प्रतिमा के लिए तुम्हारी दीवानगी के बावजूद श्रद्धा की थी। गहरी श्रद्धा। तुम मिट्टी के देवता हो। गिरते ही चकनाचूर हो गए।

न: अफसोस मत करो नीरा! नई दुनिया में प्रवेश कर रही हो। नया जीवन। विनो सेन की मत सोचो। पोंछ डालो, ब्लैक-बोर्ड पर बनी खड़िया की तसवीर की नाईं डस्टर से पोंछ डालो।

मगर मिटता नहीं। चोट खाकर हिंसालु मन। वह चेहरा बार-बार याद आता है।

खैर। बार-बार पोंछेगी उसे।

गाड़ी कंक्रीट के पुल से उस पार को चली जा रही थी।

चौदह

परदा फिर उठा।

जीवन जहाँ नाटक होता है, वहाँ जीवन में नाटक के गति-वेग का संचार होता है। चाहें भी तो बीच में नेपथ्य से जाया नहीं जा सकता। ईश्वर चाहे हो, चाहे न हो, अनदेखे नाट्यकार-जैसी एक अनोखी शक्ति की सत्ता होती है। या पृथ्वी के कार्य-कारण की गति-जैसी जीवन में भी एक स्वयंक्रियता होती है, जो एक निश्चित गति से अन्त न होने तक चलती ही रहती है—रुक नहीं सकती, रुकने का उपाय नहीं। बीच में जहाँ रुकती है, वहाँ एकाएक कुछ ऐसी बात होती है, आकस्मिक घटना कोई। वैसे में कोई सवाल करने की गुंजाइश नहीं होती, दलील नहीं चलती। नीरा के जीवन में वैसी कोई आकस्मिक घटना नहीं घटी, किसी दुर्घटना से जीवन-नाटक में रुकावट नहीं पड़ी। इसीलिए दो साल के बाद दमदम हवाई अड्डे की पृष्ठभूमि पर वह अचानक फिर दिखाई पड़ी। वह इंग्लैंड से पूरब को आनेवाले एक हवाई जहाज से उतरी।

सन् 1958 अक्तूबर का महीना।

शरत् के आकाश में हल्के-सादे मेघों की आवा-जाई चल रही थी। नीरा उतरी। कन्धे से झूलता हुआ बैग, बदन पर हल्के रंग का एक ऊनी ओवरकोट, काले मुखड़े पर शीत-प्रधान देश की एक चमक, लेकिन होंठों में लिपस्टिक नहीं, रूज पाउडर नहीं। बल्कि चेहरे में, आँखों में एक शीर्णता-सी। हाँ, दोनों भवों के संगम पर तीखेपन के शिकन, जो कि कुंकुम के टीके से भी ढके न थे। बड़ी-बड़ी आँखों की नजर में पैनी धार। छिपी कुढ़न की तेजी मानो हर किसी को रुकने को कहती हो। परन्तु उस पर एक छाँह-सी पड़ी। बरसात में क्षितिज पर सजलता के भार से झुके काले मेघों से जैसे मेघहीन बीच आकाश की दोपहर के सूरज की तेजी पर भी छाया पड़ती है, वैसी ही छाया। इंग्लैंड से दो साल की पढ़ाई खत्म करके वह लौटी। लीड्स यूनिवर्सिटी में बच्चों की शिक्षा की विशेषज्ञ बनने के लिए उसे स्कॉलरशिप मिला था, जिसके कागजात देते वक्त विनो सेन ने उसे प्रेम-पत्र दिया था—वही पढ़ाई समाप्त करके दो साल बाद लौटी।

थोड़ी दुबली भी हो गई थी—कुछ और गम्भीर। प्लेन से उतरी तो वह उदास-सी थी, रूखी-रूखी। असल में हवाई जहाज पर मन की आँखों में वह पिछले जीवन को दुहराती आई थी—पुराने सभी अंक, सभी दृश्य। सिर्फ तीसरा अंक नया है, अधूरा तीसरा अंक।

उस रोज दुर्गापुर बैरेज के पुल पर दूसरे अंक की जो यवनिका गिरी थी, वह अब उठी। पहली बार।

नहीं-नहीं, पहली बार नहीं। इन दो सालों के बीच विदेश में वह उठने-उठने को हुई। कभी शुरू होते ही बन्द हो गई या उठते-उठते नहीं उठी। लेकिन खैर! जो हो चुका, उसका अभिनय देखकर क्या लाभ?

आते समय प्लेन पर वह यवनिका उठी थी, उठी थी। किसी मौके से नहीं, मन की ताकीद से। सुदूर विदेश में भी उसने सुना—विनो सेन व्यंग्य से कह रहे हैं, कलंक का बोझ लादकर मेरे जिस सिर को तुमने झुकाना चाहा था, वह झुकने का नहीं, ऊँचा ही है। तुम्हारे अभिनय की आड़ में तुम्हारा जो स्वरूप छिपा है, उसे मैंने आँक दिया है।

उसका निबटारा कर लेना है। जरूर। मेरे जीवन-नाटक का अन्त मेरे जीवन के साथ होगा, लेकिन तीसरे अंक में तुम्हें मंच से निकल जाना पड़ेगा। कठोर

नीरा ने किसी को माफ नहीं किया, तुम्हें भी नहीं करेगी। इसीलिए वह मन में लेखा ले रही थी। विनो सेन ने जो किया, उसका भी क्या उसे अधिकार था? उसके जिस रूप को स्वरूप के नाते आँका है, क्या वह सत्य है?

रात को प्लेन पैंतीस हजार फुट ऊपर से उड़ने लगा। एयर होस्टेस अपना कर्तव्य कर चुकी। आफत आए तो लाइफमेस्ट पहनकर खिड़की से कैसे कूदना पड़ेगा, यह सब हो चुका। जरा देर के लिए दिल डाँवाँडोल हुआ, फिर हँसी भी आई। वही हो तो क्या! कोई रोनेवाला नहीं—उसे भी किसी की याद नहीं आएगी। लेकिन एक ही कसक हो आई, विनो सेन से निबटारा न हो सकेगा। इस निबटारे के बिना मन मरने को हिचक रहा था।

उसके बाद बत्तियाँ गुल हो गईं। मन्द जोत वाली कुछ बत्तियाँ स्वप्निलता जगाती हुई जलने लगीं। मुसाफिर सो गए। हवाई जहाज की आवाज कि आवाज। बाहर अँधेरा। ऊपर नखतों की झलमलाहट। महाशून्य में, महामौन में लगातार गरजता-सा हवा होता जा रहा था जहाज। विशाल दोनों डैनों के पीछे लाल, नीली, सफेद बत्ती जल-बुझ रही थीं।

ऐसे ही समय परदा उठा। वही पहला अंक, वही दूसरा अंक। अभिन्न-से। उसके बाद? तीसरे अंक की यवनिका कहाँ उठेगी? कलकत्ता में होटल के सिवा जाने की जगह कौन-सी थी? दादाजी रहे नहीं। किसके पास जाती? अपने घर? चचेरे भाइयों के पास? नहीं। जो मर चुका, जिसे दफनाकर या चिता पर आग लगाकर चली आई है, उसे खोदकर या राख टटोलकर देखने की इच्छा न हुई। होटल ही ठीक है। नीरा आज वह नीरा नहीं। आज वह कहीं सबल। होटल ही ठीक है।

हाथ में स्थिति के हिसाब से रकम अच्छी ही थी। तीन साल की तनखा के रुपए, प्राविडेंड फंड—कुल मिलाकर ढाई हजार रुपए। अपना भविष्य तो तय ही करके आई थी। विदेश से लौटकर शिक्षा ही उसके जीवन का व्रत होगा। विवाह की कल्पना तो कब की मिट चुकी थी। इन कुछ वर्षों में उसके अजानते उसकी सम्भावना का कोई अंकुर उगा भी था, तो उसे विनो सेन ने उजाड़ दिया। विनो सेन से विवाह की कामना तो नहीं ही थी, उसने लेकिन पुरुष-मात्र से नफरत उपजा दी। ब्याह, घर-गिरस्ती—कुछ नहीं। नए युग की नारी, नई उसकी कल्पना, नया उसका जीवन, नया उसका रास्ता।

कई बार जी में आया था, विनो सेन के जतन से जो वृत्ति उसे मिली, उसे न ले वह। लेकिन ले भी क्यों नहीं? देश के नाते उसका भी तो अधिकार है। इम्तहान देकर ही तो वह उसकी अधिकारिणी होगी।

सो वह चली। विदेश जाने की राह में कलकत्ता में एक होटल में ठहरी। दादाजी के यहाँ एक दिन गई थी। वह मार्मिक स्मृति है एक चन्द्रमाविहीन रात का आसमान नहीं, सारे तारे धुले काले एक वेदना-समुद्र का असीम सूनापन।

वह भाग आई थी।

बड़े लोगों का घर बसाना उचित नहीं। किसी राष्ट्र के जीवन से गांधीजी, नेताजी, रवीन्द्रनाथ का जाना सह जाता है, लेकिन एक गिरस्ती में ऐसे आदमी का उठ जाना द्वारिका की कहानी की पुनरावृत्ति है। श्रीकृष्ण के तिरोधान के साथ ही साथ समुद्र ने अपनी लोल लहरों में द्वारिका को समेट लिया। न केवल मान-सम्मान की बात, हवा;धूप तक की कमी हो जाती है। आँखों का खारा पानी समुद्र बन जाता है।

रोने की इच्छा हुई, लेकिन रो नहीं सकी।

यहीं यवनिका उठ गई। स्मृति का प्रयोजक चूक नहीं करता।

यवनिका उठी कलकत्ता के रीजनल पासपोर्ट ऑफिस में। ब्रेबॉर्न रोड। पासपोर्ट के लिए गई थी। दिल्ली में चुनाव का इम्तहान अच्छा ही दे आई थी। हाँ, विभाग के सेक्रेटरी ने पूछा था—"आपने विनो सेन के आश्रम में काम किया था, वहीं से बी. ए. पास किया है?"

उसने कहा था—"हाँ।"

"तो आपको बच्चों को पढ़ाना भला लगा है, क्यों?"

"जी हाँ!"

"श्री सेन का आपके बारे में बड़ा ऊँचा खयाल है। उन्होंने एक सर्टिफिकेट भेजा है।"

नीरा को अच्छा न लगा। वह चुप रही।

पन्द्रह दिन के अन्दर स्कॉलरशिप की खबर आ गई थी।

इस दृश्य की पटभूमि है रीजनल पासपोर्ट ऑफिस का विजिटर्स वेटिंगरूम। छोटा-सा कमरा। बहुत-सी कुरसियाँ, बीच में एक गोल टेबल। बहुत-सी पुरानी पत्र-पत्रिकाएँ। चीनी, बरमी, ऐंग्लो-इंडियन या यूरोपीय कई लोग़, दो ऐंग्लो-इंडियन लड़कियाँ और टाईवाले देशी लोग, लिपस्टिक लगी, बॉब बाल और गॉगल्स वाली स्त्रियों, जो सिगरेट भी पीतीं।

वहीं एक कुरसी पर बैठ गई थी वह। बैठी की गॉगल्स खोलकर, होंठों से सिगरेट हटा एक स्त्री सहसा बोल उठी—"नीरा!" स्वर में अपार अचरज।

नीरा अपने जीवन और भविष्य की चिन्ता में उलझी थी। आवाज से वह सजग हुई और उसे पहचानकर ताज्जुब के साथ बोली—"एना भाभी?"

"हाँ! उफ कितने दिन बाद?"

"पाँच साल हो चुके।"

"वाह, कितनी निखरी हो तुम! मैंने कहा था न?"

"कहा तो था लेकिन अपनी खूबसूरती के पीछे परेशान नहीं रही और आईने के सामने अपने को देखने का समय नहीं आया।"

"न पाया हो चाहे, किसी ने कहा भी नहीं?"

बुझा हुआ क्षोभ भक् से जल उठा था। जब्त कर गई थी वह। कहा था—"स्कूल में पढ़ाती थी। वह सब अपने दायरे के बाहर था।"

"गलत बात। संन्यासिनी का भी रूप हो और कोई पास जाकर कहे—इतनी खूबसूरत हो तुम..."

बाधा देकर वह बोली—"रुको भी भाभी!"

"रुको। एक बात कह लूँ, मैं अब तुम्हारी भाभी नहीं। उनसे मेरा तलाक हो गया है।"

"तलाक?"

"हाँ। पटी नहीं। इसके सिवा अजित की हालत भी बहुत खराब हो गई है। बहुत-बहुत बात है—महाभारत। जाने दो। लेकिन तुम यहाँ?" पासपोर्ट ऑफिस में?"

नीरा ने कहा—"भारत सरकार का एक स्कॉलरशिप मिला है। दो साल की ट्रेनिंग के लिए इंग्लैंड जाना है।"

"अच्छा! चलो, चलो—जरा बाहर चलो। सुनें। तुमने कुछ करके दिखाया। वाह!"

बाहर नीरा से राब सुना। गले लगाकर बोली—"उन लोगों ने तुमको नहीं पहचाना, मैंने पहचाना था। हाँ, इतना नहीं। उफ, तुमने अवाक् कर दिया। एक बार, सिर्फ एक बार जब सोमेश बाबू ने अजित से कहा था, अपनी बहन से अगर मेरे लड़के की शादी कर दो, मैं फिल्म वाला नुकसान कम्पनी में शामिल कर लूँगा—बस, उसी समय..."

जरा रुककर कहा—"क्योंकि अजित मेरे ही कहे फिल्म में उतरा था, उसके नुकसान का कारण मैं हूँ, यही लगता था। इसीलिए उस साजिश में मैं भी—तुम्हें इतना नहीं समझ सकी थी—खैर, अभिनन्दन करती हूँ।"

नीरा ने भाइयों के बारे में पूछा-ताछा।"

चाची चल बसीं। अजित का सब बिक-बिका गया। घर बेच रहा है। घर से नाता भी नहीं। दलाली करता है और बस्ती में एक औरत के साथ रहता है। भाइयों का भी वही हाल है।

नीरा को फिर रोने की इच्छा हो आई। रो नहीं सकी। खिड़की से बाहर आकाश की ओर देखती रही।

एनाक्षी कुछ क्षण चुप रही। ममता-सी उसे भी थी शायद। कुछ भी हो, हृदय तो था आखिर। बोली—"अजित की गरीबी और विश्वासघातकता, दोनों नहीं सह सकी। कोई एक तो सह भी लेती। विवाह मैंने प्रेम करके ही किया था।" फिर चुप हो गई। कुछ देर बाद बोली—"एक बात बताऊँ। विदेश जा रही हो, काम देगा। कहा न मैंने, अजित वगैरह घर बेच रहे हैं। लेकिन चूँकि तुम्हारा हिस्सा है, इसलिए कोई लेना नहीं चाहता, जब तक तुम्हारे भी हस्ताक्षर न हों। वे तुम्हें ढूँढ़ रहे हैं। जाते ही तुम्हें रुपए मिल जाएँगे। कल ही जाना, भला! दबाओगी, तो ज्यादा मिलेगा।"

नीरा को हँसी आई। कहा—"जाऊँगी। लेकिन यह तो कहिए, आपने तलाक तो दिया, दुबारा शादी भी की?"

"राम का नाम लो! फिर! भर पाया।"

"जिससे बातें कर रही थीं, वह कौन है?"

"दोस्त। फिल्म का प्रोड्यूसर डाइरेक्टर है। यूरोप जा रहा है। मुझे साथ ले चलना चाह रहा है। पूछा—चलोगी। मैंने हाँ कह दिया। आई ऐम आलवेज ए स्पोर्ट। खेलने के लिए आई हूँ, क्यों न खेल जाऊँ, कहो?"

वहाँ का काम नीरा का आसानी से हो गया। पन्द्रह दिन में पासपोर्ट पा जाएगी, अफसर ने कहा। वह जाने लगी, तो एनाक्षी ने हाथ हिलाकर कहा—"गुड लक। कहीं मैं भी पहुँच पाई विलायत तो भेंट होगी। मगर तुम दमदम जाना। रुपए मिल जाएँगे।"

दृश्यान्तर। दमदम का वही पुराना घर। इन्हीं कई सालों के भीतर लोगों से भर गया। बगीचे काटकर रिफ्यूजी कॉलोनी बनी। टाली की छौनी वाले मकान। पक्के खूबसूरत बँगले। रास्ते हैं तो टेढ़े-मेढ़े मगर कोलतार के। उसके घर के पास तो एक बाजार ही बस गया था। पहचानना मुश्किल! घर भी श्रीहीन-सा खड़ा। अजित घर पर नहीं था। था सुजित। उसकी भी शक्ल घर की दीवारों-जैसी ही श्रीहीन।

सुजित निकला—"अरे, नीरा!"

"हाँ।"

सुजित के अचरज की सीमा न थी, मगर उसमें एक दीनता थी। उस दीनता ने नीरा के हृदय को छुआ। ममता से घर को एक बार उसने देखा। सुजित की स्त्री को देखा। खासी लड़की। गिरस्ती घर की। कामकाज में पटु। दुख के अन्न को ऐसी लड़कियाँ सुख से सजा ले सकती हैं। उसने इसे चाय पिलाई। एक डंठल टूटे प्याले में। नीरा को अजित के उस दामी चाय के सेट की याद आ गई थी।

सुजित दुख का जिक्र करते हुए रो पड़ा था। कहा था—"कभी-कभी मुझे लगता है नीरा, तुम्हारी उसाँसों से ही हमारे घर की लक्ष्मी आँधी में फूस के छप्पर-जैसी उड़ गई।"

नीरा को बात लग गई थी। लेकिन रो नहीं सकी वह। उसने कहा—"मेरा यकीन कर सुजित, तू मेरा विराना नहीं। उम्र में बड़ा है, बड़ा चचेरा भाई। मैं

तेरा बदन छूकर कहती हूँ, मैंने तुम लोगों का बुरा कभी नहीं चाहा। फिर इस कदर आगे की ओर दौड़ना पड़ा है कि पलटकर अफसोस करने की, साँस लेने की फुरसत ही नहीं मिली कभी। पिछली बातों से कभी-कभी रंजिश जरूर हुई है, लेकिन तुम लोगों की बुराई नहीं चाही।"

बहू ने कहा—"मैंने बहन, इन लोगों से कहा है, अपनी गलतियों को सुधारी, औरों पर तोहमत न लगाओ। शराब छोड़ो, बेच-खोंचकर जो मिले, कर्ज चुकाओ और मेहनत-मशक्कत करके खाओ।"

उस सरल लड़की की बातें बड़ी भली लगीं। इतने में अजित आया। अब बस्ती में नहीं रहना। गाहे-बगाहे जरूरत पर घर आना। घर में रहने का उपाय भी न था। खुदरा पावनादारों से नाक में दम, बड़े की छोड़िए।

अजित को देखकर लगा, एनाक्षी का कोई कुसूर नहीं। तलाक देकर ठीक ही किया है उसने। यह तो एक नशेबाज अश्लील-सा आदमी। नीरा को देखते ही बोल उठा—"माई गॉड! तू तो बिलकुल मेनरेबुल लेडी हो गई है रे! काश, तू मेरी तसवीर में उतरती! साले डाइरेक्टर की बात में आकर एक बुढ़िया को छोकरी बनाकर..."

वह डपट उठी थी—"अजित भैया!"

अजित चौंक उठा था। उठने की बात भी थी। उसका मिजाज न केवल रुचि में, हर बात में नीच हो पड़ा था।

सुजित ने कहा—"नीरा स्कॉलरशिप लेकर इंग्लैंड जा रही है।"

अजित 'हाँ' कह गया था।

सुजित कहता गया—"अपने हिस्से का मकान बेचने आई है। अब यह फिल्म की कपास क्यों ओट रहे हो? बड़े नीच हो गए हो तुम। तमीज तक भूल बैठे।"

अजित झुक गया और सकपकाकर बोला—"मैं नहीं जानता था, नहीं जानता था।"

नीरा का गुस्सा जाता रहा था, वह दुखी हुई थी। दिन भर वह वहीं रही। वहीं खाया। खोज-ढूँढ़कर अपने माँ-बाप की तसवीर वह ले आई थी।

मकान की बाबत उसे आठ हजार रुपए मिले। विलायत जाते समय उसके हाथ में दस हजार रुपए हो गए। कीमत और ज्यादा मिलती उसने जालसाजी समझी, लेकिन कोई एतराज नहीं किया। जानकर ही नहीं किया। अजित को अगर कुछ ज्यादा मिलता है, तो मिले। हँसी थी। जी में पीड़ा हुई। मन ही मन बोली—वास्तुदेवता, मुझे माफ करना। मेरे भाग्य-देवता ने मेरे नसीब में घर-गिरस्ती, बाल-बच्चा नहीं लिखा। लिहाजा गले में आँचल डालकर सुबह-साँझ तुमको दीया दिखाना अपने भाग्य में नहीं बदा है। उसकी रही-सही आशा पर भी विनो सेन ने पानी फेर दिया। आज वह राह पर खड़ी है, बहुत दूर की यात्री। घर! तुम जिसकी किस्मत में हो, जिसे तुम्हारा सुख नसीब है, तुम उसके हुए। वे तुम्हें सोने का मन्दिर बनाएँगे।

उस दिन भी उसे रोने का जी हुआ, लेकिन न रो सकी। एक दिन और ऐसा ही हुआ था, जब विदेशगामी हवाई जहाज का चक्कर लगाकर कलकत्ता को पीछे छोड़ता हुआ उड़ चला। देश में ही घर होता है, इसीलिए देश अपना होता है। घर में ही अधिक ममता मिलती है, इसीलिए घर पर इतनी ममता होती है। लेकिन घर उसके लिए नहीं।

इंग्लैंड में कई दिन तक यह उदासी बढ़ी थी। सोचा करती—क्यों? ऐसा क्यों हुआ? चलते हुए थकावट आई हो जैसे। बाद में इसे उसने मिटा डाला था। शिक्षा की धुन में इसे भुला बैठी थी। वहाँ उत्साह से बढ़ने के उपकरण बहुत थे। अनोखा देश, मुक्त, स्वाधीन। देखकर वह हैरान रह गई थी कि जीवन भी इतना मुक्त और हास्यमुखर हो सकता है। फिर भी जब देश की याद आ जाती तो बड़ी पीड़ा होती। लगता, जीवन से हँसी-खुशी उड़ गई है, हृदय बोझिल है। लेकिन क्यों, आकर्षण की कोई चीज वहाँ छोड़कर तो आई नहीं? जीवन में किसी का कर्ज तो रहा नहीं। चचा के यहाँ तो सारा कुछ चुका आई। तो फिर? छिपाना क्या, छिपाए भी क्यों, अचानक उसने ईजाद किया, विनो-दा से वह जो आचरण कर आई, वह अच्छा नहीं हुआ। और सहज भाव से हो सकता था। चिट्ठी में जवाब लिखकर आ सकती थी। एक ही बात में उसका

जवाब हो सकता था—छि: विनो-दा, देवता जब कंगालीपना करता है, तो आदमी आखिर क्या कर सकता है?

न: यह तो बेहिसाब नरम होता। वह लिख सकती थी, न...। यह नहीं लिखा जाता। आपने प्रतिमा को प्यार किया है, फिर मुझे प्यार किया। मैंने जीवन में किसी को प्यार नहीं किया। मेरा यह पाक हृदय क्या उसके हाथ दिया जा सकता है, जिसका हाथ जूठा है? नहीं। यह नहीं लिख सकती। विनो सेन से माफी भी नहीं माँगी जा सकती। वह अपना अपमान होता है। बीच-बीच में वह सपने में देखती, विनो सेन गिड़गिड़ाकर कह रहे हैं, मैं हाथ जोड़ता हूँ, मुझे माफ करो। मगर अब वह करे तो क्या करे? जो चोट कर चुकी है, उसे कैसे लौटा ले? यह भी जी में आया, विनो सेन ने उसका अपमान जरूर किया है, लेकिन उसके लिए किया भी बहुत है—बहुत। सो जब यहाँ से जाऊँगी तो एक बार जाकर उनसे कहूँगी, उस दिन को भूल जाइए।

फिर सब बदल गया। फिर जल उठी। जीवन में फिर नाटकीय आघात पहुँचा। आघात विनो सेन ने ही किया। इसीलिए रास्ते भर वह यही सोचती आई कि उसके जीवन-नाटक से विनो सेन को प्रस्थान करना ही पड़ेगा। उनसे अन्तिम लड़ाई होगी। घटना उस रोज घटी। वह पास करने के बाद यूरोप के विभिन्न शहरों में घूमने की अनुमति और वीसा के लिए इंडिया हाउस गई थी। वहाँ के एक कर्मचारी उसे देखकर अचरज से बोल उठे थे—"स्ट्रेंज! आप?" वही नहीं अचरज से और कई लोगों ने उस पर टकटकी लगा रखी थी। वह खीजकर बोली थी—"आप लोग क्या कहना चाह रहे हैं, मैं समझ नहीं रही हूँ।"

अन्त में बात साफ हुई। इंडिया हाउस में भारत के कुछ कलाकारों की तसवीरें आई थीं। उनमें से एक बड़ी तसवीर थी, महाश्वेता! जितना ही सुन्दर चित्र, उतना ही सुन्दर उसका विषय। बहुत ही रोमांटिक। कवि बाणभट्ट की कादम्बरी के आधार पर बना था। नीरा को मालूम था। विनो सेन ने प्रतिमा को महाश्वेता के रूप में आँकना चाहा था। लक्ष्मी का मानस-पुत्र पुंडरीक और गंधर्व-कन्या महाश्वेता दोनों एक-दूसरे पर मुग्ध हुए। लेकिन मिलन के पहले

ही पुंडरीक चल बसे। महाश्वेता भी आत्महत्या करने को तैयार हुई। लेकिन देवताओं ने कहा—नहीं, तुम तपस्या करो। पुंडरीक को फिर से पाओगी। महाश्वेता तपस्विनी बनी। तपस्या की। पुंडरीक ने वैशम्पायन होकर जन्म लिया। एक राजा के मंत्री का बेटा। राजा के पुत्र चन्द्रपीड़ का बन्धु, उसका भावी मंत्री। दोनों युवक हुए। दिग्विजय को निकले।

वैशम्पायन सेना लेकर गंधर्वलोक गए। वहीं महाश्वेता अपने प्रेमी के पुनर्जीवन के लिए जंगल में तपस्या कर रही थी। उसे देखकर वैशम्पायन को कैसी तो एक अस्पष्ट लेकिन जबर्दस्त स्मृति का अनुभव हुआ। वे आगे बढ़े। तुम मेरी हो, मेरी। महाश्वेता के तपः क्षीण शरीर से तेज निकला। उस तेज में उनका फिर से आया हुआ प्रेमी जल गया। वही चित्र। लेकिन चित्र की महाश्वेता और नीरा मानो एक हो। गजब की समानता। देखते ही पहचान लीजिए। मानो उसी को महाश्वेता का मॉडल बनाकर चित्रकार ने चित्र बनाया है। उसने चित्र को देखा। याद आया, अणिमा-दी ने कहा था, बीमारी में जब वह सो रही थी, तो विनो सेन फोटू खींच ले गए थे। लमहे में उसे क्रोध हो आया। आँखें लहक उठीं। चित्र में उसी का मुखड़ा, उसी की दृष्टि। अणिमा-दी से सुनते ही नीरा ने आईने में अपना प्रतिबिम्ब देखा था। सोचा था, कैसी भद्दी सूरत की तसवीर ले गए विनो सेन! लेकिन आँखों में वही दीप्त दृष्टि थी, जो कि शरीर क्षीण और दुर्बल था। ठीक वही तसवीर। वैशम्पायन के चेहरे पर विनो सेन के मुखड़े की छाप। क्रिमोटेरियम में जलाए गए शव जैसे, फिर भी पहचानने लायक बनाया था विनो सेन ने। उसके बाद भी जब-जब वह इंडिया हाउस गई उसी रोज की पुनरावृत्ति-सी हुई। एक दिन अखबार वाले ने चुपके से तसवीर तक खींच ली। इससे उसका मन फिर से उग्र हो उठा। मन ही मन वह बोली—आप तो मेरे नहीं विनो सेन—छिः!

इस क्षोभ से वह इस कदर बेचैन हो उठी कि यूरोप घूमने की इच्छा छोड़कर भारत आनेवाले जहाज में जा बैठी—अपने जीवन-नाटक से विनो सेन को प्रस्थान कराना ही पड़ेगा।

कलकत्ता पहुँचकर सबसे पहले विनो सेन के पास जाएगी। नाटक अब वह नहीं करेगी, लेकिन विनो-दा से पूछेगी, पुंडरीक दूसरे जन्म में वैशम्पायन बना—उसके क्या प्रतिमा सरीखी प्रेमिका थी कोई और, क्या वह महाश्वेता-जैसी प्रेम-मुग्ध गंधर्व कन्या है? जिसे जीवन में रोड़ों पर, काँटों पर चलना पड़ा है, उसने जीवन से प्रेम के स्वप्न को मेट डाला है—आपने उसका ऐसा अपमान क्यों किया? ऐसा अपमान तो मन्ना घोष ने नहीं किया, सोमेश बाबू के लड़के ने नहीं किया। तोबा!

न:, नाटक ही करेगी। उसके जीवन-नाटक का चरम नाटकीयता में ही अन्त होना अच्छा है।

वह विष ले जाएगी। विनो सेन से कहेगी—आप इतना प्यार करते हैं, नहीं जानती थी। जाना तो आज मेरी व्यग्रता की सीमा नहीं। मगर प्रतिमा के रहते मैं आपको नहीं पाना चाहती। आपको एकान्त में अपना बनाकर पाना चाहती हूँ। आइए हम दोनों जहर खाएँ—लीजिए...

मालूम है उसे, विनो सेन का खून सूख जाएगा, पीछे हट जाएँगे—नहीं नीरा, नहीं...

वह ठठाकर हँसेगी।

इतने में सामने के लाउडस्पीकर पर घोषणा हुई—"एटेंशन प्लीज! हम दमदम पहुँच गए हैं। कुछ ही मिनट की देर है।"

उत्साहित होकर उसने अपना बेल्ट बाँधा। प्लेन उतर रहा था। वही कलकत्ता। उधर उसका मकान था। वह रही गंगा—वह तेरहमंजिला सचिवालय...

एक झटका देकर प्लेन के चक्कों ने रन-वे का स्पर्श किया।

कल्पना की उमंग शायद स्थायी नहीं होती। इसीलिए वह उदासी और रुखाई लिये ही उतरी। विनो सेन से निबटने का संकल्प अपनी जगह पर था।

मुल्क की मिट्टी पर उतरकर एक आवेग कलेजे में मेघ-सा घनीभूत हो रहा था। हृदय में छाया उतरी थी। लेकिन उसका मेघ बाँझ था। पानी नहीं

बरसाता। आँखों से दो बूँदें टपक पड़तीं तो वह अपने को धन्य मानती। थकावट और उदासी भी जाती रहती। लेकिन रुलाई नहीं आती उसे।

मुसाफिरों के साथ वह कस्टम्स ऑफिस में गई, यह भी एक अध्याय।

नीरा!

कस्टम्स से निबटकर वह लाउंज में पहुँची। आन्तर्जातिक भीड़। उसी भीड़ में से किसी ने उसे पुकारा।

जानी-चीन्ही आवाज। नारी का कंठ। मगर कौन? किधर से कौन पुकार रही है? चारों ओर ताकने लगी। हठात् देखा, एयर इंडिया की तरफ से अणिमा-दी आ रही हैं। अचरज-सा हुआ। अणिमा-दी? उसे लेने आई हैं? नहीं-नहीं, यह कैसे हो सकता है! वह क्या जाने, में आ रही हूँ। और आए भी क्यों? उस रात के बाद से तो कोई संसर्ग ही नहीं रहा है उससे।

अणिमा-दी करीब आई। एड़ी से चोटी तक उसे देखा। पूछा—"लौट आई?"

"हाँ। अभी-अभी कस्टम्स से निकली।"

अणिमा-दी ने फिर एक बार उसे देखा। फीकी हँसी हँसकर बोली—"ठीक है। बड़ी खूबसूरत हो गई है रे!"

अणिमा-दी में बड़ा परिवर्तन हो गया था। कैसी तो—हाँ बहुत बदल गई है। आज नीरा के गले लगकर हँसती हुई अपना भारी-भरकम शरीर लिए उस पर लुढ़क नहीं पड़ी, कहा—"मजे में थी? उँह! दुबली हो गई है। बदल गई है। बहुत।"

"मेम साहब हो गई हूँ?"

"न:। मरियल सी लग रही है। ठहरेगी कहाँ?"

" देखूँ। किसी होटल में। दादाजी होते, तो वहाँ जाती। खैर, तुम यहाँ कहाँ? कोई आनेवाला है। तुरन्त विनो सेन का खयाल आया। बोली—"तो मैं चलूँ?"

"जरा ठहर। कोई आ नहीं रहा है, मैं जा रही हूँ।"

"प्लेन से? कहाँ?"

"डलहौजी?"

"डलहौजी? वहाँ क्या, नौकरी? यहाँ की नौकरी छोड़ दी? खूब किया।" खुश होकर नीरा एक साथ बहुत बात कह गई।"

लम्बी उसाँस लेकर अणिमा-दी ने कहा—"नहीं-नहीं, वहाँ विनो-दा रहते हैं। मैं ही देखभाल करती हूँ, और तो कोई है नहीं।"

सारा पारिपार्शिवक, इतना बड़ा हवाई अड्डा, सब मानो बिखर-सा गया। खिलौने की तरह नीरा बोली—"वहाँ विनो सेन रहते हैं? तुम्हीं देखभाल करती हो? और कोई नहीं है? यह सब कह क्या रही हो तुम?"

"वह लम्बी दास्तान है। विनो सेन को टी. बी. हुई है।"

"टी. बी.?"

नीरा के पैरों तले भूकम्प-सा हो गया। वह स्थान-काल भूलकर चिल्ला पड़ी—"कहती क्या हो अणिमा-दी?"

आस-पास के लोग उसकी तरफ ताकने लगे। अणिमा का गला रुँधता जा रहा था। वह बोल नहीं सकी। अपने को जब्त करके गरदन हिलाकर उसने कहा—"हाँ, विनो सेन को टी. बी. हुई है।"

वह मजबूत और जीवट के विनो सेन। असम्भव है यह। इस अप्रत्याशित संवाद से उसकी थकी स्नायुओं में एक प्रवाह-सा दौड़ गया। काँप उठी। हाथ, पैर, होंठ—सब काँपने लगे। छाती के अन्दर कलेजा पछाड़ खाने लगा। आसमान मानो कैसा हो गया। पेड़-पौधे, लोग-बाग सब मानो नीरा के सामने अर्थ खो बैठे।

कुछ देर चुप रहकर अपने को सँभालकर अणिमा ने कहा—"बस, वही सत्यानाशी! चौपट कर गई। प्रतिमा।"

नीरा को बिजली का धक्का लगा। उसका कुसूर?

"कुसूर? कुसूर सारा ही। उसे यह रोग था। बताया नहीं था। तू जिस दिन सबके सामने उन्हें कलंक का टीका लगाकर चली आई, तो तीनेक दिन वे सोचते रहे और प्रतिमा को लेकर कलकत्ता आए। बहुत-बहुत बातें हैं। प्रतिमा विधवा नहीं थी। उसका पति जिन्दा था। तुरन्त-तुरन्त तलाक का कानून पास हुआ था, तलाक दिलाकर शादी कर ली थी। तीन महीने के बाद रोग ने जोर से दबोचा। उन्होंने सेनिटोरियम ले जाना चाहा। वह फुक्का फाड़कर रो पड़ी,

नहीं, जीवन के अन्तिम दिन साथ रहने दो। वे सेवा में जुटे। वह मर गई, इन्हें बीमारी ने पकड़ा।

अणिमा-दी जरा देर चुप रहकर बोली—"यह विनो सेन ने तुझ पर मान करके..."

"मुझ पर मान का उनको हक?"

"प्यार का!"

"दुनिया में जो लोग कई औरतों से प्यार करते हैं, उनका प्यार प्यार नहीं, फरेब है। ऐसे का फिर मान क्या? हुंः, महाश्वेता चित्र बनाकर उन्होंने मेरा जो अपमान किया है—सोचा था, उसका बदला चुकाने के लिए मिलूँगी। खैर, बीमार पर रहम ही करूँ। मैंने इंडिया हाउस में वह चित्र देखा। ऐसे छोटे हैं विनो सेन!"

"नीरा! उसने तेरे लिए मौत को न्योता और तू..."

नीरा कहती गई—"प्रतिमा से शादी की, इसके लिए तुम्हारे विनो सेन को धन्यवाद दूँ मैं उन्हें इसी पर माफ करने को तैयार हूँ। प्रतिमा को जमाने से प्यार करते थे, शादी बहुत पहले ही करनी चाहिए थी। शादी अन्त में की और अपनी बीमार बीवी की सेवा करते हुए बीमार हुए—इसमें मुझे क्यों घसीट रही हो? मेरे लिए मौत को न्योता! तुम्हें समझ नहीं है, अन्धी हो तुम!"

"अन्धी तू है नीरा, तू!"

"वही सही। खैर, जाओ। बहुत थकी हूँ मैं। अन्यथा न सोचना।"

"नहीं।" अणिमा ने उसका हाथ पकड़ा। दबाकर कहा—"मेरे साथ जरा अकेले में चल। जाना, मगर सब सुनकर जा।"

ऐसा दृढ़ स्वर उसने अणिमा-दी का कभी नहीं सुना था। हैरान रह गई। अणिमा ने कहा—"तूने ऐसे एक आदमी का इतना नुकसान किया, हत्या ही की एक तरह से..."

"अणिमा-दी!"

"कहूँगी, हजार बार कहूँगी। मैंने सब जाना। तुझे पता नहीं कि तू उसे प्यार करती थी।"

"नहीं।"

"हाँ, करती थी। शायद हो कि करती भी है। मैं जानती जो हूँ। अपनी बीमारी में बदहोशी में चीखा करती थी। मैंने तेरे सिरहाने बैठकर सुना प्रतिमा को मत प्यार करो विनो-दा, प्रतिमा को मत प्यार करो।"

"अणिमा-दी!" नीरा विह्वल हो गई।

प्रतिमा उसका हाथ पकड़े एकान्त में ले गई। बोली—यहाँ न खड़ी रह। उस बेंच पर बैठ। सुनकर जा कि तूने क्या किया है।"

प्लेन के उतरने-उड़ने की घरघराहट में अणिमा कहती गई—"मैं जानती हूँ। तेरी बीमारी में मैं ही तो सिरहाने बैठती थी। विनो सेन बाहर रहते थे। प्रलाप बकते हुए बहुत कुछ कह गई थी। विनो सेन ने कहा था—अणिमा, यह बात कोई न जाने। उसे भी मत बताना। सच ही अगर तू नहीं जानती तो जान ले।"

नीरा चुप हो रही। सवाल करने को भी जी न चाहा। इस क्लांत और वेदना-कातर क्षण में मान गई। माने बिना उपाय न था। छाती बँधी रुलाई के सरोवर में आँधी आई मानो। लगने लगा, चट्टान से दबे उक्त पर से चट्टान को कोई ठेलकर हटा दे रहा हो। इस समय वाक्य, दलीलें, तर्क—सब झूठे हो गए। अमृत-तपस्वी की मृत्यु से प्रकट एक अमोघ सत्य-जैसा, मौत की राह में अनशन करनेवाले की कठोर भूख-जैसा उसके हृदय में एक सत्य मानो उद्घाटित होने लगा। वह इतना ही कह सकती है, वही सत्य मनुष्य का अन्तिम सत्य नहीं है, इसलिए मनुष्य अमृत की तपस्या भी नहीं छोड़ सकता और भूख का सत्य कठोर पीड़न में भी प्रकट हो, तो भी मनुष्य अनशन भंग नहीं कर सकता, नहीं करेगा। वह भी स्वीकार नहीं करेगी।

अणिमा-दी एक वैराग्य भरी विषण्णता से आच्छन्न हो गई। एक अजीब उदास हँसी हँसकर बोली—"प्रतिमा! तोबा कहो, विनो सेन के प्यार के लिए किस तरह जान देती थी, देखा ही था लेकिन उन्होंने भूलकर भी कभी उसे प्यार नहीं किया। डलहौजी में उन्होंने मुझसे कहा—मैंने प्रतिमा को कभी प्यार नहीं किया। इतनी खूबसूरत, मैं जब नौजवान था, वह किशोरी थी, तब भी मुझे नहीं जँची। ईश्वर साक्षी है। उसके भैया को हम लोग भैया कहा करते थे; उन्हें फाँसी हुई। मैंने उन्हें वचन दिया था कि प्रतिमा का खयाल रखूँगा, उसका

ब्याह करा दूँगा। वही शपथ मेरी बेबसी थी। जिसके साथ उसका विवाह हुआ, पागल की नाईं जिसे प्यार करके प्रतिमा घर छोड़कर भाग गई थी, वे आज भी जिन्दा हैं। एक प्रसिद्ध कलाकार हैं वे। ऐसे कलाकार, जो अपनी खूबी की एवज में अट्ठारह आने सुख चाहते हैं, बत्तीस आने स्वेच्छाचार। उनके लिए दुनिया का कोई कानून लागू नहीं होता, अच्छा लगना ही उनका कानून है। मैं उस आदमी को जानता था अणिमा-दी! मगर यह मालूम न था कि प्रतिमा इस बुरी तरह उसे प्यार कर बैठेगी। आखिर फाँसी चढ़नेवाले भाई की ही तो बहन ठहरी! फिर भागकर कलकत्ता में जब दोनों ने शादी की, तब मैं एब्सकांडर था। उसके बाद जेल की हवा खाने लगा। जेल से निकलकर उनके यहाँ गया था। उस समय दोनों बहुत ही सुखी थे। मुझे खुशी हुई। मैं चला आया। बयालीस में फिर जेल। पैंतालीस में छूटा। मित्र के यहाँ गया। मित्र मशहूर आदमी थे, उस समय सितारा और भी बुलन्द हो रहा था। राजनीतिक दल के हीरो। मुझे देखकर उन्होंने भवें सिकोड़ीं—क्या खबर है?—मैंने पूछा—कैसे हो? प्रतिमा कहाँ है? कैसी है? सूखे गले से बोला—प्रतिमा यहाँ नहीं है। पूछा—कहाँ है? जरा देर चुप रहकर बोला—प्रतिमा यहाँ नहीं रहती है विनय!—मैंने पूछा—मतलब?—वह बोला—देखो, उससे ब्याह करना मेरी भूल थी। जो सिर्फ खूबसूरत मांस के एक पिंड से गृहस्थी बसाते हैं, मैं उनमें से नहीं हूँ। मुझे मन चाहिए, शिक्षित मन। जिस दिन ऐसा मन मुझे मिल गया, मैंने समझा, इसके बिना मेरी रचना-शक्ति छीज जाएगी। फिर भी मैंने उसे ढोए चलने की कोशिश की थी। लेकिन ऐसी नौबत आ गई कि उससे मुझे शादी कर लेनी पड़ी। शर्त रही कि प्रतिमा को छोड़ना पड़ेगा। मैंने प्रतिमा को परवरिश देनी चाही थी! उसने लेने से इनकार किया। चली गई। कह नहीं सकता, कहाँ गई। लेकिन मेरी शिकायतें करती चलती है। करे, मेरा कुछ नहीं बिगड़ेगा।—विनो सेन बोले—सुनकर अचरज नहीं हुआ। अचरज तब हुआ, जब सजी-गुजी प्रतिमा को ऐसप्लेनेड में भटकते देखा। आँखों में बीमार निगाह। मुझे देखकर भाग जाना चाहा। भाग नहीं सकी। मैं पकड़कर गाड़ी से उसे ले आया। गाड़ी में वह मुझसे लिपट जाना चाहने लगी। नफरत से सारा बदन कैसा तो कर उठा कि उसके भैया की सूरत याद आ गई। और देखा, सच ही वह बीमार है। बुखार

है। दो साल सेनिटोरियम में रखकर उसको चंगा किया। टी. बी. की शिकार वह तभी से थी। बीच में ठीक हो गई थी। पति पर नाराज होकर वह विधवा सजी। मैंने कहा—"सजो। मगर वह गुणी आदमी है। उसका नाम मत जाहिर करना। आश्रम में उसे मैंने बच्चों की माँ बनाकर रखा। जी न भरा उसका। मेरे लिए वह पागल रही। एक दिन आत्महत्या की चेष्टा की। अफीम खा ली। बोली—जीकर क्या करूँगी? मेरे जीने से क्या लाभ? मेरे गले में लिपटकर बोली—कहो, एक बार कहो कि तुम मुझे प्यार करते हो। उसे जिलाने की नीयत से एक उसी दिन मैंने झूठ कहा। कहा—करता हूँ। लेकिन एक बात, मिलन की आशा मत रखना। क्योंकि तुम मेरे मित्र की स्त्री हो। यह धोखा देना होगा, पाप होगा। विवाह गैर-मुमकिन है। हिन्दू विवाह में तलाक नहीं। तिस पर वह आदमी इस किस्म का है कि अदालत में हमारी लानत करेगा। मैंने प्रतिमा को प्यार नहीं किया, किसी दिन नहीं..."

नीरा की चेतना खो-सी गई। नाम की संज्ञा थी, काम की नहीं। वह एक पुतले-सी बैठी रही। एक प्लेन उतरा।

अणिमा-दी ने कहा—"उस रोज जरा हँसकर बोले—जानती हैं, इस प्यार नाम की चीज का क्या स्वाद, क्या आकर्षण मेरे जीवन में है? जवानी में तो मौका ही न रहा, अब इस प्रौढ़ अवस्था में, प्रौढ़ ही कहिए, पैंतालीस की उम्र, प्रौढ़ नहीं तो और क्या! इस उम्र में यह लड़की आई नीरा। इधर मेरा मन बन्धनहीन हो उठा। आजादी आई, दबे अरमानों ने सिर उठाया। उस जीवंत लड़की को देखते ही लगा, इसे प्यार करता हूँ। इसके लिए जन्म-जन्म तपस्या की है, इस जन्म में भी उसी के इन्तजार में हूँ। मेरी उम्र ज्यादा थी, लेकिन तपस्या करके मैं शतजीव हो सकता था। उस दिन उसके स्कॉलरशिप का खत आया; मैंने ही सारा कुछ किया था मुझे लगा, नीरा मुझसे सदा के लिए खो रही है। मुझसे रहा नहीं गया। मेरी अन्तरात्मा हाहाकार कर उठी। सच कहूँ अणिमा-दी, पहले फाँसी के हुक्म से भी मन ने ऐसा हाहाकार नहीं किया। सो गलती से चिट्ठी लिख बैठा। नीरा मुझे चोट देकर चली गई। विचारक की तरह लोगों के सामने प्रतिमा के सम्पर्क की राय देकर चली गई। उधर तलाक कानून पास हुआ। तलाक दिलाकर मैंने उस राक्षसी से कहा, ले, मुझको ग्रास

कर। उसने अपनी बीमारी की बात मुझे भी नहीं बताई। पहले ही दिन उसकी देह छूकर पता चला। लेकिन तब तक कोई चारा नहीं रह गया। तुम लोगों की शिकायत है, प्राण देकर मैंने उसकी सेवा क्यों की? आखिर अवहेलना करता कैसे? और जीकर भी क्या करता? नीरा जो कह गई, जिस तरह से मुझे चिथड़े बना गई कि जीने की इच्छा नहीं रही मुझे।"

अणिमा-दी रुकी। नीरा बुत बन गई। संज्ञाहीन-सी। अणिमा-दी फिर कहने लगी—

"डलहौजी तो उन्हें मास्टर साहब ने जबरदस्ती भेजा। सवाल था साथ कौन जाए? मैंने कहा—मैं जाऊँगी। वे खुश हुए। बोले, खैर ये कुछ दिन खुशी-खुशी बीतेंगे। दो दिन हुए, मैं वहाँ से आई हूँ। आश्रम उन्होंने सरकार को दे दिया, उसी के कागजात लेकर आई थी। जबरदस्ती भेजा। अच्छा ही हुआ। तुमसे मुलाकात हो गई। उनसे कहूँगी, उस संगदिल लड़की से भेंट हुई थी, मैंने सब बात उसे बता दी।

अणिमा उठ खड़ी हुई। नीरा भी उठने लगी। अरे, यह क्या? पाँव के नीचे की धरती डाँवाँडोल! घूमने लगी जैसे। सब धुँधला-सा लगने लगा।

अणिमा-दी ने कहा—"तू लड़खड़ा रही है नीरा!"

होश में आकर उसने कहा—"अणिमा-दी!"

कातर-सी चीख उठी वह।

"वह उधर गई। सामान वजन करा रही हैं। आप उठिए मत।" एयर इंडिया के एक कर्मचारी ने कहा।

उसने एक न सुनी। उठी। अणिमा को आवाज दी। अणिमा आई। पूछा—"कुछ कहना है? माफी माँगनी है? बता।"

क्या कहे? कहिए आप ही, क्या कहे वह? यह मन के रंगमंच का अभिनय तो नहीं। स्मृति का प्रोंपटर नहीं—कौन बताए? यह तो जीवन-मंच पर खड़ी है वह। कहना उसी को पड़ेगा। छाती के सिंहद्वार को खोलकर हृदय, मन, प्राण ने एक स्वर से कहा—"कहो, मैं तुम्हारे साथ चलूँगी अणिमा-दी!"

आँखों में आँसुओं की बाढ़। उमड़कर छलकने लगी। अणिमा ने कहा—"तू जाएगी?"

उसके कन्धे में मुँह गाड़कर बोली—"हाँ। अभी। तुम्हारे साथ—बैठो, मैं इन्तजाम करूँ।"

बैठ गई। आँखों में बेरोक बाढ़। लेकिन इससे वह सकुचाई नहीं, मुँह नहीं छिपाया, नहीं झुकाया। सूनी आँखों दूर डलहौजी की ओर ताकती रही।

माँ के मरने के बाद से आज वह पहली बार रोई। हार गई। लेकिन इस हार से उसे शरम नहीं, इसे छिपाने की चेष्टा नहीं। दुनिया के सामने वह रो रही है, रोएगी।

डलहौजी वे तीसरे पहर पहुँची। उसकी वजह से बारह घंटे की देर हो गई। एक जगह मोड़ लेकर अणिमा ने कहा—"वह रहा बँगला।" तब तक नीरा ही बोल उठी—हाँ, वह!" नजर, तन, मन सबसे वह व्यग्र हो उठी थी विनो सेन की आवाज उसके कानों में पहुँच गई। उस आवाज में वह दम तो नहीं रह गया था, मगरा मिठास बरकरार थी। वही गीत—

मेरे प्राणों में अमृत है चाहती हो?
हाय, शायद तुमको इसका पता न चला।

नीरा ने अपनी अकुलाहट को छिपाया नहीं। बोली—"रोको रिक्शा।" कूदकर उतर पड़ी। दौड़ना चाहा। रोककर अणिमा ने कहा—"दौड़ मत। पहाड़ पर..."

नीरा ने लेकिन सुना ही न हो जैसे। उसे अमृत का पता चल गया था।

रिक्शा रुका। विनो सेन बरामदे में बैठे अपने मन से गा रहे थे। सामने महाश्वेता का वह चित्र टँगा था। गीत का आखिरी बन्द, अन्तिम कड़ी।

बार-बार पुकार उठी,
तुमने जवाब दिया क्या?
आज झूलन के दिन पेंग लगी,
मगर तुम्हारा मन न डोला।
हाय, तुम्हें उसका पता न चला।

नीरा जाकर उनके पैरों औंधी पड़ गई।

"कौन? कौन?"

नीरा फफकने लगी। गंगोत्री का बाँध टूट गया था।

"नीरा! विनो सेन उच्छ्वास से उमड़ आए, खिल पड़े।"

"मुझे क्षमा करो। क्षमा कर दो मुझे।"

"क्षमा? मेरी क्षमा की मूर्ति ही तो तुम हो। मगर इतनी देर कर दी आने में?"

"नहीं, देर नहीं की है। देर नहीं हुई। लेकिन तुमने महाश्वेता का यह कैसा चित्र बनाया? मैं तुम्हें बचाऊँगी। ऐसी ही तपस्या करूँगी मैं। लेकिन मुझसे कहो, तुम बचना चाहोगे। मुझसे अणिमा-दी ने कहा—तुमने मुझसे रुककर..."

खुश होकर विनो सेन ने कहा—"अच्छा, तो कल से पुंडरीक का पुनर्जीवन आँकूँगा।"

विनो सेन सहसा थम गए—"किन्तु।"

"किन्तु क्या? कैसा किन्तु?—आँसू भरी आँखों नीरा ने उनकी ओर ताका।"

"इतना अध्ययन करके लौटी और यहाँ मुझे लेकर पड़ी रहोगी।"

"हाँ, रहूँगी। तुम्हें चंगा करके लौटूँगी। मेरा घर, गृहस्थी, मेरा...मेरा...यही तो मेरी अन्तिम तपस्या है। इसक बिना तो सब कुछ झूठा है।

विनो सेन के घुटने पर मुँह गाड़कर वह सुबकने लगी। उस रुलाई में अजीब तसल्ली थी, अनोखा सुख। विनो सेन स्नेह से उसके माथे पर हाथ फेरने लगे। बोले—" अब फिर चित्र बनाऊँगा—बरफ से लदे पहाड़ पर देवदारु के वन में—महाश्वेता के सामने—बरफ की समाधि पिघल रही है और उसके अन्दर से प्रकट हो रहा है पुंडरीक का हल्की लालिमा वाला मुखड़ा। आँखों की पलकें काँप रही हैं...।"

नीरा मन ही मन बोल उठी—हे अदृश्य परिचालक, बस। और नहीं। परदा गिराओ। खत्म करो। कहो, यही चिरंतन है।